FRANCIA

L'ELEGANZA
DEL RICCIO

Muriel Barbery

L'ELEGANZA
DEL RICCIO

*Traduzione dal francese
di Emanuelle Caillat e Cinzia Poli*

edizioni e/o

Edizioni e/o
Via Camozzi, 1
00195 Roma
info@edizionieo.it
www.edizionieo.it

Il personaggio di Paloma è stato tradotto da Emanuelle Caillat.
Il personaggio di Renée è stato tradotto da Cinzia Poli.

Titolo originale: *L'élégance du hérisson*
Copyright © 2006 by Editions Gallimard, Paris
Copyright © 2007 by Edizioni e/o

Nuova edizione
Quarantaseiesima ristampa: febbraio 2010

Opera pubblicata grazie al sostegno
del Ministero Francese della Cultura – Centre National du Livre
Ouvrage publié avec le concours
du Ministère Français chargé de la Culture – Centre National du Livre

ISBN 978-88-7641-796-2

Grafica/Emanuele Ragnisco
www.mekkanografici.com

Foto in copertina © Randy Faris/Corbis

Impaginazione/Plan.ed – Roma

A Stéphane, con cui ho scritto questo libro

MARX

(*Preambolo*)

1. Chi semina desiderio

«Marx cambia completamente la mia visione del mondo» mi ha dichiarato questa mattina il giovane Pallières che di solito non mi rivolge nemmeno la parola.

Antoine Pallières, prospero erede di un'antica dinastia industriale, è il figlio di uno dei miei otto datori di lavoro. Ultimo ruttino dell'alta borghesia degli affari – la quale si riproduce unicamente per singulti decorosi e senza vizi –, era tuttavia raggiante per la sua scoperta e me la narrava di riflesso, senza sognarsi neppure che io potessi capirci qualcosa. Che cosa possono mai comprendere le masse lavoratrici dell'opera di Marx? La lettura è ardua, la lingua forbita, la prosa raffinata, la tesi complessa.

A questo punto, per poco non mi tradisco stupidamente.

«Dovrebbe leggere *L'ideologia tedesca*» gli dico a quel cretino in montgomery verde bottiglia.

Per capire Marx, e per capire perché ha torto, bisogna leggere *L'ideologia tedesca*. È lo zoccolo antropologico sul quale si erigeranno tutte le esortazioni per un mondo migliore e sul quale è imperniata una certezza capitale: gli uomini, che si dannano dietro ai desideri, dovrebbero attenersi invece ai propri bisogni. In un mondo in cui la *hybris* del desiderio verrà imbavagliata potrà nascere un'organizzazione sociale nuova, purificata dalle lotte, dalle oppressioni e dalle gerarchie deleterie.

"Chi semina desiderio raccoglie oppressione" sono sul punto di mormorare, come se mi ascoltasse solo il mio gatto.

Ma Antoine Pallières, a cui un ripugnante aborto di baffi non conferisce invece niente di felino, mi guarda, confuso dalle mie strane parole. Come sempre, mi salva l'incapacità del genere umano di credere a ciò che manda in frantumi gli schemi di abitudini mentali meschine. Una portinaia non legge *L'ideologia tedesca* e di conseguenza non sarebbe affatto in grado di citare l'undicesima tesi su Feuerbach. Per giunta, una portinaia che legge Marx ha necessariamente mire sovversive ed è venduta a un diavolo chiamato sindacato. Che possa leggerlo per elevare il proprio spirito, poi, è un'assurdità che nessun borghese può concepire.

«Mi saluti tanto la sua mamma» borbotto chiudendogli la porta in faccia e sperando che la disfonia delle due frasi venga coperta dalla forza di pregiudizi millenari.

2. I miracoli dell'Arte

Mi chiamo Renée. Ho cinquantaquattro anni. Da venti-sette sono la portinaia al numero 7 di rue de Grenelle, un bel palazzo privato con cortile e giardino interni, suddiviso in otto appartamenti di gran lusso, tutti abitati, tutti enormi. Sono vedova, bassa, brutta, grassottella, ho i calli ai piedi e, se penso a certe mattine autolesionistiche, l'alito di un mammut. Non ho studiato, sono sempre stata povera, discreta e insignificante. Vivo sola con il mio gatto, un micione pigro che, come unica particolarità degna di nota, quando si indi-spettisce ha le zampe puzzolenti. Né lui né io facciamo molti sforzi per integrarci nella cerchia dei nostri simili. Siccome, pur essendo sempre educata, raramente sono gentile, non mi amano; tuttavia mi tollerano perché corrispondo fedelmente al paradigma della portinaia forgiato dal comune sentire. Di con-seguenza, rappresento uno dei molteplici ingranaggi che per-mettono il funzionamento di quella grande illusione universale secondo cui la vita ha un senso facile da decifrare. E se da qualche parte sta scritto che le portinaie sono vecchie, brutte e bisbetiche, così, sullo stesso firmamento imbecille, è solenne-mente inciso a lettere di fuoco che le suddette portinaie hanno gattoni accidiosi che sonnecchiano tutto il giorno su cuscini rivestiti di federe fatte all'uncinetto.

In proposito si aggiunga che le portinaie guardano ininter-rottamente la televisione mentre i loro gatti grassi sonnec-chiano, e che l'atrio del palazzo deve olezzare di bollito, di zuppa di cavolo o di cassoulet fatto in casa. Io ho l'inaudita fortuna di fare la portinaia in una residenza di gran classe. Dover cucinare quei piatti ignobili mi sembrava così umiliante che l'intervento di monsieur de Broglie, il consigliere di Stato del primo piano, intervento che lui deve aver descritto alla moglie come cortese ma fermo, fatto allo scopo di eliminare dalla convivenza quotidiana quei miasmi plebei, fu per me un immenso sollievo che tuttavia dissimulai come meglio potei, fingendo doverosa obbedienza.

Sono passati ventisette anni. Da allora, ogni giorno, vado dal macellaio a comprare una fetta di prosciutto o di fegato di vitello, che infilo nella mia sporta a rete tra il pacchetto di pasta e il mazzo di carote. Esibisco compiacente queste vettovaglie da povera, impreziosite dalla pregevole caratteristica di non emettere cattivi odori, perché io sono povera in una casa di ricchi. In questo modo alimento congiuntamente lo stereotipo comune e anche il mio gatto, Lev, che ingrassa solo grazie ai pasti in teoria a me destinati e si rimpinza di insaccati e maccheroni al burro, mentre io posso appagare le mie inclinazioni culinarie senza perturbazioni olfattive e senza che nessuno sospetti niente.

Più ardua fu la faccenda della televisione. Eppure quando mio marito era ancora in vita, mi ci ero abituata, perché la costanza con cui lui la guardava me ne risparmiava l'incombenza. Nell'atrio del palazzo giungevano i rumori dell'aggeggio, e questo bastava a rendere eterno il gioco delle gerarchie sociali, per mantenere le cui apparenze, in seguito alla morte di Lucien, dovetti scervellarmi ben bene. Se da vivo, infatti, mi sollevava dall'iniquo obbligo, da morto mi privava della sua incultura, baluardo indispensabile contro il sospetto altrui.

Trovai la soluzione grazie a un non-pulsante.

Un campanello collegato a un meccanismo a infrarossi ormai mi avverte dell'andirivieni nell'atrio, sollevando tutti quelli che passano dall'obbligo di suonare un qualche pulsante affinché io, anche da lontano, possa sapere della loro presenza. In queste occasioni, difatti, me ne sto nella stanza in fondo, quella in cui trascorro i momenti più sereni del tempo libero e in cui, protetta dai rumori e dagli odori che la mia condizione mi impone, posso vivere a mio piacimento senza essere privata delle informazioni vitali per ogni sentinella che si rispetti: chi entra, chi esce, con chi e a che ora.

Così, mentre attraversano l'atrio, i condomini sentono quei suoni soffusi che segnalano la presenza di una televisione accesa e, non brillando certo per fantasia, si figurano la portinaia stravaccata davanti all'apparecchio. Io, rintanata nel mio antro, non sento niente, ma so quando passa qualcuno. Quindi, nella stanza accanto, nascosta dietro la mussola bianca, attraverso un occhio di bue situato di fronte alle scale, mi informo con discrezione dell'identità di chi passa.

La comparsa delle videocassette e poi, più tardi, del dio DVD ha cambiato le cose ancora più radicalmente a favore della mia felicità. Siccome non è molto frequente che una portinaia vada in estasi davanti a *Morte a Venezia* e che dalla sua guardiola escano le note di Mahler, ho attinto dai risparmi coniugali, così faticosamente messi da parte, e ho acquistato un altro apparecchio, che ho sistemato nel mio nascondiglio. Mentre la televisione della guardiola, garante della mia clandestinità, bercia sciocchezze per teste di rapa senza che sia costretta a sentirla, con le lacrime agli occhi, gioisco dei miracoli dell'Arte.

Pensiero profondo n° 1

*Sogni le stelle
nella boccia dei pesci
rossi finisci*

A quanto pare, ogni tanto gli adulti si prendono una pausa per sedersi a contemplare il disastro della loro vita. Allora si lamentano senza capire e, come mosche che sbattono sempre contro lo stesso vetro, si agitano, soffrono, deperiscono, si deprimono e si chiedono quale meccanismo li abbia portati dove non volevano andare. Per i più intelligenti diventa perfino una religione: ah, spregevole vacuità dell'esistenza borghese! Alcuni cinici di questo tipo cenano alla tavola di papà: «Cosa ne è stato dei nostri sogni di gioventù?» si domandano con aria disincantata e soddisfatta. «Sono volati via, e la vita è proprio bastarda». Non sopporto questa finta lucidità dell'età matura. La verità è che sono come tutti gli altri, ragazzini che non capiscono cosa sia successo e che giocano a fare i duri mentre avrebbero voglia di piangere.

Eppure non è così difficile da capire. Il problema è che i bambini credono ai discorsi dei grandi e, una volta grandi, si vendicano ingannando a loro volta i figli. «La vita ha un senso e sono gli adulti a custodirlo» è la bugia universale cui tutti sono costretti a credere. Da adulti, quando capiamo che non è vero, ormai è troppo tardi. Il mistero rimane, ma tutta l'energia disponibile è andata da tempo sprecata in stupide attività. Non resta che cercare di anestetizzarsi, nascondendo il fatto che non riusciamo a dare un senso alla nostra vita e ingannando i nostri figli per cercare di convincere meglio noi stessi.

La mia famiglia frequenta tutte persone che hanno seguito lo stesso percorso: una gioventù passata a cercare di mettere a frutto la propria intelligenza, a spremere come un limone i propri studi e ad assicurarsi una posizione al vertice, e poi tutta una vita a chiedersi sbalorditi perché tali speranze siano sfociate in un'esistenza così vana. La gente crede di inseguire le stelle e finisce come un pesce rosso in una boccia. Mi chiedo se non sarebbe più semplice insegnare fin da subito ai bambini che la vita è assurda. Questo toglierebbe all'infanzia alcuni momenti felici, ma farebbe guadagnare un bel po' di tempo all'adulto – senza contare che si eviterebbe almeno un trauma, quello della boccia.

Io ho dodici anni, abito al numero 7 di rue de Grenelle in un appartamento da ricchi. I miei genitori sono ricchi, la mia famiglia è ricca, e di conseguenza mia sorella e io siamo virtualmente ricche. Mio padre è un deputato con un passato da ministro e finirà senz'altro presidente della camera a svuotare la cantina dell'Hotel de Lassay, la sua futura residenza. Mia madre... Beh, mia madre non è proprio una cima, però è istruita. Ha un dottorato in lettere. Scrive gli inviti a cena senza errori e non la smette di scocciare con i suoi riferimenti letterari («Colombe, non fare la Guermantes», «Tesoro, sei proprio come la Sanseverina di Stendhal!»).

Nonostante ciò, nonostante tutta questa fortuna e tutta questa ricchezza, da molto tempo so che la meta finale è la boccia dei pesci. Come faccio a saperlo? Si dà il caso che io sia molto intelligente. Di un'intelligenza addirittura eccezionale. Già rispetto ai ragazzi della mia età c'è un abisso. Siccome però non mi va di farmi notare, e siccome nelle famiglie dove l'intelligenza è un valore supremo una bambina superdotata non avrebbe mai pace, a scuola cerco di ridurre le mie prestazioni, ma anche facendo così sono sempre la prima della classe. Verrebbe da pensare che sia facile simulare un'intelligenza media quando, a dodici anni come me, si è allo stesso livello di una normalista. Beh, niente affatto! Bisogna darsi da fare per sembrare più stupidi. Però per certi versi questo mi permette di non annoiarmi a morte: tutto il tempo che non mi serve per imparare e capire lo passo a imitare lo stile, le risposte, i procedimenti, le ansie e le sviste dei bravi alunni ordinari. Leggo tutto quello che scrive Constance Baret, la seconda della classe, in matematica, francese e storia, e così imparo come devo fare: il francese è una sfilza di parole coerenti e senza errori d'ortografia, la matematica è una riproduzione meccanica di operazioni prive di significato e la storia è una successione di fatti uniti da connettori logici. Anche paragonata agli adulti sono molto più furba della maggior parte di loro. È così. Non ne vado particolarmente fiera perché non è merito mio. Ma una cosa è certa, nella boccia io non ci vado. È una decisione ben ponderata. Anche per una persona come me, così intelligente, così portata per lo studio, così diversa dagli altri e così superiore ai più, la vita è già perfettamente prestabilita, e viene quasi da piangere: a quanto pare nessuno ha pensato che, se l'esistenza è assurda, una brillante riuscita non vale più di un fallimento. È solo più piacevole. Anzi, nemmeno: credo che essere coscienti renda il successo amaro, mentre la mediocrità spera sempre in qualche cosa.

E così ho preso una decisione. Presto lascerò l'infanzia e, nonostante sia certa che la vita è una farsa, non credo di poter resistere fino alla fine. In fondo siamo programmati per credere a ciò che non esiste, perché siamo esseri viventi e non vogliamo soffrire. Allora cerchiamo con tutte le forze di convincerci che esistono cose per cui vale la pena vivere e che per questo la vita ha un senso. Pur essendo molto intelligente, non so quanto tempo ancora potrò lottare contro questa tendenza biologica. Quando entrerò anch'io nella corsa degli adulti, sarò ancora in grado di affrontare la percezione dell'assurdo? Non credo. Per questo ho preso una decisione: alla fine dell'anno scolastico, il giorno dei miei tredici anni, il 16 giugno prossimo, mi suicido. Attenzione, non intendo fare niente di spettacolare, come se fosse un atto di coraggio o di sfida. Tanto più che mi conviene che nessuno sospetti nulla. Gli adulti hanno un rapporto isterico con la morte, diventa un affare di stato, fanno un sacco di storie, e dire invece che è l'evento più banale del mondo. In realtà, quello che m'interessa non è la cosa in sé, ma il come. Il mio lato giapponese propende ovviamente per il seppuku. Quando dico il mio lato giapponese intendo il mio amore per il Giappone. Sono in terza media e, ovviamente, come seconda lingua ho scelto giapponese. Il prof non è un granché, in francese si mangia le parole e si gratta continuamente la testa con aria perplessa, però il libro di testo è decente e dall'inizio dell'anno sono molto migliorata. Tra qualche mese spero di riuscire a leggere i miei manga preferiti in originale. La mamma non capisce come una bambina-dotata-come-te possa leggere i manga. Non vale la pena spiegarle che "manga" in giapponese significa solo "fumetto". Crede che mi abbeveri di sottocultura, e io non la smentisco. Insomma, forse tra qualche mese potrò leggere Taniguchi in giapponese. Ma questo mi riporta alla nostra questione: deve essere prima del 16 giugno, perché il 16 giugno mi suicido. Ma niente seppuku. Sarebbe pieno di significato e bellezza ma... ecco... non ho affatto voglia di soffrire. In effetti non sopporterei il dolore; penso che quando si decide di morire, proprio perché si è convinti che questo rientra nell'ordine delle cose, bisogna farlo piano piano. Morire deve essere un passaggio delicato, una morbida discesa verso il riposo. C'è gente che si suicida buttandosi dalla finestra del quarto piano oppure ingoiando della varechina o addirittura impiccandosi! Non ha senso! Lo trovo perfino osceno. A cosa serve morire se non a evitare la sofferenza? Io ho pianificato attentamente la mia uscita di scena: ogni mese, da un anno a questa parte, rubo un sonnifero dalla scatola sul comodino della mamma. Lei ne prende talmente tanti che, se anche ne rubassi uno tutti i giorni, non se ne accorgerebbe comunque. Ma ho deciso di essere molto prudente. Quando si prende una decisione che difficilmente gli altri capiranno, non bisogna lasciare niente al caso. È incredibile con quanta rapidità la gente intralcia i progetti ai quali teniamo di più, in nome di sciocchezze tipo "il senso della vita" o "l'amore per l'umanità". Ah sì, anche: "la sacralità dell'infanzia".

Quindi mi avvio tranquillamente alla data del 16 giugno e non ho paura. Magari qualche rimpianto, forse. Ma il mondo, così com'è, non è fatto per le principesse. Detto questo, non si può vegetare come una verdura marcia solo perché si ha in progetto di morire. Anzi, è proprio il contrario. L'importante non è morire, né a che età si muore, l'importante è quello che si fa al momento di morire. In Taniguchi, i protagonisti muoiono scalando l'Everest. Siccome io non ho nessuna possibilità di affrontare il K2 o le cime delle Grandes Jorasses prima del 16 giugno prossimo, il mio Everest personale sarà un bisogno intellettuale. Mi sono data come obiettivo di riflettere il più possibile e di annotare su questo quaderno i pensieri profondi che mi verranno in mente: se nulla ha un senso, la mente deve almeno potersi mettere alla prova, non è vero? Ma la mia forte propensione per il Giappone mi ha fatto aggiungere una regola: il pensiero profondo deve essere formulato sotto forma di piccola poesia alla giapponese: un hokku (tre versi) o un tanka (cinque versi).

Il mio hokku preferito è di Basho.

> Con i gamberi
> nei capanni da pesca
> svariati grilli!

Questo non è la boccia dei pesci, no, questa è poesia!

Ma nel mondo in cui vivo c'è meno poesia che in un capanno di pescatori giapponesi. E vi pare normale che quattro persone vivano in quattrocento metri quadrati mentre chissà quante altre, e forse tra queste dei poeti maledetti, non hanno nemmeno un alloggio decente e stanno in quindici, tutti ammassati in venti metri quadrati? Quest'estate, quando abbiamo sentito al telegiornale che alcuni africani erano morti perché nel loro condominio insalubre era scoppiato un incendio nelle scale, mi è venuta un'idea. Loro la boccia dei pesci ce l'hanno tutto il giorno sotto al naso, non possono evitarla sognando a occhi aperti. Ma i miei genitori e Colombe pensano di nuotare nell'oceano perché vivono nei loro quattrocento metri quadrati pieni di mobili e dipinti.

Allora, il 16 giugno ho intenzione di rinfrescare un pochino la loro memoria di sardine in scatola: darò fuoco all'appartamento (con la diavolina del barbecue). Sia chiaro, non sono mica una criminale: lo farò quando non c'è nessuno (il 16 giugno cade di sabato, e il sabato pomeriggio Colombe va da Tibère, mamma ha yoga, papà va al club e io rimango qui), sloggerò i gatti dalla finestra e avvertirò i pompieri in tempo perché non ci siano vittime. Poi andrò tranquillamente a dormire dalla nonna con i miei sonniferi.

Senza casa e senza figlia, forse penseranno a tutti quegli africani morti, o no?

CAMELIE

1. Un'aristocratica

Il martedì e il giovedì, io e Manuela, la mia unica amica, prendiamo il tè insieme nella guardiola. Manuela è una donna semplice che i vent'anni sprecati a dare la caccia alla polvere in case altrui non hanno privato della sua eleganza. Dare la caccia alla polvere, del resto, è una sintesi molto eufemistica. Ma nelle case dei ricchi le cose non si chiamano mai con il loro nome.

«Svuoto cestini pieni di assorbenti» mi dice con il suo dolce accento sibilante, «raccolgo il vomito del cane, pulisco la gabbia degli uccelli, è incredibile quanta cacca facciano degli animali così piccoli, lustro i water. Altro che polvere! Cosa vuoi che sia la polvere!».

Figuratevi che quando Manuela scende da me alle due, il martedì da casa degli Arthens e il giovedì da casa dei de Broglie, ha rifinito con il cotton fioc latrine che, seppure placcate d'oro, sono sporche e puzzolenti come tutti i cessi del mondo, perché se esiste una cosa che i ricchi, loro malgrado, condividono con i poveri, sono gli intestini nauseabondi che da qualche parte finiscono sempre per liberarsi di ciò che li ammorba.

Manuela merita proprio un inchino. Benché sacrificata sull'altare di un mondo in cui i compiti ingrati sono riservati ad alcune, mentre altre si turano il naso senza muovere un dito, lei tuttavia non rinuncia a un gusto per la raffinatezza che supera di gran lunga qualunque doratura, a maggior ragione se sanitaria.

«Anche per mangiare una noce ci vuole la tovaglia» dice Manuela estraendo dalla vecchia sporta una scatola di legno chiaro da cui sporgono volute di carta di seta carminio e, racchiuse in questo scrigno, delle lingue di gatto alla mandorla. Preparo un caffè che non berremo, ma dei cui effluvi andiamo tutte e due matte, e sorseggiamo in silenzio una tazza di tè verde sgranocchiando le nostre lingue di gatto.

Dunque, come io sono un tradimento costante del mio archetipo, Manuela è una fellona inconsapevole rispetto a quello della domestica portoghese. Poiché la ragazza di Faro, nata sotto un fico dopo altri sette e prima di altri sei, mandata a lavorare giovanissima nei campi e altrettanto in fretta data in sposa a un muratore presto espatriato, madre di quattro figli francesi per cittadinanza ma portoghesi agli occhi della società, la ragazza di Faro, quindi, con tanto di calze contenitive nere e fazzoletto in testa, è un'aristocratica, una vera grande aristocratica, di quelle che non temono contestazioni, perché lei ha la nobiltà impressa nell'animo e si fa beffe dei cerimoniali e dei nomi altisonanti. Che cos'è un'aristocratica? È una donna che, sebbene circondata dalla volgarità, non ne viene sfiorata.

Volgarità della famiglia del marito che, la domenica, ammazza a colpi di grasse risate il dolore di essere nati deboli e senza futuro; volgarità di un vicinato segnato dalla stessa desolazione, livida come i neon della fabbrica dove gli uomini si recano ogni mattina come se scendessero all'inferno; volgarità delle datrici di lavoro, villane nonostante tutti i loro soldi, che si rivolgono a lei come fosse un cane rognoso. Ma per cogliere tutta la grazia che alberga in quella donna bisogna aver visto come Manuela mi offre i frutti delle sue creazioni pasticcere, quasi fossi una regina. Proprio così, quasi fossi una regina. Quando appare Manuela, la mia guardiola si trasforma in palazzo e il nostro sgranocchiare da paria in festini da sovrani. Come il cantastorie trasforma la vita in un fiume cangiante che inghiotte il dolore e la noia, così Manuela tramuta la nostra esistenza in una calorosa e allegra epopea.

«Il giovane Pallières mi ha salutato per le scale» dichiara all'improvviso, rompendo il silenzio.

Mugugno sdegnosa.

«Legge Marx» dico con un'alzata di spalle.

«Marx?» domanda lei pronunciando la *x* come una *sc*, una *sc* leggermente palatalizzata che ha il fascino dei cieli limpidi.

«Il padre del comunismo» rispondo.

Manuela emette un suono sprezzante.

«La politica» mi dice. «Un trastullo che i riccastri si tengono tutto per sé».

Riflette un momento, le sopracciglia aggrottate.

«Un libro diverso da quelli che legge di solito» dice.

Alla sagacia di Manuela non sfuggono le riviste che i ragazzi nascondono sotto il materasso, e pare proprio che un tempo il giovane Pallières ne fosse un consumatore diligente benché selettivo, come testimoniava l'usura di una pagina dal titolo eloquente: "Le marchese civettuole".

Ridiamo e discorriamo ancora un po' del più e del meno, tranquille, come tutte le vecchie amiche. Questi momenti per me sono preziosi, e mi si stringe il cuore se penso al giorno in cui Manuela realizzerà il suo sogno e tornerà per sempre al suo paese lasciandomi qui, sola e decrepita, senza una compagna che due volte alla settimana faccia di me una regina clandestina. Mi chiedo anche con apprensione cosa accadrà quando l'unica amica che io abbia mai avuto, l'unica a sapere tutto senza aver mai chiesto niente, abbandonandomi si lascerà alle spalle una donna misconosciuta da tutti e la seppellirà sotto un sudario d'oblio.

Si sentono dei passi nell'atrio, poi udiamo distintamente il rumore sibillino della mano dell'uomo sul pulsante dell'ascensore, un vecchio ascensore con grata nera e porte a battenti, rivestito di legno, dove un tempo, posto permettendo, ci sarebbe stato un servitore in livrea. Riconosco questo passo; è quello di Pierre Arthens, il critico gastronomico del quarto piano, un oligarca della peggior specie il quale, da come strizza gli occhi quando se ne sta sulla soglia della mia dimora, deve pensare che io viva in una grotta buia, benché quel che vede dimostri piuttosto il contrario.

Beh, io le sue famose critiche le ho lette.

«Non ci capisco niente» mi ha detto Manuela, per la quale un buon arrosto è un buon arrosto e basta.

Non c'è niente da capire. È un peccato vedere una simile penna sciuparsi per colpa della cecità. Scrivere pagine e pagine su un pomodoro con una prosa stupefacente – perché Pierre Arthens scrive un pezzo come se raccontasse una storia, e basterebbe questo a fare di lui un genio –, senza mai *vedere* né *cogliere* il pomodoro, è un angoscioso pezzo di bravura. Si può essere così dotati e così ciechi di fronte alle cose? Me lo sono chiesta spesso vedendomelo passare davanti con il suo nasone arrogante. Pare proprio di sì. Alcune persone sono incapaci di cogliere l'essenza della vita e il soffio intrinseco in ciò che contemplano, e passano la loro esistenza a discutere sugli uomini come si trattasse di automi, e sulle cose come se fossero prive di anima e si esaurissero in ciò che di esse si può dire, sulla base di ispirazioni soggettive.

Neanche a farlo apposta, all'improvviso i passi tornano indietro e Arthens suona alla guardiola.

Mi alzo curandomi di trascinare i piedi, infagottati in pantofole così convenzionali che solo la coalizione della baguette e del basco potrebbe sfidarle nel campo degli stereotipi. Così facendo so di esasperare il Maestro, ode vivente all'impazienza dei grandi predatori, e non per niente inizio ad aprire la porta molto lentamente e con grande impegno, intrufolandoci un naso diffidente che spero sia pure rosso e lucido.

«Aspetto un pacco da un corriere» mi dice, gli occhi strizzati e le narici arricciate. «Quando arriva, potrebbe portarmelo immediatamente?».

Questo pomeriggio monsieur Arthens indossa una grande lavallière a pois che gli fluttua intorno al collo da patrizio e non gli si addice affatto, perché la folta chioma leonina unita all'eterea leggiadria del pezzo di seta danno vita a una sorta di tutù vaporoso in cui svanisce tutta la virilità che gli uomini sono soliti sfoggiare. E poi, che diamine, questa lavallière mi ricorda qualcosa. Quando mi viene in mente, per poco non sorrido. È quella di Legrandin. In *Alla ricerca del tempo perduto*, opera di un certo Marcel, altro noto portinaio, Legrandin è uno snob dilaniato tra due mondi, quello che frequenta e quello in cui vorrebbe entrare; uno snob patetico di cui, passando di speranza in amarezza e di servilismo in disprezzo, la lavallière esprime le fluttuazioni più intime. Così, sulla piazza di Combray, sebbene non desideri affatto salutare i genitori del narratore, ma essendo tuttavia costretto a incrociarli, incarica la sciarpa, che lascia svolazzare al vento, di manifestare un umore malinconico che lo dispensa dai saluti ordinari.

Pierre Arthens, che pure di Proust non è digiuno, senza che peraltro ne abbia ricavato una particolare mansuetudine nei riguardi dei portinai, si schiarisce la voce, impaziente.

Ricordo la sua domanda:

«Potrebbe portarmelo immediatamente?» (il pacco del corriere – dal momento che i plichi dei ricchi non prendono mai le vie postali ordinarie).

«Sì» rispondo battendo ogni record di concisione, incoraggiata in questo senso dalla sua e dalla mancanza del "per favore" che la forma interrogativa e ipotetica, a mio avviso, non può scusare del tutto.

«È molto fragile» aggiunge, «faccia attenzione, la prego».

Nemmeno la coniugazione dell'imperativo e il "la prego"

incontrano i miei favori, tanto più che lui mi ritiene incapace di simili finezze sintattiche e le impiega unicamente per suo gusto, ben lungi dall'avere la galanteria di supporre che potrei sentirmene offesa. Quando già dal timbro di voce capite che un ricco si sta rivolgendo solo a sé stesso e non immagina neppure che possiate comprenderlo, sebbene tecnicamente le sue parole siano destinate a voi, allora state veramente toccando il fondo della scala sociale.

«Fragile come?» chiedo quindi con leggero tono di lusinga.

Sospira ostentatamente e nel suo alito avverto un lievissimo sentore di zenzero.

«Si tratta di un incunabolo» mi risponde, e mi ficca il suo sguardo da gran possidente dritto negli occhi, che io cerco di rendere vitrei.

«Bene bene, buon per lei» dico assumendo un'aria disgustata. «Glielo porterò non appena arriva il corriere».

E gli sbatto la porta in faccia.

Mi diverto enormemente all'idea che questa sera a tavola Pierre Arthens racconterà, a mo' di aneddoto spiritoso, l'indignazione della portinaia perché ha menzionato in sua presenza un incunabolo che lei deve aver scambiato per qualcosa di scabroso.

Dio solo sa chi di noi due si umilia di più.

Diario del movimento del mondo n° 1

Restare raccolti in sé
senza perdere i pantaloncini

Un pensiero profondo ogni tanto è un'ottima cosa, ma non credo che basti. Insomma, voglio dire: ho intenzione di suicidarmi e di dare fuoco alla casa tra qualche mese, quindi ovviamente non posso fingere di avere molto tempo, e devo fare qualcosa di rilevante in quel poco che mi rimane. E poi, soprattutto, mi sono lanciata una piccola sfida: per suicidarsi bisogna essere convinti di quello che si fa, e non si può bruciare un appartamento per sport. Quindi, se in questo mondo c'è qualcosa per cui vale la pena vivere, non me la devo perdere: una volta morti è troppo tardi per i rimpianti, e morire per uno sbaglio è davvero troppo stupido.

Certo, ci sono i pensieri profondi, è vero. Ma nei pensieri profondi tutto sommato recito la parte di me stessa, quella dell'intellettuale (che prende in giro gli altri intellettuali), o sbaglio? Non è sempre edificante, ma di grande svago. Allora mi sono detta che dovevo compensare il lato "gloria della mente" con un altro diario che parlasse del corpo o delle cose. Non più i pensieri profondi dello spirito, ma i capolavori della materia. Qualcosa di incarnato, di tangibile. Ma anche di bello ed estetico. Tolti l'amore, l'amicizia e la bellezza dell'Arte, non c'è molto altro di cui la vita umana si possa nutrire. Sono ancora troppo giovane per ambire veramente all'amore e all'amicizia. Ma l'Arte... se avessi dovuto vivere, per me sarebbe stata tutto. Insomma, quando dico Arte bisogna intenderci: non parlo dei capolavori dei maestri. Nemmeno Vermeer mi fa amare la vita. È sublime, ma è morto. No, io penso alla bellezza nel mondo, a ciò che può elevarci nel flusso della vita. Quindi *Il diario del movimento del mondo* sarà dedicato al moto delle persone, dei corpi, oppure, se proprio non c'è niente d'interessante, a quello degli oggetti, per trovare qualcosa che sia abbastanza estetico da dare valore all'esistenza. Grazia, bellezza, armonia, intensità. Se le scopro, allora forse dovrò riconsiderare le varie opzioni: se, in mancanza di una bella idea per la mente, trovo un bel movimento di corpi, allora forse penserò che la vita vale la pena di essere vissuta.

Di fatto, l'idea di questo doppio diario (uno per la mente e uno per il corpo) mi è venuta ieri, mentre papà guardava una partita di rugby in televisione. Finora, in questi casi, osservavo soprattutto papà. Mi piace guardarlo quando si tira su le maniche della camicia, si toglie le scarpe, si accomoda per bene sul divano davanti alla partita con birra e salame e dichiara: «Scoprite l'altro uomo che è in me». A quanto pare non gli viene in mente che uno stereotipo (il serissimo signor ministro della Repubblica) sommato a un altro stereotipo (nonostante tutto, il bravo ragazzo che apprezza la birra fresca) possano dare uno stereotipo al quadrato. In sostanza, sabato papà è tornato prima del solito, ha scaraventato via la borsa, si è tolto le scarpe, si è rimboccato le maniche, ha preso una birra in cucina e si è abbandonato davanti alla tivù dicendomi: «Tesoro, portami del salame, per favore, non mi voglio perdere l'haka». Quanto a perdersi l'haka, ho avuto tranquillamente il tempo di affettare il salame e di portarglielo, e c'era ancora la pubblicità. La mamma era seduta in equilibrio precario sul bracciolo del divano, per manifestare chiaramente la sua disapprovazione (nella famiglia stereotipo aggiungerei l'oca-intellettuale-di-sinistra), e tormentava papà con la complicata storia di una cena a cui dovevano invitare due coppie in crisi perché facessero pace. Conoscendo la finezza psicologica della mamma, la cosa faceva proprio ridere. Insomma, ho dato il salame a papà, e siccome sapevo che Colombe era in camera sua ad ascoltare musica, presumibilmente avanguardia illuminata del quartiere latino, ho pensato: in fondo, perché no, facciamoci questo haka. Nei miei ricordi, l'haka era una specie di danza un po' grottesca che i giocatori della squadra neozelandese fanno prima della partita. Tipo un'intimidazione da scimmioni. E nei miei ricordi, poi, il rugby era un gioco pesante, con dei tizi che si buttano di continuo nell'erba e si rialzano per cadere di nuovo e ributtarsi nella mischia tre passi più in là.

Finalmente è finita la pubblicità, e dopo una sigla piena di ragazzoni stravaccati sull'erba si è visto lo stadio con le voci fuoricampo dei commentatori, poi un primo piano sui giornalisti (schiavi del cassoulet), poi di nuovo lo stadio. I giocatori sono entrati in campo e da lì la cosa ha cominciato a catturarmi. All'inizio non mi era chiaro, erano le solite immagini di sempre, però mi facevano un effetto nuovo, tipo un pizzicorino, un'attesa, un "trattengo il respiro". Vicino a me, papà si era già scolato la sua prima birretta e si apprestava a proseguire sulla scia alcolica chiedendo alla mamma, che si era appena staccata dal bracciolo del divano, di portargliene un'altra. Io trattenevo il respiro. «Che succede?» mi chiedevo guardando lo schermo, e non riuscivo a capire cosa ci vedessi di tanto stuzzicante.

Quando i giocatori neozelandesi hanno cominciato il loro haka, ho capito. Tra loro c'era un maori, alto e giovanissimo. Era stato lui ad attirare il mio sguardo fin da subito, all'inizio senz'altro per la sua altezza, ma poi per il suo modo di muoversi. Un movimento stranissimo, molto fluido, ma soprattutto molto concentrato, intendo concentrato su sé stesso. La maggior parte della gente, quando si muove, beh, si muove in funzione di ciò che ha intorno. Proprio in questo momento, mentre sto scrivendo, c'è Constitution che passa strusciando la pancia per terra. Questa gatta non ha nessun progetto di vita concreto, eppure si dirige verso qualcosa, una poltrona probabilmente. E lo si vede dal modo in cui si muove: lei va *verso*. Ecco la mamma che passa avviandosi alla porta, esce a fare spese e di fatto è già fuori, il suo movimento si anticipa da sé. Non so bene come spiegare, ma durante lo spostamento il movimento *verso* in qualche modo ci disgrega: siamo qui e allo stesso tempo non siamo qui perché stiamo già andando altrove, non so se rendo l'idea. Per smettere di disgregarsi bisogna stare fermi. O ti muovi e non sei più intero, o sei intero e non ti puoi muovere. Ma quel giocatore, appena l'ho visto entrare in campo, ho sentito subito che era diverso: la sensazione di vederlo muoversi, proprio così, pur restando fermo. Assurdo, vero? Quando è cominciato l'haka ho guardato soprattutto lui. Si vedeva che non era come gli altri. Infatti Cassoulet n° 1 ha detto: «E Somu, il temibile trequarti neozelandese, sempre molto impressionante con quel fisico da colosso; due metri e sette centimetri, centodiciotto chili, cento metri in undici secondi. Un bel bambino, signora!». Tutti erano ipnotizzati da lui, ma sembrava che nessuno capisse esattamente perché. Eppure è risultato subito chiaro durante l'haka: lui si muoveva, faceva le stesse mosse degli altri (battere il palmo delle mani sulle cosce, pestare per terra a ritmo, toccarsi i gomiti, il tutto guardando l'avversario dritto negli occhi con un'aria da guerriero nervoso), ma mentre i gesti degli altri andavano *verso* gli avversari e *verso* tutto lo stadio che li guardava, i gesti di questo giocatore rimanevano in lui, rimanevano concentrati su di sé, e questo gli dava una presenza, un'intensità incredibili. E così l'haka, che è un canto guerriero, si caricava di una potenza straordinaria. La forza di un soldato non sta nell'energia che impiega per intimidire l'avversario inviando un mucchio di segnali, ma nella capacità di concentrare in sé la forza focalizzandosi su sé stesso. Il giocatore maori si trasformava in un albero, una quercia enorme, indistruttibile, con radici profonde, un irraggiamento potente, e tutti lo sentivano. Eppure avevamo la certezza che la grande quercia avrebbe anche potuto volare, che sarebbe stata veloce come il vento, malgrado o grazie alle sue profonde radici.

E così ho guardato la partita con attenzione, cercando sempre la stessa cosa: momenti compatti in cui un giocatore diventasse tutt'uno con il suo movimento, senza bisogno di frammentarsi dirigendosi *verso*. E ne ho visti! Ne ho visti in tutte le fasi del gioco:

nelle mischie, con un baricentro ben visibile, un giocatore metteva radici e diventava una piccola àncora solida per dare forza al gruppo; nelle fasi di spiegamento, un altro giocatore trovava la giusta velocità, smettendola di pensare alla meta e concentrandosi sul suo movimento, e correva come in stato di grazia, la palla incollata al corpo; l'estasi dei trequarti, che si tagliavano fuori dal resto del mondo per trovare il perfetto movimento del piede. Eppure nessuno raggiungeva la perfezione del grande giocatore maori. Quando ha segnato la prima meta neozelandese papà è rimasto come inebetito, a bocca aperta, tanto da dimenticarsi la birra. Visto che tifava per la Francia si sarebbe dovuto arrabbiare, e invece ha detto: «Che giocatore!» passandosi una mano sulla fronte. I commentatori avevano la bocca impastata, ma non riuscivano a nascondere che stavamo assistendo a qualcosa di veramente bello: un giocatore che correva senza muoversi, lasciandosi tutti alle spalle. E gli altri parevano muoversi in modo frenetico e maldestro, eppure non erano in grado di raggiungerlo.

Allora ho pensato: ci siamo, sono riuscita a individuare diversi movimenti immobili nel mondo; vale la pena continuare a vivere per questo? In quel momento un giocatore francese ha perso i pantaloncini in un maul, e di colpo mi sono sentita completamente a terra perché tutti piangevano dal ridere, compreso papà, che ci ha bevuto sopra un'altra birretta nonostante due secoli di protestantesimo familiare. A me pareva un sacrilegio.

E quindi no, non basta. Ci vorranno altri movimenti per convincermi. Ma almeno mi è venuta in mente questa cosa.

2. Di guerre e di colonie

Non ho studiato, dicevo come preambolo a questi discorsi. Non è del tutto esatto. La mia gioventù da studentessa si è interrotta alla quinta elementare, prima della quale ero stata ben attenta a non farmi notare – spaventata dai sospetti che, sebbene non avessi neppure dieci anni, sapevo di aver destato in monsieur Servant, il maestro, dacché mi aveva scoperta a divorare con avidità il suo diario che parlava solo di guerre e di colonie.

Perché? Non lo so. Credete veramente che avrei potuto? È una domanda per gli antichi indovini. Diciamo pure che l'idea di battermi in un mondo di ricchi, io, figlia di nessuno, senza bellezza né attrattiva, senza passato né ambizione, senza savoir-faire né splendore, mi ha stancata prima ancora di provare. Desideravo solo una cosa: che mi lasciassero in pace, che da me non esigessero troppo e che, per qualche attimo al giorno, potessi godere della libertà assoluta di appagare la mia fame.

Per chi ignora l'appetito il primo morso della fame è al contempo una sofferenza e un'illuminazione. Ero una bambina apatica e pressoché invalida, con la schiena curva tanto da sembrare gobba, e mi mantenevo in vita solo perché ignoravo l'esistenza di altre vite. La mia assenza di interesse sconfinava nel nulla; non c'era niente che mi comunicasse qualcosa, niente che mi svegliasse, e, fragile fuscello sballottato a piacimento da onde misteriose, ignoravo perfino il desiderio di farla finita.

A casa nostra non parlavamo molto. I bambini urlavano e gli adulti assolvevano ai loro doveri come se fossero stati soli. Mangiavamo abbastanza, sebbene in modo frugale, non ci maltrattavano e i nostri vestiti da poveri erano puliti e rabberciati saldamente in modo tale che, se da una parte potevamo vergognarcene, dall'altra non pativamo il freddo. Ma tra noi non parlavamo.

La rivelazione avvenne quando, a cinque anni, la prima volta che andai a scuola, fui sorpresa e spaventata nel sentire una voce che si rivolgeva a me e pronunciava il mio nome.

«Renée?» domandava la voce, mentre io avvertivo una mano amica che si poggiava sulla mia.

Eravamo nel corridoio, dove avevano radunato i bambini il primo giorno di scuola, anche perché pioveva.

«Renée?» continuava a modulare la voce che proveniva dall'alto, e la mano amichevole non smetteva di esercitare sul mio braccio – linguaggio incomprensibile – leggere e delicate pressioni.

Sollevai il capo, in un movimento insolito che quasi mi dette le vertigini, e incrociai uno sguardo.

Renée. Ero proprio io. Per la prima volta, qualcuno mi si rivolgeva pronunciando il mio nome. Mentre i miei genitori usavano gesti o brontolii, una donna, di cui in quel momento notavo gli occhi chiari e il sorriso sulle labbra, si apriva un varco verso il mio cuore e, dicendo il mio nome, stabiliva con me una vicinanza di cui fino ad allora non avevo avuto neppure sentore. Mi vidi circondata da un mondo che improvvisamente si tingeva di colori. In un lampo doloroso percepii la pioggia che cadeva fuori, le finestre lavate dall'acqua, l'odore dei vestiti bagnati, l'angustia del corridoio, sottile budello dove si agitava il gruppo dei bambini, la patina sugli attaccapanni con i ganci di rame su cui si ammassavano le mantelle di panno scadente – e l'altezza dei soffitti, distanti come il cielo agli occhi di un bambino.

Allora, con gli occhi tristi incollati ai suoi, mi aggrappai alla donna che mi aveva appena fatto nascere.

«Renée» riprese la voce, «vuoi toglierti la mantella?».

E tenendomi saldamente perché non cadessi, mi spogliò con la rapidità di chi ha grande esperienza.

A torto crediamo che il risveglio della coscienza coincida con l'ora della nostra prima nascita, forse perché è l'unica condizione vitale che sappiamo immaginare. Ci sembra di aver sempre visto e sentito e, forti di questa convinzione, identifichiamo con la venuta al mondo l'istante decisivo in cui nasce la coscienza. Il fatto che per cinque anni una bambinetta di nome Renée, meccanismo percettivo in azione dotato di vista, udito, olfatto, gusto e tatto, abbia potuto vivere nella totale inconsapevolezza di sé stessa e dell'universo smentisce questa teoria sbrigativa. Perché la coscienza per manifestarsi ha bisogno di un nome.

Ebbene, per una concomitanza di circostanze sfortunate sembra che nessuno avesse pensato a darmene uno.

«Ma che occhietti carini» aggiunse la maestra, e intuii che non mentiva, che in quel momento i miei occhi brillavano di tutta quella bellezza e, riflettendo il miracolo della mia nascita, scintillavano come mille fuochi.

Cominciai a tremare e cercai nei suoi la complicità che nasce da ogni gioia condivisa.

Nel suo sguardo dolce e benevolo non vidi altro che compassione.

Nell'istante in cui finalmente nascevo, suscitavo solo pietà.

Ero posseduta.

Poiché non potevo placare la mia fame nel gioco delle interazioni sociali, inconcepibili per la mia condizione – e quella compassione negli occhi della mia salvatrice la capii solo in seguito, perché quando mai si è vista una poveraccia sondare l'ebbrezza del linguaggio e praticarla con gli altri? –, sarei ricorsa ai libri. Così ne toccai uno per la prima volta. Avevo visto i più grandi della classe cercarvi all'interno tracce invisibili, come mossi dalla stessa forza e, sprofondando nel silenzio, attingere dalla carta morta qualcosa che sembrava vivo.

Imparai a leggere all'insaputa di tutti. La maestra ripeteva sempre a pappagallo le lettere agli altri bambini, mentre io conoscevo già da molto tempo la solidarietà che intreccia i segni scritti, le loro infinite combinazioni e i meravigliosi suoni che mi avevano reso signora di quei luoghi fin dal primo giorno, quando lei aveva pronunciato il mio nome. Non lo seppe nessuno. Lessi come una forsennata, all'inizio di nascosto, poi, quando il normale tempo di apprendimento mi sembrò superato, alla luce del sole, ma curandomi di dissimulare il piacere e l'interesse che ne traevo.

La bambina fragile era diventata un'anima affamata.

A dodici anni abbandonai la scuola e lavorai in casa e nei campi a fianco dei miei genitori, dei miei fratelli e delle mie sorelle. A diciassette mi sposai.

3. Il barboncino come totem

Nell'immaginario collettivo una coppia di portinai, binomio costituito da entità talmente insignificanti che solo la loro unione le rende manifeste, possiede quasi certamente un barboncino. Come tutti sanno, i barboncini sono quella razza di cani riccioluti che appartengono a pensionati qualunquisti, signore molto sole che vi riversano il loro affetto, o portinai barricati nelle loro guardiole buie. Possono essere neri o color albicocca. Quelli albicocca sono più bisbetici di quelli neri, che invece puzzano di più. Tutti i barboncini abbaiano astiosi per un nonnulla, ma in particolare quando non succede niente. Seguono il loro padrone trotterellando su tutte e quattro le zampe rigide senza muovere il resto di quel piccolo tronco a salsiccia che si ritrovano. E soprattutto hanno occhietti neri e collerici, conficcati in orbite insignificanti. I barboncini sono brutti e stupidi, sottomessi e sbruffoni. Sono barboncini.

Anche la coppia di portinai, di cui il barboncino totemico è la metafora, sembra priva di passioni quali l'amore e il desiderio e, come il totem stesso, destinata a rimanere brutta, stupida, sottomessa e sbruffona. Se in certi romanzi i principi si innamorano di operaie o le principesse di galeotti, tra due portinai, anche di sesso opposto, non nascono mai idilli degni di essere raccontati da qualche parte, come accade per gli altri.

Non solo noi non abbiamo mai avuto un barboncino, ma credo di poter affermare che il nostro matrimonio sia stato un successo. Con mio marito sono stata me stessa. Ripenso con nostalgia alle domeniche mattina, quelle mattine santificate dal riposo, quando nella cucina silenziosa lui beveva il caffè e io leggevo.

L'avevo sposato a diciassette anni dopo un corteggiamento breve ma corretto. Lui lavorava in fabbrica come i miei fratelli maggiori e a volte veniva a casa con loro a bere un caffè e un bicchierino. Ahimè, ero brutta. E dire che, se fossi stata brutta come le altre, non sarebbe stato un fattore determinante. Ma la mia bruttezza era di una crudeltà riservata solo a me e, privandomi di ogni freschezza sebbene non fossi ancora una donna, a soli quindici anni mi faceva sembrare come sarei stata a cinquanta. La schiena curva, la corporatura massiccia, le gambe corte, i piedi distanti, la folta peluria, i tratti indefiniti, insomma privi di contorni e grazia, forse mi sarebbero stati perdonati in virtù del fascino che contraddistingue sempre la giovinezza, quand'anche ingrata – e invece io a vent'anni avevo già l'aria della babbiona.

Per cui, quando le intenzioni del mio futuro marito si fecero più esplicite e non mi fu più possibile ignorarle, mi aprii a lui, parlando per la prima volta con franchezza a qualcuno che non fossi io, e gli confessai il mio stupore all'idea che desiderasse davvero sposarmi.

Ero sincera. Da molto tempo mi ero adeguata alla prospettiva di una vita in solitudine. Nella nostra società essere povera, brutta e per giunta intelligente condanna a percorsi cupi e disillusi a cui è meglio abituarsi quanto prima. Alla bellezza si perdona tutto, persino la volgarità. E l'intelligenza non sembra più una giusta compensazione delle cose, una sorta di riequilibrio che la natura offre ai figli meno privilegiati, ma solo un superfluo gingillo che aumenta il valore del gioiello. La bruttezza, invece, di per sé è sempre colpevole, e io ero già votata a quel tragico destino, reso ancora più doloroso se si pensa che non ero affatto stupida.

«Renée» mi rispose lui con tutta la serietà di cui era capace e profondendo in questo lungo monologo una facondia che in seguito non avrebbe mai più sfoggiato. «Renée, non voglio per moglie una di queste ingenue che fanno tanto le spudorate e dietro a quei musetti graziosi non hanno più cervello di un passerotto. Voglio una donna fedele, brava moglie, brava madre e brava donna di casa. Voglio una compagna calma e fidata che stia al mio fianco e mi sostenga. In cambio tu da me puoi aspettarti impegno nel lavoro, tranquillità in casa e tenerezza al momento opportuno. Sono un buon diavolo e farò del mio meglio».

E così fu.

Piccolo e secco come un fuscello, aveva comunque una faccia gradevole, in genere sorridente. Non beveva, non fumava, non masticava tabacco, non faceva scommesse. Dopo il lavoro, a casa guardava la televisione, sfogliava riviste di pesca oppure giocava a carte con gli amici della fabbrica. Estremamente socievole, invitava gente spesso e volentieri. La domenica andava a pescare. Io invece mi dedicavo alle faccende di casa, dato che lui preferiva che non andassi a lavorare da altri.

Non era sprovvisto di intelligenza, sebbene la sua non fosse del tipo apprezzato dalla società. Le sue competenze si limitavano ai lavori manuali, tuttavia dava prova di un talento che non atteneva solo alle capacità motorie e, sebbene non fosse istruito, affrontava ogni cosa con quell'ingegnosità che nelle inezie distingue i laboriosi dagli artisti e nella conversazione insegna che il sapere non è tutto. Rassegnata ben presto a un'esistenza monacale, mi sembrava quindi già tanto che come marito il cielo mi avesse messo a portata di mano un compagno dai modi così piacevoli, il quale, pur non essendo un intellettuale, non per questo era meno arguto.

Sarei potuta finire con un Grelier.

Bernard Grelier è uno di quei pochi esseri al numero 7 di rue de Grenelle davanti al quale non temo di tradirmi. Che io gli dica: «*Guerra e pace* è la messinscena di una visione determinista» o «Farebbe bene a oliare i cardini del locale rifiuti», lui attribuirà a entrambe le frasi lo stesso senso, né più né meno. Oltretutto mi chiedo per quale inspiegabile miracolo la seconda asserzione riesca a innescare in lui un principio di azione. Com'è possibile fare una cosa senza capirla? Forse questo tipo di frasi non richiede un'elaborazione razionale, e come quegli stimoli che percorrono un arco nel midollo spinale e innescano il riflesso senza sollecitare il cervello, probabilmente l'ingiunzione a oliare è soltanto una sollecitazione meccanica che mette in moto le membra senza il concorso della mente.

Bernard Grelier è il marito di Violette Grelier, la "governante" degli Arthens. Entrata trent'anni fa a servizio in casa loro come semplice domestica tuttofare, è salita di grado man mano che i signori si sono arricchiti e, ormai governante, regina di un risibile reame che trova espressione nella domestica (Manuela), nel maggiordomo occasionale (inglese) e nell'uomo tuttofare (suo marito), nutre per il popolino lo stesso disprezzo dei suoi padroni altoborghesi. Ciarla tutto il giorno come una cornacchia, si affaccenda di qua e di là dandosi arie, rimproverando il servitorame come alla corte di Versailles dei tempi d'oro, e tormenta Manuela con pontificanti discorsi sull'amore per il lavoro ben fatto e il degrado delle buone maniere.

«Quella Marx non l'ha letto» mi disse un giorno Manuela.

Mi colpì la pertinenza di questa constatazione, che proveniva da una domestica portoghese peraltro poco incline allo studio della filosofia. No, senza ombra di dubbio Violette Grelier non aveva letto Marx, per la semplice ragione che non figurava in nessuna lista di prodotti per la pulizia dell'argenteria di lusso. Come conseguenza di questa lacuna, ereditava una vita quotidiana patinata fatta di interminabili cataloghi dedicati all'amido e agli strofinacci di lino.

Il mio quindi era un matrimonio felice.

Per giunta avevo confessato ben presto a mio marito la mia grandissima colpa.

Pensiero profondo n° 2

*Il gatto quaggiù
è un totem moderno
decorativo*

Comunque, da noi è proprio così. Se volete capire la nostra famiglia, basta guardare i gatti. I nostri sono due enormi otri per crocchette di lusso senza alcuna interazione di rilievo con le persone. Si trascinano da un divano all'altro lasciando pelo ovunque, e nessuno sembra aver intuito che non provano il benché minimo affetto per chicchessia. L'unico vantaggio dei gatti è che sono oggetti decorativi semoventi, un concetto intellettualmente interessante ma inapplicabile ai nostri due, vista la sporgenza delle loro pance.

Mia madre, che si è letta l'opera omnia di Balzac e cita Flaubert a tutte le cene, è la dimostrazione quotidiana di come l'istruzione sia una vera e propria truffa. Basta guardarla con i gatti. Lei è vagamente cosciente del loro potenziale decorativo, eppure si ostina a parlare con loro come fossero persone, cosa che non le verrebbe in mente con una lampada o una statuina etrusca. Dicono che fino a tarda età i bambini credono che tutto ciò che si muove abbia un'anima e sia dotato di volontà. Mia madre non è più una bambina, ma a quanto pare non riesce a concepire che Constitution e Parlement non hanno più intelletto di un aspirapolvere. Ammettiamo pure che la differenza fra loro e un aspirapolvere è che un gatto può provare piacere e dolore. Questo significa forse che il gatto è più portato a *comunicare* con gli esseri umani? Niente affatto. La cosa dovrebbe solo spronarci a prendere particolari precauzioni, come con un oggetto fragile. Quando sento mia madre che dice: «Constitution è una gattina orgogliosa e sensibile al tempo stesso», mentre quella se ne sta stravaccata sul divano perché ha mangiato troppo, mi viene proprio da ridere. Ma se consideriamo l'ipotesi che la funzione del gatto è di essere un totem moderno, una specie di incarnazione emblematica e protettrice del focolare, un riflesso benevolo di quello che sono gli inquilini della casa, la cosa appare evidente: mia madre trasforma i gatti in ciò che vorrebbe fossimo noi ma che assolutamente non siamo. Non c'è nessuno meno orgoglioso e sensibile dei qui citati componenti della famiglia Josse: papà, mamma e Colombe. Quei tre sono completamente fiacchi e anestetizzati, privi di emozioni.

Insomma, penso che il gatto sia un totem moderno. Nonostante tutte le parole, nonostante tutti i bei discorsi sull'evoluzione, la civilizzazione e un mucchio di altri termini in "-zione", fin dai suoi esordi l'uomo non ha fatto molti progressi: crede ancora di non essere qui per caso e che ci siano degli dèi, perlopiù benevoli, a vegliare sul suo destino.

4. Rifiutando lo scontro

Ho letto tanti libri...
Eppure, come tutti gli autodidatti, non sono mai sicura di quello che ho capito. Un giorno mi sembra di abbracciare con un solo sguardo la totalità del sapere, come se all'improvviso invisibili ramificazioni nascessero, e intrecciassero fra loro tutte le mie letture sparse – poi subito il senso scivola via, l'essenziale mi sfugge, e per quanto rilegga le stesse righe ogni volta mi appaiono più inafferrabili, mentre io mi vedo come una vecchia pazza che crede di avere la pancia piena soltanto perché ha letto attentamente il menu. Pare che questa compresenza di talento e cecità sia il tratto distintivo dell'autodidatta. Pur privando il soggetto della guida sicura che ogni buona formazione fornisce, gli dona tuttavia libertà e capacità di sintesi del pensiero, laddove i discorsi ufficiali frappongono barriere e vietano l'avventura.

Questa mattina per l'appunto me ne sto in cucina, perplessa, con un libretto sotto gli occhi. È uno di quei momenti in cui mi assale la follia della mia impresa solitaria e in cui, a un soffio dal rinunciare, potrei invece aver trovato finalmente il mio maestro.

Il quale maestro risponde al nome di Husserl, un nome che certo non si dà a un animale da compagnia o a una marca di cioccolato, dato che evoca qualcosa di serio, di arcigno e vagamente prussiano. Ma non per questo desisto. Dalla mia sorte ritengo di aver appreso meglio di chiunque altro a resistere alle influenze negative del pensiero universale. Vi dirò: se finora avete pensato che io, passando di bruttezza in vecchiaia e di vedovanza in portierato, sia diventata qualcosa di miserabile, rassegnata alla bassezza del proprio destino, è perché non avete immaginazione. Ho battuto in ritirata, certo, rifiutando lo scontro. Ma, nel chiuso della mia mente, non esiste sfida che io non possa accettare. Umile per nome, posizione e aspetto, nell'intelletto sono una dea invitta.

Dunque Edmund Husserl, un nome che vedrei bene per un aspirapolvere senza sacchetto, minaccia l'immutabilità del mio personale Olimpo.

«Bene bene» dico facendo un bel respiro, «per ogni problema c'è una soluzione, non è vero?» e guardo il gatto, aspettandomi un incoraggiamento.

L'ingrato non risponde. Ha appena ingurgitato una spaventosa porzione di pâté e, ormai animato da smisurata benevolenza, troneggia in poltrona.

«Bene bene» ripeto stupidamente, e di nuovo contemplo perplessa il ridicolo libretto.

Meditazioni cartesiane – Introduzione alla fenomenologia. Dal titolo dell'opera e dalla lettura delle prime pagine si capisce subito che non è possibile affrontare Husserl, filosofo fenomenologico, senza prima aver letto Cartesio e Kant. Ma risulta ben presto evidente che destreggiarsi agevolmente tra Cartesio e Kant non basta a spalancare le porte alla fenomenologia trascendentale.

Peccato. Giacché nutro per Kant un'incrollabile ammirazione, e questo per il duplice motivo che il suo pensiero è una mirabile fusione di genio, rigore e follia e che, per quanto la sua prosa sia spartana, non ho incontrato grosse difficoltà a coglierne il senso. Le opere kantiane sono straordinarie, prova ne è la facilità con cui superano gloriosamente il test della susina mirabella.

Il test della susina mirabella colpisce per la sua facilità disarmante. Esso trae la sua forza da una constatazione universale: nel mordere il frutto, l'uomo finalmente comprende. Che cosa comprende? Tutto. Comprende la lenta maturazione di una specie umana votata alla sopravvivenza, che poi un bel giorno giunge all'intuizione del piacere; la vanità di tutti gli appetiti ingannevoli che distolgono dall'aspirazione primaria alla virtù delle cose semplici e sublimi; l'inutilità dei discorsi; la lenta e terribile decadenza dei mondi alla quale nulla sfuggirà, e ciò nonostante la meravigliosa voluttà dei sensi che concorrono a insegnare agli uomini il piacere e la spaventevole bellezza dell'Arte.

Il test della mirabella si svolge nella mia cucina. Poggio sul tavolo di formica il frutto e il libro e, addentando l'uno, mi lancio anche sull'altro. Se entrambi resistono ai vigorosi assalti reciproci, se la susina non riesce a farmi dubitare del testo e il testo non giunge a rovinare il frutto, allora so che mi trovo davanti a un'impresa di una certa importanza e, diciamolo pure, inconsueta, perché ben poche opere non risultano ridicole, insulse e annientate dalla straordinaria succulenza delle piccole delizie dorate.

«Sono fritta» dico ancora a Lev, «perché le mie conoscenze in materia di kantismo sono davvero poca cosa di fronte all'abisso della fenomenologia».

Non ho molte alternative. Devo recarmi in biblioteca e vedere di scovare un'introduzione alla faccenda. Di solito diffido di questi commenti o sintesi, che imprigionano il lettore in un pensiero scolastico. Ma la situazione è troppo grave perché possa concedermi il lusso di tergiversare. La fenomenologia mi sfugge, e questo mi è insopportabile.

Pensiero profondo n° 3

Quelli più forti
fra tutti gli uomini
non fanno nulla
parlano solamente
parlano di continuo

È un mio pensiero profondo che è nato da un altro pensiero profondo. L'ha espresso un invitato di papà, ieri sera a cena: «Chi sa fare fa, chi non sa fare insegna, chi non sa insegnare insegna agli insegnanti, e chi non sa insegnare agli insegnanti fa politica». A tutti è parsa un'idea molto acuta, ma per motivi fondamentalmente sbagliati. «È proprio vero» ha detto Colombe, la specialista in finta autocritica. Lei è una di quelli che pensano che sapere è potere e perdono. Se sono consapevole di far parte di un'élite autocompiaciuta che liquida il bene comune per eccesso di arroganza, evito le critiche e ottengo il doppio del prestigio. Anche papà tende a ragionare nello stesso modo, nonostante sia meno cretino di mia sorella. Lui crede ancora che esista una cosa chiamata dovere e, benché secondo me si tratti di una pura chimera, ciò lo rende immune dalla demenza del cinismo. Mi spiego: non c'è nessuno più puerile del cinico, perché il cinico crede ancora con tutte le sue forze che il mondo abbia un senso e non riesce a rinunciare alle sciocchezze dell'infanzia, tanto che assume l'atteggiamento opposto. «Non credo più a nulla, la vita è una puttana e ne godrò fino alla nausea» sono le parole esatte dell'ingenuo scocciato. È così che la pensa mia sorella. Sarà anche una normalista ma crede ancora a Babbo Natale, non perché sia una persona di buon cuore ma perché è decisamente infantile. Quando il collega di papà se n'è uscito con la sua bella frase, lei ridacchiava stupidamente, della serie "l'anafora è il mio forte", ed è stata la conferma di quello che penso da un bel pezzo: Colombe è un disastro totale.

Io però credo che questa frase sia davvero un pensiero profondo, proprio perché non è vera, o perlomeno non del tutto. Il suo significato non è quello che appare a prima vista. Se nella scala sociale si salisse in funzione della propria incompetenza, vi garantisco che il mondo non girerebbe come gira oggi. Ma il problema non sta qui. Il significato di questa frase non è che gli incompetenti hanno un posto in prima fila, ma che non c'è niente di più duro e ingiusto della realtà umana: gli uomini vivono in un mondo dove sono le parole e non le azioni ad avere il potere, dove la massima competenza è il controllo del linguaggio. È una cosa terribile, perché in definitiva siamo soltanto dei primati programmati per mangiare, dormire, riprodurci, conquistare e rendere sicuro il nostro territorio, e quelli più tagliati per queste cose, i più animaleschi tra noi, si fanno sempre fregare dagli altri, cioè da quelli che parlano bene ma che non saprebbero difendere il proprio giardino, portare a casa un coniglio per cena o procreare come si deve. Gli uomini vivono in un mondo in cui sono i deboli a dominare. È un terribile oltraggio alla nostra natura animale, una specie di perversione, di contraddizione profonda.

5. Triste condizione

Dopo un mese di lettura frenetica, con immenso sollievo giungo alla conclusione che la fenomenologia è una truffa. Come le cattedrali hanno sempre risvegliato in me quella sensazione prossima al collasso che si prova di fronte alla manifestazione di ciò che gli uomini possono erigere in onore di qualcosa che non esiste, allo stesso modo la fenomenologia mi lascia totalmente incredula all'idea che sia stata profusa tanta intelligenza in un'impresa così vana. Purtroppo siamo a novembre e non ho susine mirabelle a portata di mano. In simili circostanze, a dire il vero undici mesi l'anno, ripiego sul cioccolato fondente 70%. Ma conosco già in anticipo il risultato della prova. Se solo potessi addentare il mio metro di paragone, leggendo non starei più nella pelle dalla contentezza, e un bel capitolo come "Rivelazione della finalità della scienza nello sforzo di 'viverla' come fenomeno noematico" oppure "I problemi costituitivi dell'io trascendentale" potrebbe persino farmi morire dal ridere, folgorata dritto al cuore nella mia soffice poltrona, con il succo di mirabella o i rivoli di cioccolato che mi colano agli angoli della bocca.

Se vogliamo affrontare la fenomenologia dobbiamo essere coscienti che essa si riassume in un duplice interrogativo: qual è la natura della coscienza umana? Che cosa conosciamo del mondo?

Prendiamo la prima parte.

Nei millenni, passando dal "conosci te stesso" a "io penso

dunque sono", abbiamo continuato a chiosare sulla ridicola prerogativa dell'uomo per cui egli è cosciente della propria esistenza e, soprattutto, sul fatto che tale coscienza è capace di farsi oggetto di sé stessa. Quando l'uomo ha un prurito da qualche parte, si gratta e ha coscienza del fatto che si sta grattando. Chiedetegli: che cosa stai facendo? e lui risponderà: mi gratto. Spingiamo più in là l'indagine (sei cosciente di essere cosciente che ti stai grattando?) e lui continuerà a rispondere di sì, e così farà per tutti i "sei cosciente?" che possiamo aggiungere. L'uomo, sapendo che si gratta e che ne è cosciente, ha forse per questo meno prurito? La coscienza riflessiva ha un'influenza benefica sui pruriti? Giammai! Sapere che abbiamo prurito ed essere coscienti che siamo coscienti di saperlo non cambia assolutamente nulla al fatto che abbiamo prurito. Inconveniente ulteriore, dobbiamo accettare la lucidità che ci deriva da questa triste condizione, e scommetto dieci chili di mirabelle che tutto questo finisce per ingigantire un fastidio che il mio gatto liquiderebbe con un banale movimento della zampa anteriore. Agli uomini, del resto, sembra straordinario che un essere sappia di sapere che si sta grattando, visto che nessun altro animale ne è capace e che, in questo modo, noi sfuggiamo alla condizione di bestie; e ciò è talmente straordinario che questa preminenza della coscienza umana a molti sembra la manifestazione di qualcosa di divino, qualcosa dentro di noi che sfuggirebbe al freddo determinismo cui sono sottomesse tutte le cose fisiche.

L'intera fenomenologia poggia su questa certezza: la nostra coscienza riflessiva, segno distintivo della nostra dignità ontologica, è l'unica entità in noi degna di essere studiata perché ci salva dal determinismo biologico.

Nessuno sembra cosciente del fatto che, *essendo noi* animali sottomessi al freddo determinismo delle cose fisiche, tutto ciò che viene prima è caduco.

6. Tonache

La seconda domanda, dunque: che cosa conosciamo del mondo?

A questa domanda rispondono gli idealisti come Kant.

Che cosa rispondono?

Rispondono: non un granché.

L'idealismo è quel convincimento secondo cui noi possiamo conoscere solo ciò che appare alla nostra coscienza, quell'entità semidivina che ci salva dalla condizione di bestie. Noi del mondo conosciamo ciò che può dirne la nostra coscienza, perché questo le appare – e nient'altro.

Facciamo un esempio a caso, prendiamo un simpatico gatto di nome Lev. Perché? Perché con un gatto credo sia più facile. Vi chiedo: come potete essere certi che si tratti di un gatto e addirittura sapere che cos'è un gatto? Potremmo plausibilmente supporre che questa conoscenza si formi grazie alla vostra percezione dell'animale, corredata da qualche meccanismo concettuale e linguistico. Gli idealisti invece rispondono che è impossibile sapere se ciò che noi percepiamo e concepiamo del gatto, ciò che la nostra coscienza avverte come gatto, sia o meno perfettamente conforme a quello che è il gatto nella sua intimità profonda. Forse il mio gatto, che al momento colgo come un quadrupede obeso con baffi vibranti e che nella mia mente sistemo nella casella etichettata "gatto", è in verità e nella sua stessa essenza un'appiccicosa palla verde che non fa miao. Ma i miei sensi sono conformati in modo tale che non mi appaia questo, e che l'immondo ammasso di colla verde, ingannando il mio disgusto e la mia ingenua fiducia, si presentì alla mia coscienza nelle sembianze di un animale domestico ingordo e setoso.

Ecco l'idealismo kantiano. Del mondo noi conosciamo solo l'*idea* che se ne forma la nostra coscienza. Ma esiste una teoria ancora più deprimente di questa, una teoria che apre prospettive ancora più spaventose che dell'accarezzare senza rendersene conto un pezzo di bava verde o, al mattino, cacciare in una cavità pustolosa i toast che voi pensavate destinati al tostapane.

Esiste l'idealismo di Edmund Husserl, nome che ormai mi fa pensare a una marca di tonache per preti irretiti da un oscuro scisma della chiesa battista.

Per quest'ultima teoria esiste solo l'*apprensione* del gatto. E il gatto? Vabbè, ci si passa sopra. Il gatto non serve. A che ci serve? Quale gatto? A questo punto la filosofia è libera di abbandonarsi completamente alla lussuria del puro spirito. Il mondo è una realtà inaccessibile che sarebbe vano tentare di conoscere. Che cosa conosciamo del mondo? Niente. Se ogni conoscenza non è altro che l'esplorazione che la coscienza riflessiva compie di sé stessa, allora possiamo mandare il mondo a quel paese.

Questa è la fenomenologia: la "scienza di ciò che appare alla coscienza". Come si svolge la giornata di un fenomenologo? Si alza, è cosciente di insaponare sotto la doccia un corpo la cui esistenza è priva di fondamento, di buttar giù toast annichiliti, di infilarsi abiti che sono come parentesi vuote, di recarsi in ufficio e di afferrare un gatto.

Poco lo riguarda se questo gatto esiste o non esiste e che cosa sia nella sua essenza. L'indimostrabile non lo interessa. Al contrario, è innegabile che alla sua coscienza appaia un gatto, ed è proprio questo apparire che preoccupa il nostro uomo.

Un apparire, del resto, parecchio complicato. A questo punto è veramente notevole che si possa spiegare nei particolari come funziona, da parte della coscienza, l'apprensione di una cosa la cui esistenza in sé è indifferente. Sapevate che la nostra coscienza non percepisce al volo, ma effettua complicate serie di sintesi che, creando profili successivi, giungono a far apparire ai nostri sensi oggetti diversi, come per esempio un gatto, una scopa o uno scacciamosche (e Dio solo sa se è utile)? Fate questo esercizio: guardate il vostro gatto e chiedetevi come possa accadere che voi sappiate com'è fatto davanti, dietro, di sotto e di sopra, mentre in questo momento lo percepite solo di fronte. Evidentemente, senza che voi nemmeno ci faceste caso, sintetizzando le molteplici percezioni del vostro gatto sotto tutte le angolazioni possibili, la vostra coscienza alla fine deve aver creato questa immagine completa del gatto che pure la vostra visione attuale non vi consente. Stessa cosa per lo scacciamosche, che percepite sempre in un'unica direzione benché nella vostra mente possiate visualizzarlo tutto intero e, miracolo, sappiate com'è fatto dall'altra parte senza nemmeno girarlo.

Bisogna convenire che questo sapere è estremamente utile. Non possiamo immaginarci Manuela che si serve di uno scacciamosche, senza mobilitare all'istante la sua personale conoscenza dei diversi profili necessari all'apprensione. D'altra parte, non riusciamo a immaginarci Manuela che si serve di uno scacciamosche per il semplice motivo che negli appartamenti dei ricchi le mosche non ci sono mai. Né mosche né sifilide né cattivi odori né segreti di famiglia. In casa dei ricchi tutto è pulito, levigato, sano e, di conseguenza, al riparo dalla tirannide degli scacciamosche e dalla pubblica riprovazione.

Ecco quindi la fenomenologia: un solitario e infinito monologo della coscienza con sé stessa, un autismo duro e puro che nessun vero gatto andrà mai a importunare.

7. Nel Sud confederato

Cos'è che sta leggendo?» mi chiede Manuela arrivando con il fiatone dagli appartamenti di sua Altezza de Broglie la quale, sfinita per i preparativi della cena di stasera, sembra in preda a un attacco di tubercolosi. Dopo aver ricevuto dal fattorino sette scatole di caviale Petrossian, respirava come Dart Fener.

«Un'antologia di poesie folcloristiche» rispondo, e chiudo per sempre il capitolo Husserl.

Oggi Manuela è di buon umore, lo capisco subito. Scarta con vivacità un cestino saturo di pasticcini ancora orlati dalle corolle bianche in cui sono stati cotti, si siede e liscia accuratamente la tovaglia con il palmo della mano, preludio a una dichiarazione entusiasmante.

Dispongo le tazze, mi siedo a mia volta e aspetto.

«Madame de Broglie non è soddisfatta dei suoi tartufi» comincia.

«Ah, davvero?» dico educatamente.

«Non profumano» prosegue con aria perfida, come se questa mancanza fosse per la signora una somma offesa personale.

Ci gustiamo questa informazione come merita, e mi immagino con piacere Bernadette de Broglie sconvolta e scarmigliata che, nella sua cucina, si ingegna a vaporizzare sui trasgressori un decotto di porcini e gallinacci nella speranza ridicola e folle che alla fine esalino qualcosa che ricordi vagamente il bosco.

«E Neptune ha fatto la pipì sulla gamba di monsieur Saint-Nice» continua Manuela. «Deve averla trattenuta per ore, e quando Monsieur ha tirato fuori il guinzaglio quella povera bestia non ha potuto più aspettare e ha provveduto nell'ingresso, sull'orlo dei suoi pantaloni».

Neptune è il cocker dei proprietari al terzo piano, lato destro. Il secondo e il terzo piano sono gli unici a essere divisi in due appartamenti (di duecento metri quadrati l'uno). Al primo piano ci sono i de Broglie, al quarto gli Arthens, al quinto i Josse e al sesto i Pallières. Al secondo ci sono i Meurisse e i Rosen. Al terzo i Saint-Nice e i Badoise. Neptune è il cane dei Badoise, o più esattamente di mademoiselle Badoise, che studia legge ad Assas e organizza feste con altri proprietari di cocker che studiano legge ad Assas.

Ho una grande simpatia per Neptune. Sì, ci stimiamo molto, forse in virtù della complicità nata dal fatto che i sentimenti dell'uno sono immediatamente accessibili all'altra. Neptune sente che gli voglio bene; i suoi vari desideri mi sono evidenti. Il bello è che si ostina a essere un cane, mentre la sua padrona vorrebbe che fosse un gentleman. Quando esce in cortile, in fondo al guinzaglio di cuoio fulvo, guarda con bramosia le pozzanghere di acqua fangosa che se ne stanno lì nell'ozio. La padrona dà un colpo secco al giogo, lui abbassa il deretano fino a terra e, senza tante cerimonie, si lecca gli attributi. Athéna, la ridicola whippet dei Meurisse, lo fa sbavare come un satiro lubrico e lui ansima al solo pensiero, mentre la sua testa si riempie di fantasie. La cosa particolarmente buffa nei cocker è la loro andatura ondeggiante quando sono di umore faceto; è come se delle piccole molle, avvitate sotto le zampe, li proiettassero verso l'alto – ma dolcemente, senza sbalzi. Questo stesso movimento agita anche le zampe e le orecchie come il rollio con una barca, e il cocker, piccola nave simpatica che solca la terraferma, porta in questi luoghi urbani un tocco marittimo di cui sono ghiotta.

Neptune, per concludere, è un gran golosone, pronto a tutto per le vestigia di un raperonzolo o per una crosta di pane raffermo. Quando la sua padrona passa davanti al locale rifiuti, lui tira come un matto in direzione del suddetto, con la lingua ciondoloni, dimenando la coda. Per Diane Badoise è una disperazione! Secondo quest'anima nobile, il suo cane dovrebbe essere come le ragazze della buona società di Savannah, nel Sud confederato di prima della Guerra di secessione, che potevano trovare marito solo se fingevano di non avere affatto appetito.

E invece Neptune fa lo yankee affamato.

Diario del movimento del mondo n° 2

Bacon per il cocker

Nel condominio ci sono due cani: la whippet dei Meurisse, che sembra uno scheletro coperto da uno strato di cuoio beige, e un cocker rossiccio appartenente a Diane Badoise, la figlia dell'avvocato con la puzza sotto al naso, una bionda anoressica che indossa impermeabili Burberry. La whippet si chiama Athéna e il cocker Neptune. Nel caso non vi fosse ancora chiaro in che tipo di palazzo abito. Nessun Fido né Rex da noi. Bene, ieri i due cani si sono incrociati nell'atrio, e io ho avuto modo di assistere a un interessante balletto. Sorvoliamo sul fatto che i cani si sono annusati il sedere. Non so se Neptune ce l'ha puzzolente, vero è che Athéna è balzata all'indietro, mentre lui pareva stesse annusando un bouquet di rose con dentro una bella bistecca al sangue.

No, la cosa interessante erano le due umane all'altro capo dei guinzagli. In città, infatti, sono i cani a tenere i padroni al guinzaglio, per quanto nessuno sembra intuire che farsi carico volontariamente di un cane da portare fuori due volte al giorno, con la pioggia, il vento o la neve, è come mettersi da soli un guinzaglio attorno al collo. Per farla breve, Diane Badoise e Anne-Hélène Meurisse (stesso modello a venticinque anni di distanza) si sono incrociate nell'atrio ognuna all'estremità del proprio guinzaglio. Questa circostanza è sempre una vera comica! Sono impacciate come se avessero le mani e i piedi palmati, perché non possono fare l'unica cosa efficace in una situazione del genere: riconoscere quello che sta succedendo, per poterlo impedire. Ma siccome fingono di credere che portano a spasso dei raffinati peluche privi di qualsiasi pulsione fuori luogo, non possono sbraitare ai loro cani di smettere di annusarsi il culo o di leccarsi gli zebedei.

Quindi ecco cos'è successo: Diane Badoise è uscita dall'ascensore con Neptune, e Anne-Hélène Meurisse aspettava proprio lì davanti con Athéna. Quindi per così dire è come se avessero lanciato i cani uno addosso all'altro, e ovviamente, com'era inevitabile, Neptune è impazzito. Non capita tutti i giorni di uscire bello tranquillo dall'ascensore e ritrovarsi col muso sul sedere di Athéna. Sono anni e anni che Colombe ci rompe le scatole con il *kairòs*, un concetto greco che significa più o meno il "momento propizio", quella cosa che secondo lei Napoleone sapeva cogliere – perché chiaramente mia sorella è una specialista di strategia militare. Insomma, il kairòs è l'intuizione del momento. Beh, posso dirvi che Neptune aveva il suo kairòs proprio sul muso e non ha tergiversato, si è comportato da vero cavaliere: ci è salito sopra. «Oh mio Dio!» ha detto Anne-Hélène Meurisse, neanche fosse stata lei la vittima dell'oltraggio. «Oh no!» ha esclamato Diane Badoise come se tutta la vergogna ricadesse su di lei, mentre scommetto un Ferrero Rocher che non le sarebbe mai venuto in mente di salire sul didietro di Athéna. E tutte e due hanno cominciato a tirare il guinzaglio dei loro cani, però è sorto un problema, ed è proprio da lì che è nato il movimento interessante.

Di fatto Diane avrebbe dovuto tirare verso l'alto e Anne-Hélène verso il basso, così da staccare i due cani, ma invece si sono mosse lateralmente, e siccome davanti all'ascensore è piuttosto stretto, ben presto sono andate a sbattere tutte e due contro un ostacolo: una contro il cancello dell'ascensore, l'altra contro il muro di sinistra, e così Neptune, destabilizzato dal primo strattone, ha ripreso slancio e si è ancorato più forte ad Athéna, che roteava gli occhi terrorizzati urlando. A quel punto le umane hanno cambiato strategia, tentando di trascinare i cani verso spazi più ampi per poter ripetere la manovra più comodamente. Ma la cosa si faceva urgente: lo sanno tutti che a un certo momento non è più possibile staccare i cani. Quindi hanno messo il turbo, gridando all'unisono «Oh mio Dio, oh mio Dio» e tirando i guinzagli come se ne andasse della loro virtù. Ma nella fretta Diane Badoise è leggermente scivolata e ha preso una storta. Ed ecco il movimento interessante: la caviglia si è piegata verso l'esterno e contemporaneamente tutto il corpo è andato nella stessa direzione fuorché la coda di cavallo, che è partita dall'altra parte.

Vi giuro che è stato stupendo: sembrava un Francis Bacon. Da anni nel bagno dei miei genitori c'è un quadro di Bacon alla parete, con uno sulla tazza, per l'appunto, esattamente in stile Bacon, martoriato e poco invitante. Ho sempre pensato che avesse una certa influenza sulla tranquillità delle operazioni, ma comunque sia qui ognuno ha il suo bagno e quindi non mi sono mai lamentata. Però quando Diane Badoise si è presa la storta disarticolandosi completamente, creando strani spigoli con le ginocchia, le braccia e la testa, il tutto coronato dalla coda di cavallo in orizzontale, mi è subito venuto in mente il Bacon. Per un brevissimo istante mi ha fatto pensare a una marionetta disarticolata, come se il suo corpo prendesse una stecca, e per alcuni millesimi di secondo (perché è stata una cosa rapidissima, ma dato che ora sono molto attenta ai movimenti del corpo, l'ho visto come alla moviola) Diane Badoise mi ha ricordato un soggetto di Bacon. Da lì a pensare che da anni questo affare sta in bagno solo per permettermi di apprezzare per bene un così strano movimento, è un attimo. Poi Diane è caduta sui cani e così ha risolto il problema, perché Athéna, spiaccicandosi a terra, è sfuggita a Neptune. Quindi c'è stato un balletto complicato: Anne-Hélène voleva soccorrere Diane, pur tenendo la sua cagnetta alla larga dal mostro lubrico, e Neptune, completamente indifferente alle grida di dolore della sua padrona, continuava a tirare in direzione della bistecca alle rose. In quel momento però è uscita dalla guardiola madame Michel, e io ho afferrato il guinzaglio di Neptune e l'ho portato un po' più in là.

Era proprio deluso, poverino. E così si è seduto e ha cominciato a leccarsi gli zebedei con molti *slurp*, cosa che ha fatto disperare ancora di più la povera Diane. Madame Michel ha chiamato un'ambulanza, perché la caviglia stava diventando un cocomero, e poi ha riportato Neptune di sopra, mentre Anne-Hélène Meurisse è rimasta con Diane. Io sono tornata a casa pensando: bene, un Bacon dal vivo, ne vale la pena allora?

Ho deciso di no: perché non solo Neptune è rimasto senza leccornia, ma non ha nemmeno fatto la sua passeggiatina.

8. Profeta delle moderne élite

Questa mattina, ascoltando *France Inter*, con mia grande sorpresa ho scoperto che non ero quello che pensavo di essere. Finora avevo attribuito il mio eclettismo culturale alla mia condizione di autodidatta proletaria. Come ho già ricordato, ho trascorso ogni istante della mia vita che potevo sottrarre al lavoro a leggere, guardare film e ascoltare musica. Ma questa frenesia nel divorare prodotti culturali mi sembrava patisse di una suprema mancanza di gusto, una mescolanza brutale di opere rispettabili e altre che lo erano molto meno.

Sebbene quello della lettura sia l'ambito in cui il mio eclettismo è meno esteso, anche lì la mia varietà di interessi è decisamente notevole. Ho letto opere di storia, di filosofia, di economia politica, di sociologia, di psicologia, di pedagogia, di psicanalisi e, ovviamente e innanzitutto, di letteratura. Se le prime mi hanno interessato, quest'ultima è tutta la mia vita. Il mio gatto, Lev, porta questo nome per via di Tolstoj. Il precedente si chiamava Dongo come Fabrizio del. Il primo aveva nome Karenina come Anna, ma lo chiamavo solo Kare, per timore di essere smascherata. A parte l'infedeltà stendhaliana, i miei gusti si collocano senza ombra di dubbio nella Russia ante 1910, ma vado fiera di aver divorato una parte tutto sommato apprezzabile della letteratura mondiale, se si pensa che sono una ragazza di campagna le cui prospettive di carriera hanno superato ogni speranza fino a condurmi al portierato del 7 di rue de Grenelle, e che normalmente una tale sorte avrebbe dovuto consacrarmi al culto eterno di Barbara Cartland. Confesso di avere una predilezione colpevole per i romanzi polizieschi – ma quelli che leggo li considero alta letteratura. Certi giorni mi risulta particolarmente difficile dovermi strappare alla lettura di un Connelly o di un Mankell per andare a rispondere alla scampanellata di Bernard Grelier o di Sabine Pallières, le cui ansie non si accordano affatto con le meditazioni di Harry Bosch, lo sbirro appassionato di jazz del Los Angeles Police Departement, soprattutto quando mi dicono:

«È intollerabile che la puzza di spazzatura si sente fino in cortile».

Che Bernard Grelier e l'erede di un'antica famiglia di banchieri possano preoccuparsi per le stesse cose triviali, e al contempo ignorare entrambi che le espressioni impersonali reggono il congiuntivo, getta nuova luce sul genere umano.

In campo cinematografico, invece, il mio eclettismo è illimitato. Mi piacciono i blockbuster americani e i film d'autore. In effetti per molto tempo ho consumato preferibilmente cinema d'intrattenimento americano o inglese, se si esclude qualche opera seria che giudicavo solo con il mio occhio estetico, mentre l'occhio passionale ed empatico aveva frequentazioni unicamente con lo svago. Greenaway mi suscita ammirazione, interesse e sbadigli, mentre piango come una fontana ogni volta che Melly e Mami salgono le scale dei Butler dopo la morte di Diletta, e considero *Blade Runner* un capolavoro del divertimento di alto livello. Per molto tempo ho ritenuto una fatalità che la settima arte fosse bella, potente e soporifera e che il cinema di intrattenimento fosse frivolo, piacevole e sconvolgente.

Guardate, oggi per esempio fremo d'impazienza pensando al regalo che mi sono fatta. È il frutto di un'attesa esemplare, l'appagamento a lungo rimandato del desiderio di rivedere un film che ho visto per la prima volta nel Natale del 1989.

9. Ottobre Rosso

Nel Natale del 1989 Lucien era molto malato. Non sapevamo ancora quando sarebbe arrivata la morte, ma eravamo legati dalla certezza della sua imminenza, legati dentro noi stessi e legati l'un l'altro da questo vincolo invisibile. Quando la malattia entra in una casa non si impossessa soltanto di un corpo, ma tesse tra i cuori un'oscura rete che seppellisce la speranza. Come una ragnatela che avvolgeva i nostri progetti e il nostro respiro, giorno dopo giorno la malattia inghiottiva la nostra vita. Quando rincasavo, avevo la sensazione di entrare in un sepolcro e avevo sempre freddo, un freddo che niente riusciva a mitigare, al punto che negli ultimi tempi, quando dormivo al fianco di Lucien, mi sembrava che il suo corpo assorbisse tutto il calore che il mio era riuscito a trafugare altrove.

La malattia, diagnosticata nella primavera del 1988, lo consumò per diciassette mesi e se lo portò via la vigilia di Natale. L'anziana madame Meurisse organizzò una colletta tra gli abitanti del palazzo e in guardiola fu deposta una bella corona di fiori, cinta da un nastro senza nessuna dedica. Alle esequie venne solo lei. Era una donna pia, fredda e altezzosa, ma nei suoi modi austeri e un po' bruschi c'era qualcosa di sincero, e quando morì, un anno dopo Lucien, giunsi alla conclusione che era una donna per bene e che mi sarebbe mancata, benché in quindici anni non ci fossimo quasi mai rivolte la parola.

«Fino all'ultimo ha reso la vita della nuora un inferno. Pace all'anima sua, era una santa donna» aveva aggiunto a mo' di orazione funebre Manuela, che provava per la giovane madame Meurisse un odio raciniano.

Esclusa Cornélia Meurisse, con le sue velette e i suoi rosari, nessuno considerò la malattia di Lucien una cosa degna di interesse. Magari i ricchi pensano che la gente modesta, forse perché ha una vita rarefatta, priva dell'ossigeno del denaro e del savoir-faire, vive le emozioni umane con scarsa intensità e maggiore indifferenza. Essendo portinai, era acquisito che per noi la morte fosse un evento scontato, nell'ordine delle cose, mentre per i possidenti essa avrebbe rivestito gli abiti dell'ingiustizia e del dramma. Un portinaio che si spegne è un piccolo vuoto nello scorrere della vita quotidiana, una certezza biologica a cui non è associata nessuna tragedia. Per i proprietari che lo incrociavano ogni giorno per le scale o sulla soglia della guardiola, Lucien era una non-esistenza che tornava al nulla da cui non era mai uscito, un animale che, vivendo una vita a metà senza fasti né artifici, al momento della morte doveva senz'altro provare solo un senso di ribellione a metà. Da queste parti, a nessuno poteva mai venire in mente che, come ogni altro, anche noi potessimo passare le pene dell'inferno, e che con il cuore stretto dalla rabbia man mano che il dolore ci devastava l'esistenza, fossimo sopraffatti dalla cancrena interiore, nel tumulto della paura e dell'orrore che la morte infonde in ognuno.

Una mattina, mancavano tre settimane a Natale, mentre tornavo dalla spesa con una cesta piena di raperonzoli e di polmone per il gatto, trovai Lucien vestito, pronto per uscire. Si era perfino annodato la sciarpa attorno al collo e mi aspettava in piedi. Abituata alle deambulazioni stremanti di un marito che nel tragitto dalla camera alla cucina si svuotava di ogni forza e diventava di un pallore spaventoso, dopo molte settimane in cui non lo avevo mai visto abbandonare un pigiama che pareva l'abito stesso del trapasso, a trovarmelo davanti con lo sguardo luminoso e l'aria birichina, il bavero del cappotto ben alzato fino alle guance stranamente rosa, per poco non svenni.

«Lucien!» urlai, e stavo per andargli incontro per sorreggerlo, metterlo a sedere, spogliarlo e chissà cos'altro, tutti quei gesti sconosciuti che la malattia mi aveva insegnato e che negli ultimi tempi erano diventati gli unici che sapessi fare; stavo per posare la sporta, abbracciarlo, stringerlo a me, accompagnarlo e tutto il resto, quando, con il fiato corto e una strana sensazione di dilatazione al cuore, mi fermai.

«Facciamo appena in tempo» mi disse Lucien, «il film comincia all'una».

Nel calore della sala, con le lacrime agli occhi, felice come non ero mai stata, strinsi la sua mano, tiepida per la prima volta dopo mesi. Sapevo che un afflusso inatteso di energia lo aveva tirato su dal letto, gli aveva dato la forza di vestirsi, la voglia di uscire, il desiderio di condividere ancora una volta questo piacere coniugale, e sapevo anche che era il segno che restava poco tempo, lo stato di grazia che precede la fine, ma non mi importava e volevo soltanto godermi quel momento, gli attimi strappati al giogo della malattia, la sua mano tiepida nella mia e i brividi di piacere di entrambi perché, grazie al cielo, era un film che potevamo apprezzare tutti e due.

Penso che morì subito dopo. Il suo corpo rimase altre tre settimane, ma il suo spirito se n'era andato alla fine del film, perché lui sapeva che era meglio così, perché mi aveva detto addio nella sala buia, senza rimpianti troppo dolorosi, perché aveva trovato la pace in questo modo confidando in quello che ci eravamo detti scambiandoci qualche parola, guardando insieme lo schermo illuminato dove si dipanava una storia.

Lo accettai.

Caccia a Ottobre Rosso fu il film del nostro ultimo abbraccio. Chi vuole capire l'arte del racconto non ha che da vederlo. Mi domando perché l'università si ostini a insegnare i princìpi narrativi a colpi di Propp, Greimas o altre torture simili invece di investire in una sala di proiezione. Premesse, intrigo, attanti, peripezie, quête, eroi e altri aiutanti: molto meglio uno Sean Connery in uniforme da sommergibilista russo e qualche portaerei ben piazzata.

E insomma, dicevo, ho appreso questa mattina ascoltando *France Inter* che la contaminazione tra le mie aspirazioni alla cultura legittima e la propensione alla cultura illegittima non è un marchio imputabile alla mia bassa estrazione e al mio accesso solitario ai lumi della mente, bensì una caratteristica delle odierne classi intellettuali dominanti. Come l'ho appreso? Per bocca di un sociologo, e avrei desiderato ardentemente sapere se anche lui fosse interessato a sapere che una portinaia con le pantofole del dottor Scholl lo aveva appena innalzato a icona sacra. Studiando l'evoluzione delle abitudini culturali degli intellettuali, un tempo immersi dall'alba al tramonto nell'alta erudizione e oggi, al contrario, diventati poli di sincretismo in cui la frontiera tra la vera e la falsa cultura è irrimediabilmente confusa, il sociologo descriveva un professore di lettere classiche che un tempo avrebbe ascoltato Bach, letto Mauriac e guardato i capolavori del cinema e i film d'essai, ma che oggi ascolta Haendel e MC Solaar, legge Flaubert e John Le Carré, va a vedersi un Visconti e l'ultimo *Die Hard – Duri a morire*, e mangia hamburger a mezzogiorno e sushi la sera.

È sempre molto sconcertante scoprire che quello che credevamo il segno distintivo della nostra originalità è invece un habitus sociale dominante. Sconcertante e forse anche offensivo. Che io, Renée, cinquantaquattro anni, portinaia e autodidatta, proprio io, nonostante la clausura in una guardiola convenzionale, nonostante un isolamento che avrebbe dovuto proteggermi dalle tare della massa, e ancora nonostante questa vergognosa quarantena lontana dalle evoluzioni del vasto mondo nella quale mi sono confinata, che io, Renée, sia la testimone della stessa trasformazione che sconvolge le attuali élite – costituite dai giovani Pallières normalisti che leggono Marx e se ne vanno in massa a vedere *Terminator*, o dalle giovani Badoise che studiano legge ad Assas e singhiozzano davanti a *Notting Hill* – è uno shock da cui fatico a riprendermi. E chi presta attenzione alla cronologia vedrà senza ombra di dubbio che io non scimmiotto affatto questi giovincelli, ma che, con le mie abitudini eclettiche, li ho semplicemente preceduti.

Renée, profeta delle élite contemporanee.

«E perché no, perché no» mi dico, tirando fuori dalla sporta la fetta di polmone di vitello per il gatto e riesumando poi, più in basso, ben incartati in una busta di plastica anonima, due filettini di triglia di sabbia che ho intenzione di lasciar marinare e poi cuocere in un succo di limone profumato di coriandolo.

Ed è in questo momento che accade la cosa.

Pensiero profondo n° 4

Prenditi cura
di tutte le tue piante
e dei bambini

Abbiamo una donna di servizio che viene qui tre ore al giorno, ma delle piante si occupa la mamma. Ed è uno spettacolo incredibile. Ha due innaffiatoi, uno per l'acqua concimata, uno per l'acqua distillata, e un vaporizzatore con diverse posizioni per nebulizzazioni "mirate", "a pioggia" o "a nuvola". Ogni mattina passa in rassegna le venti piante dell'appartamento somministrando loro trattamenti personalizzati. E borbotta un mucchio di cose, completamente isolata dal resto del mondo. Quando si occupa delle piante puoi dirle qualunque cosa, la mamma non ci farà assolutamente caso. Per esempio, «Oggi ho intenzione di drogarmi e di andare in overdose» avrà come risposta: «La kenzia ha le foglie un po' gialline in punta, troppa acqua, non va per niente bene».

Già intuiamo l'inizio del paradigma: se nella vita vuoi fare fiasco, non ascoltare mai quello che ti dicono gli altri, ma occupati delle piante. E non è finita qui. Quando la mamma spruzza l'acqua sulle foglie, la vedo animarsi di speranza. Lei pensa che sia una specie di balsamo che penetra nelle piante e fornisce loro il necessario per crescere. Stessa cosa per il concime a forma di bastoncini che conficca nella terra (o meglio in un misto di terra–terriccio–sabbia–torba che fa preparare ad hoc per ogni pianta dal garden center di Porte d'Auteuil). Quindi la mamma nutre le sue piante così come ha nutrito i figli: acqua e concime per la kenzia, fagiolini e vitamina C per noi. Ed ecco il nocciolo del paradigma: rimani concentrato sull'oggetto, procuragli i princìpi nutritivi che dall'esterno vanno verso l'interno e che,

agendo da dentro, lo fanno crescere e gli fanno bene. Una spruzzatina sulle foglie, ed ecco che la pianta è pronta per affrontare
la vita. Guardala con un misto di inquietudine e di speranza, consapevole della fugacità della vita, preoccupata per gli incidenti
che possono capitare, ma nello stesso tempo soddisfatta per
aver fatto tutto il possibile, per aver svolto il tuo ruolo di nutrice:
per un po' ci si sente tranquilli e al sicuro. È così che la mamma
vede la vita: una serie di azioni esorcizzanti, inefficaci quanto una
spruzzatina, che danno una breve illusione di sicurezza.

Sarebbe molto meglio se potessimo condividere la nostra
insicurezza, penetrare tutti insieme dentro noi stessi e dichiarare
che i fagiolini e la vitamina C, pur nutrendo l'animale, non salvano
la vita e non sostentano lo spirito.

10. Un gatto chiamato Grammaticus

Alla guardiola suona Chabrot.

Chabrot è il medico personale di Pierre Arthens. È una specie di anziano dongiovanni perennemente abbronzato, che davanti al Maestro si contorce da vero verme qual è, e che in vent'anni non solo non mi ha mai salutata, ma non ha neppure dato segno che io gli apparissi. Potrebbe essere un'interessante esperienza fenomenologica indagare i motivi per cui alla coscienza di alcuni non appare ciò che invece appare alla coscienza di altri. Che la mia immagine possa al contempo imprimersi nella zucca di Neptune e fare fiasco in quella di Chabrot è, in effetti, una cosa davvero sorprendente.

Ma questa mattina Chabrot sembra completamente sbiadito. Ha le guance cadenti, gli trema la mano e il naso è... umido. Sì, umido. A Chabrot, il medico dei potenti, cola il naso. Per giunta, pronuncia il mio nome.

«Madame Michel».

Forse non si tratta di Chabrot, ma di una sorta di extraterrestre trasformista con un servizio informazioni che lascia a desiderare, perché il vero Chabrot non si riempie la mente di informazioni sui subalterni, anonimi per definizione.

«Madame Michel» riprende l'imitazione malriuscita di Chabrot, «madame Michel».

Dunque si dev'essere sparsa la voce. Io mi chiamo madame Michel.

«È accaduta una terribile disgrazia» ricomincia Naso che Cola il quale, perdindirindina, invece di soffiarsi il naso tira su.

Questa poi! Tira su col naso rumorosamente, ricacciando la secrezione nasale nel luogo da cui non è mai nemmeno venuta, e io, a causa della rapidità dell'azione, sono costretta ad assistere alle febbrili contrazioni del suo pomo d'Adamo intese a facilitare il passaggio della suddetta. È disgustoso, ma soprattutto sconcertante.

Guardo a destra, a sinistra. L'atrio è deserto. Se il mio E.T. ha intenzioni ostili, sono spacciata.

Si riprende, si ripete.

«Una terribile disgrazia, sì, una terribile disgrazia. Monsieur Arthens è in fin di vita».

«In fin di vita» dico, «cioè, proprio in fin di vita?».

«Proprio in fin di vita, madame Michel, proprio in fin di vita. Gli restano quarantotto ore».

«Ma l'ho visto ieri mattina, stava d'incanto!» dico sbalordita.

«Ahimè, signora, ahimè. Quando il cuore non regge più, è la fine! La mattina salti come un grillo e la sera ti ritrovi all'altro mondo».

«Morirà a casa? Non va all'ospedale?».

«Oooooh, madame Michel» mi dice Chabrot guardandomi con la stessa espressione di Neptune quando è al guinzaglio, «chi mai vorrebbe morire in ospedale?».

Per la prima volta in vent'anni provo un vago moto di simpatia nei confronti di Chabrot.

Dopotutto, mi dico, anche lui è un uomo, e alla fine siamo tutti simili.

«Madame Michel» riprende Chabrot, e sono tutta stordita da questo profluvio di "madame Michel", dopo vent'anni di nulla, «forse molta gente vorrà vedere il Maestro prima... prima. Ma lui non vuole ricevere nessuno. Vuole vedere solo Paul. Le dispiacerebbe respingere gli importuni?».

Sono molto combattuta. Noto che, come di consueto, tutti fingono di accorgersi della mia presenza solo per mettermi al lavoro. Ma in fondo, mi dico, sono qui per questo. Noto pure che Chabrot si esprime in un modo che adoro – le dispiacerebbe respingere gli importuni? – e la cosa mi turba. Questo garbo desueto mi piace. Sono schiava della grammatica, mi dico, avrei dovuto chiamare il mio gatto Grammaticus. Questo tizio mi indispone, ma ha un eloquio incantevole. Insomma, chi mai vorrebbe morire in ospedale? ha chiesto l'anziano dongiovanni. Nessuno. Né Pierre Arthens né Chabrot né io né Lucien. Con questa domanda anodina Chabrot ci ha fatto tutti uomini.

«Farò il possibile» rispondo. «Ma non posso certo inseguirli su per le scale».

«No» mi dice, «ma potrebbe distoglierli. Dica loro che il Maestro si rifiuta di ricevere visite».

E mi guarda con aria strana.

Devo stare attenta, devo stare molto attenta. Negli ultimi tempi mi lascio andare. C'è stato l'incidente del giovane Pallières, quel mio modo strampalato di citargli *L'ideologia tedesca* che, se solo lui avesse avuto la metà dell'intelligenza di una gallina, avrebbe potuto mettergli la pulce nell'orecchio su molte cose imbarazzanti. E ora, siccome un vecchio rimbambito arrostito dai raggi UVA fa sfoggio di costrutti antiquati, ecco che io davanti a lui vado in brodo di giuggiole e dimentico ogni rigore.

Annego nei miei occhi la scintilla che vi era balenata e assumo lo sguardo vitreo di ogni brava portinaia che si accinge a fare del suo meglio senza peraltro inseguire la gente su per le scale.

La strana espressione di Chabrot svanisce.

Per cancellare ogni traccia dei miei misfatti, mi concedo una piccola eresia.

«È *guasi* un infarto?» chiedo.

«Sì» mi dice Chabrot, «è un infarto».

Pausa.

«Grazie» mi dice.

«Non c'è di che» rispondo, e chiudo la porta.

Pensiero profondo n° 5

La nostra vita
servizio militare
per tutti quanti

Di questo pensiero profondo vado molto fiera. È stata Colombe a mettermi sulla strada giusta. Almeno una volta nella vita mi è stata utile. Non avrei mai pensato di poter affermare una cosa del genere prima di morire.

Fin dall'inizio tra me e Colombe è stata guerra, perché per Colombe la vita è una battaglia perenne dove bisogna vincere distruggendo l'altro. Non si sente al sicuro se non ha schiacciato l'avversario e ridotto il suo territorio alle giuste dimensioni. Un mondo dove c'è posto per gli altri è un mondo pericoloso, secondo i criteri di quella guerriera dei miei stivali! Allo stesso tempo, lei ha bisogno degli altri per un compito piccolo ma essenziale: deve pur esserci qualcuno che riconosca la sua forza! Quindi non solo tenta continuamente di schiacciarmi in tutti i modi possibili, ma in più, puntandomi la spada alla gola, vorrebbe che le dicessi che lei è la migliore e che le voglio bene. E certi giorni vado fuori di testa. Ciliegina sulla torta, per ragioni ignote Colombe, che non ha un briciolo di cervello, ha capito che il rumore è la cosa che temo di più nella vita. Deve averlo scoperto per caso. Chiaramente a lei non sarebbe mai venuto in mente che qualcuno potesse avere bisogno di silenzio. Non credo si renda conto di come il silenzio serve a penetrare *dentro* di sé, di come sia necessario a chi non si interessa unicamente al mondo esterno, perché dentro Colombe c'è caos e rumore come fuori, in strada. Comunque lei ha capito che avevo bisogno di silenzio, e sfortuna vuole che la mia camera sia accanto alla sua. E così fa rumore tutto il santo giorno. Urla al telefono, mette la musica al massimo (e questa cosa proprio mi distrugge), sbatte le porte, commenta a voce alta tutto quello che fa, comprese cose interessantissime come spazzolarsi i capelli o cercare una matita nel cassetto. Insomma, visto che non può invadere nient'altro, perché umanamente le sono del tutto inaccessibile, invade il mio spazio sonoro e mi rompe l'anima dalla mattina alla sera. Notate che bisogna avere una concezione del territorio molto limitata per arrivare a questi livelli: io me ne frego del posto in cui mi trovo, mi basta poter stare nel mio mondo senza essere disturbata. Colombe, invece, non solo si accontenta di ignorare questo fatto, ma in più ne fa una filosofia: "Quella rompiballe di mia sorella è una personcina intollerante e nevrotica che odia gli altri e preferirebbe abitare in un cimitero dove sono tutti morti; io invece sono aperta di natura, allegra e piena di vita". Se c'è una cosa che non tollero assolutamente è che la gente trasformi la propria impotenza o alienazione in un credo. E con Colombe sto fresca!

Però da qualche mese Colombe non si accontenta di essere la sorella più insopportabile dell'universo, ha anche il cattivo gusto di comportarsi in maniera preoccupante. Ci mancava solo questo: una sorella che è una piaga letale, e in più la visione dei suoi piccoli guai. Insomma, da qualche mese Colombe è ossessionata da due cose: l'ordine e la pulizia. Conseguenza assai piacevole: da zombie che ero, sono diventata una sudicia; adesso mi urla dietro di continuo perché ho lasciato delle briciole in cucina o perché stamattina c'era un capello nella doccia. E poi non se la prende solo con me: ci tormenta tutti dalla mattina alla sera per il disordine e le briciole. La sua camera, che era un caos incredibile, ora è lucidata a specchio: non un granello di polvere, tutto passato in rassegna, ogni oggetto ha un suo posto ben definito, e guai a madame Grémond se non lo rimette esattamente come prima quando ha fatto le pulizie. Sembra un ospedale. Al limite, il fatto che Colombe sia diventata così maniacale non mi disturba. La cosa che non sopporto è che faccia ancora la tipa rilassata. C'è un problema, ma tutti fanno finta di non vederlo, e

Colombe continua a considerarsi l'unica di noi due che prende la vita "in modo epicureo". Eppure vi garantisco che non c'è nulla di epicureo nel farsi tre docce al giorno e gridare come un'indemoniata perché la lampada del comodino è tre centimetri più in là.

Qual è il problema di Colombe? Non ne ho idea. Può darsi che a forza di voler schiacciare tutti si sia trasformata in un soldato, nel vero senso della parola. Allora passa tutto in rassegna, lustra, pulisce, come nell'esercito. I soldati sono ossessionati dall'ordine e dalla pulizia, è risaputo. Gli serve per lottare contro il disordine della battaglia e la sporcizia della guerra, con tutti quei brandelli di uomini che si lascia dietro. Ma di fatto mi chiedo se Colombe non sia solo un caso esasperato che riflette la norma. Tutti noi non affrontiamo forse la vita come fosse un servizio militare, tirando avanti nell'attesa del congedo o della battaglia? Alcuni puliscono la camerata, altri stanno con le mani in mano, passano il tempo a giocare a carte, trafficano, brigano. Gli ufficiali comandano, le burbe obbediscono, ma nessuno si lascia ingannare da questa commedia a porte chiuse: una mattina bisognerà andare tutti a morire, ufficiali e soldati, idioti e furbi che spacciano sigarette al mercato nero o fanno traffico di carta igienica.

Vi propongo, al volo, un'ipotesi da psicologo della mutua: Colombe è talmente caotica interiormente, talmente vuota e ingombra al tempo stesso, che tenta di mettere ordine dentro di sé sistemando e pulendo l'interno... di casa sua. Divertente, vero? Ho capito da un pezzo che gli strizzacervelli sono dei comici che considerano la metafora roba da grandi studiosi. In realtà, è alla portata di qualsiasi primino. Ma dovete sentire gli amici psicologi della mamma come si compiacciono per il minimo gioco di parole, e dovete sentire anche le stupidaggini che la mamma riferisce, perché lei racconta a tutti le sue sedute dallo psicologo come se fosse stata a Disneyland: l'attrazione "vita in famiglia", il palazzo degli specchi "la mia vita con mia madre", l'otto volante "la mia vita senza mia madre", il museo degli orrori "la mia vita sessuale" (a bassa voce per non farmi sentire) e, per finire, il tunnel della morte "la mia vita di donna in premeno-pausa".

Ma quello che mi fa paura di Colombe è che spesso ho come l'impressione che non provi nulla. Tutto ciò che Colombe esprime, a livello di sentimenti, è talmente studiato, talmente falso che mi chiedo se senta davvero qualcosa. E certe volte mi fa paura. Magari è una pazza furiosa, magari cerca a tutti i costi di provare qualcosa di autentico e per riuscirci potrebbe compiere un gesto inconsulto. Vedo già i titoli dei giornali: «Il Nerone della rue de Grenelle: una ragazza dà fuoco all'appartamento di famiglia. Interrogata sulle ragioni di tale gesto, risponde: volevo provare un'emozione».

Vabbè, d'accordo, sto esagerando un po'. E poi da che pulpito mi permetto di denunciare una piromane? In ogni caso stamattina, quando l'ho sentita urlare perché c'erano dei peli di gatto sul suo cappotto verde, ho pensato: poveretta, è una battaglia persa in partenza. E se lo sai, ti senti meglio.

11. Afflizione delle rivolte mongole

Bussano piano piano alla porta della guardiola. È Manuela, le hanno appena dato libera uscita per la giornata.

«Il Maestro è in fin di vita» mi dice, senza che io possa stabilire quanta ironia aggiunge nel riprendere il lamento di Chabrot. «Se non ha da fare, prenderemmo il tè ora?».

Questa disinvoltura nella concordanza dei tempi, questo condizionale senza verbo modale, la libertà che Manuela si prende con la sintassi, perché lei è solo una povera portoghese costretta alla lingua dell'esilio, hanno lo stesso sapore desueto delle espressioni controllate di Chabrot.

«Ho incrociato Laura per le scale» dice sedendosi, le sopracciglia aggrottate. «Si reggeva al corrimano come se le scappasse la pipì. Quando mi ha visto, se n'è andata via».

Laura è la secondogenita degli Arthens, una ragazza gentile che si fa vedere di rado. Clémence, la maggiore, è l'incarnazione dolorosa della frustrazione, una bigotta votata a tediare marito e figli sino alla fine con tristi giornate disseminate di messe, feste parrocchiali e ricami a punto croce. Quanto a Jean, il più giovane, è un drogato tendente al relitto umano. Da piccolo era un bel bambino con gli occhi pieni di stupore che trotterellava dietro al padre, come se da lui dipendesse la sua stessa vita, ma quando ha cominciato a drogarsi il cambiamento è stato impressionante: non si muoveva più. Dopo un'infanzia sprecata a correre invano dietro a Dio, i suoi movimenti erano come impediti e ormai si spostava a scatti, facendo pause sempre più lunghe per le scale, davanti all'ascensore e in cortile, fino ad addormentarsi a volte sul mio zerbino o davanti al locale rifiuti. Un giorno, mentre sostava con inebetito impegno davanti all'aiuola delle rose Tè e delle camelie nane, gli avevo chiesto se aveva bisogno di aiuto ed ero giunta alla conclusione che somigliava sempre più a Neptune, con quei capelli ricci poco curati che gli si appiccicavano alle tempie e gli occhi lucidi sopra un naso umido e tremolante.

«Eh... eh... no» mi aveva risposto scandendo le parole con le stesse pause che cadenzavano i suoi spostamenti.

«Vuole almeno sedersi?» gli avevo suggerito.

«Sedersi?» aveva ripetuto scosso. «Eh... eh... no, perché?».

«Per riposarsi un po'» avevo detto.

«Ah, giààà» aveva risposto. «Beh, eh... eh... no».

Lo lasciai quindi in compagnia delle camelie, tenendolo d'occhio dalla finestra. Dopo un bel po' di tempo si distolse dalla sua contemplazione floreale e raggiunse la guardiola a bassa velocità. Aprii prima che riuscisse in qualche modo a suonare.

«Mi sgranchisco un po'» disse senza vedermi, i setosi cernecchi un po' arruffati davanti agli occhi. Poi, con un evidente sforzo: «Quei fiori... com'è che si chiamano?».

«Le camelie?» chiesi sorpresa.

«Camelie...» ripeté lentamente, «camelie... Ecco, grazie, madame Michel» disse alla fine con una voce sorprendentemente più ferma.

E alzò i tacchi. Non lo rividi più per varie settimane, fino a quella mattina di novembre in cui, mentre passava davanti alla guardiola, non lo riconobbi per quanto appariva caduto in basso. Sì, la caduta... Tutti vi siamo destinati. Ma quando un uomo giovane raggiunge prima del tempo la condizione da cui non si risolleverà, allora essa è così visibile e brutale che il cuore si stringe di pietà. Jean Arthens era solo un corpo martoriato che si trascinava in una vita in equilibrio sul filo. Mi chiesi con spavento come sarebbe riuscito a compiere i semplici gesti necessari all'uso dell'ascensore, quando l'improvvisa apparizione di Bernard Grelier, che lo afferrò e lo sollevò come una piuma, mi evitò di intervenire. Ebbi la fugace visione di quell'uomo maturo e debole che portava in braccio un corpo di bambino massacrato, poi sparirono nell'abisso delle scale.

«Ma Clémence verrà» dice Manuela, che incredibilmente mi legge sempre nel pensiero.

«Chabrot mi ha chiesto di pregarla di andarsene» dico pensosa. «Vuole vedere solo Paul».

«Per il dolore, la baronessa si è soffiata il naso in uno strofinaccio» aggiunge Manuela riferendosi a Violette Grelier.

Non mi stupisce. Nei momenti supremi la verità deve pur venire a galla. Violette Grelier sta allo strofinaccio come Pierre Arthens sta alla seta, e tutti noi, quando non abbiamo più vie d'uscita, dobbiamo affrontare il destino in cui siamo imprigionati, e all'epilogo essere quello che siamo sempre stati nel profondo, qualunque fosse l'illusione in cui ci siamo voluti cullare. Sfiorare biancheria fine non ci autorizza a persistere nelle nostre illusioni, così come non restituisce la salute al malato.

Servo il tè e lo degustiamo in silenzio. Non l'avevamo mai preso insieme di mattina, e questa infrazione al protocollo del nostro rituale ha uno strano sapore.

«È piacevole» mormora Manuela.

Sì, è piacevole in quanto gioiamo di un duplice dono: veder consacrata, attraverso questa infrazione all'ordine delle cose, l'immutabilità di un rituale cui avevamo dato vita insieme affinché, un pomeriggio dopo l'altro, esso si radicasse nella realtà tanto da darle senso e consistenza, un rituale che dalla trasgressione di stamani trae immediatamente tutta la sua forza – ma ci gustiamo anche, come un nettare prezioso, il meraviglioso dono di questa mattina incongrua in cui i gesti meccanici prendono nuovo slancio, in cui annusare, bere, posare, servirsi ancora e sorseggiare rinascono a nuova vita. Questi attimi in cui si rivela la trama della nostra esistenza, attraverso la forza di un rituale che rinnoveremo con un piacere accresciuto dall'infrazione, sono parentesi magiche che gonfiano il cuore di commozione, perché all'improvviso il tempo è stato fecondato, in modo fugace ma intenso, da un po' di eternità. Fuori il mondo ruggisce o si addormenta, scoppiano le guerre, gli uomini vivono e muoiono, alcune nazioni periscono, altre, che verranno presto inghiottite, sorgono, e in tutto questo rumore e questo furore, in queste esplosioni e risacche, mentre il mondo avanza, si infiamma, si strazia e rinasce, si agita la vita umana.

Allora beviamo una tazza di tè.

E come Kakuzo Okakura, l'autore del *Libro del tè*, che si addolorava per la rivolta delle tribù mongole nel XIII secolo non perché avesse causato morte e afflizione, ma perché aveva distrutto l'arte del tè, il più prezioso tra i frutti della cultura Song, anch'io so bene che il tè non è una bevanda qualunque. Quando diventa rituale, rappresenta tutta la capacità di vedere la grandezza nelle piccole cose. Dove si trova la bellezza? Nelle grandi cose che, come le altre, sono destinate a morire, oppure nelle piccole che, senza nessuna pretesa, sanno incastonare nell'attimo una gemma di infinito?

Il rituale del tè, quel puntuale rinnovarsi degli stessi gesti e della stessa degustazione, quell'accesso a sensazioni semplici, autentiche e raffinate, quella libertà concessa a tutti, a poco prezzo, di diventare aristocratici del gusto, perché il tè è la bevanda dei ricchi così come dei poveri, il rituale del tè, quindi, ha la straordinaria virtù di aprire una breccia di serena armonia nell'assurdità delle nostre vite. Sì, l'universo tende segretamente alla vacuità, le anime perdute rimpiangono la bellezza, l'insensatezza ci accerchia. Allora beviamo una tazza di tè.

Scende il silenzio, fuori si ode il vento che soffia, le foglie autunnali stormiscono e volano via, il gatto dorme in una calda luce. E, a ogni sorso, il tempo si sublima.

Fammi sapere
cosa bevi e leggi
a colazione
e io posso sapere
veramente chi sei tu

Tutte le mattine, a colazione, papà beve il caffè e legge il giornale. A dire il vero, diversi giornali: *Le Monde*, *Le Figaro*, *Libération* e, una volta alla settimana, *L'Express*, *Les Echos*, *Time Magazine* e *Courrier international*. Ma si vede lontano un miglio che la sua più grande soddisfazione è la prima tazzina di caffè con *Le Monde* sotto gli occhi. Rimane assorto nella lettura una buona mezz'ora. Per godere appieno di questa mezz'ora deve alzarsi veramente prestissimo, perché le sue giornate sono molto piene. Ma ogni mattina, anche se c'è stata una seduta notturna e ha dormito solo due ore, alle sei è già in piedi e si legge il giornale bevendo un caffè bello forte. È così che papà si edifica ogni giorno. E dico "si edifica" perché penso che ogni volta sia una nuova costruzione, come se durante la notte tutto fosse stato ridotto in cenere e si dovesse ripartire da zero. Nel nostro universo la vita umana è vissuta così: occorre ricostruire continuamente la propria identità di adulti, un fragilissimo assemblaggio sbilenco ed effimero che maschera la disperazione e racconta a sé stesso, davanti allo specchio, la menzogna alla quale abbiamo bisogno di credere. Per papà, il giornale e il caffè sono bacchette magiche che lo trasformano in un uomo importante. Come la zucca in una carrozza. E notate che la cosa lo soddisfa parecchio: non lo vedo mai così calmo e disteso come davanti al suo caffè delle sei. Ma a che prezzo! A che prezzo conduciamo questa esistenza falsa! Quando sopraggiunge una crisi e cadono le maschere – e una crisi sopraggiunge sempre tra i

mortali – la verità è terribile! Guardate Arthens, il critico gastronomico del quarto piano che sta morendo. Oggi a mezzogiorno
la mamma è tornata dalle compere come un fulmine e, varcata
la soglia di casa, ha gridato ai quattro venti: «Pierre Arthens è in
fin di vita!». Ma ai quattro venti c'eravamo io e Constitution. Inutile dire che è stato un flop. La mamma era un po' spettinata,
pareva delusa. Stasera, quando è tornato papà, gli è piombata
addosso per comunicargli la notizia. Papà è sembrato sorpreso.
«Il cuore? Ma come, così presto?» ha chiesto.

Devo dire che monsieur Arthens è uno cattivo sul serio. Papà
al confronto è solo un ragazzino che vuole fare l'adulto rompi-
scatole. Ma Arthens... è un cattivo di prima scelta. Quando dico
cattivo non voglio dire malevolo, crudele o dispotico, sebbene sia
anche un po' così. No, quando dico "uno cattivo sul serio" intendo
dire che quest'uomo ha talmente rinnegato tutto quello che ci può
essere di buono in lui da sembrare un cadavere, anche se è
ancora vivo. Perché quelli cattivi sul serio odiano tutti quanti,
ovvio, ma soprattutto sé stessi. Voi non lo percepite quando qualcuno odia sé stesso? Diventa un morto pur essendo vivo, ane-
stetizza i cattivi sentimenti, ma anche quelli buoni, per non
provare il disgusto di sé.

Una cosa è certa: Pierre Arthens era uno cattivo sul serio.
Dicono che fosse il guru della critica gastronomica e il campione
mondiale della cucina francese. Beh, questo non mi stupisce. Se
volete il mio parere, la cucina francese è penosa. Tanto genio,
tanti mezzi e risorse per un risultato così pesante... Una miriade
di salsine, farciture e dolcetti da farsi scoppiare la pancia! Che
cattivo gusto... E quando non è pesante è di una ricercatezza
esagerata: si muore di fame con tre ravanelli stilizzati e due
capesante in gelatina di alghe, serviti in stoviglie finto zen da
camerieri allegri come beccamorti. Sabato siamo andati in un
ristorante così, molto chic, il Napoleon's Bar. Era una cena di
famiglia per festeggiare il compleanno di Colombe. Che ha
scelto le portate con la sua solita grazia: delle robe pretenziose

alle castagne, un agnello con erbe dal nome impronunciabile, uno zabaione al Grand Marnier (il top dell'orrore). Lo zabaione è l'emblema della cucina francese: una cosa che vuole essere leggera ma che ammazza qualunque cristiano. Io non ho preso l'antipasto (vi risparmio i commenti di Colombe sulla mia anoressia da rompiballe), poi ho ordinato sessantatré euro di filetti di triglia al curry (su un letto di zucchine e carote croccanti tagliate a dadini), e poi per trentaquattro euro quello che c'era di meno peggio sul menu: un fondant al cioccolato amaro. Vi dirò: per quella cifra avrei preferito un abbonamento annuale da McDonald's. È di cattivo gusto, ma almeno è senza pretese. E non sto a dilungarmi sullo stile della sala e dei tavoli. Quando i francesi vogliono scostarsi dallo stile Impero con tendaggi bordeaux e dorature a gogo, si lanciano nel modello ospedale. Ti accomodi su sedie di Le Corbusier ("Corbu" come dice la mamma), mangi in servizi bianchi dalle forme geometriche molto burocrazia sovietica, e in bagno ti asciughi le mani con teli di spugna talmente fine che non assorbono un bel niente.

La misura, la semplicità sono un'altra cosa. «Ma cosa avresti voluto mangiare?» mi ha chiesto Colombe con aria esasperata perché non sono riuscita a finire la prima triglia. Non ho risposto. Perché non lo so. Dopotutto, sono solo una bambina. Ma nei manga ho l'impressione che i protagonisti mangino in modo diverso. Sembra tutto semplice, raffinato, misurato, delizioso. Mangiano come se stessero guardando un bel quadro o cantando in un bel coro. Né troppo né troppo poco: misurato, nel senso positivo del termine. Forse mi sbaglio, però la cucina francese mi pare vecchia e presuntuosa, mentre quella giapponese sembra... beh, né giovane né vecchia. Eterna e divina.

Insomma, monsieur Arthens è in fin di vita. Mi chiedo cosa facesse ogni mattina per entrare nei panni del cattivo sul serio. Forse prendeva un caffè ristretto leggendo la concorrenza, oppure preferiva una colazione all'americana con salsicce e patate saltate. Cosa facciamo noi la mattina? Papà legge il giornale bevendo il caffè, la mamma beve il caffè sfogliando cataloghi, Colombe beve il caffè ascoltando *France Inter*, e io bevo latte col cacao leggendo i manga. In questo momento sto leggendo dei manga di Taniguchi, un genio che mi insegna molte cose sugli uomini.

Ma ieri ho chiesto alla mamma se potevo bere il tè. La nonna a colazione beve tè nero, un tè al profumo di bergamotto. Anche se non mi piace un granché è comunque sempre più carino del caffè, la bevanda dei cattivi. Ma ieri sera al ristorante la mamma ha ordinato un tè al gelsomino e me l'ha fatto assaggiare. L'ho trovato talmente buono, talmente "mio" che stamattina ho detto che d'ora in poi lo voglio bere a colazione. La mamma mi ha guardato con un'aria strana (la sua aria "sonnifero smaltito male") poi ha detto sì sì tesoro adesso sei grande.

Tè e manga contro caffè e giornale: l'eleganza e l'incanto contro la triste aggressività dei giochi di potere degli adulti.

12. Commedia fantasma

Quando Manuela se ne va mi dedico a una serie di avvincenti occupazioni: pulizie, passata di straccio sul pavimento dell'atrio, trasporto della spazzatura in strada, raccolta dei volantini, annaffiatura dei fiori, preparazione della pietanza per il gatto (compresa una fetta di prosciutto con cotenna ipertrofica), organizzazione del pasto per me – pasta cinese fredda con pomodoro, basilico e parmigiano –, lettura del giornale, ritirata nel mio antro per leggere un bellissimo romanzo danese, gestione di una crisi nell'ingresso causata da Lotte, la nipote degli Arthens, la figlia maggiore di Clémence, che piange davanti alla guardiola perché il Nonnino non vuole vederla.

Alle ventuno ho finito e d'improvviso mi sento vecchia e molto depressa. La morte non mi spaventa, tanto meno quella di Pierre Arthens, ma l'attesa è insopportabile, questo vuoto sospeso del non ancora che ci fa avvertire l'inutilità delle battaglie. Mi siedo in cucina, nel silenzio, senza luce, e assaporo l'amara sensazione dell'assurdo. Piano piano la mia mente va alla deriva. Pierre Arthens... Despota brutale, assetato di gloria e di onori, il quale tuttavia si sforza sino alla fine di perseguire con le parole un'inafferrabile chimera, lacerato tra l'aspirazione all'Arte e la brama di potere... In definitiva, dov'è il vero? E dove l'illusione? Nel potere o nell'Arte? Non è forse con la persuasione di discorsi imparati a memoria che portiamo alle stelle le creazioni umane, mentre denunciamo come crimine di illusoria vanità la sete di dominio che ci agita tutti – sì, tutti, ivi compresa una povera portinaia nella sua guardiola striminzita, la quale, pur avendo rinunciato al potere esteriore, ciò non di meno insegue nella sua testa sogni di potenza?

Come scorre la vita dunque? Giorno dopo giorno ci sforziamo con risolutezza di fare la nostra parte in questa commedia fantasma. Da primati quali siamo, la nostra attività consiste essenzialmente nel mantenere e curare il nostro territorio affinché ci protegga e ci soddisfi, nell'arrampicarci o almeno non scendere nella scala gerarchica della tribù, e nel fornicare in tutti i modi possibili – foss'anche con la fantasia – sia per il piacere che per la discendenza promessa. Allo stesso modo usiamo una parte non trascurabile della nostra energia per intimidire o sedurre, poiché queste due strategie da sole assicurano la brama territoriale, gerarchica e sessuale che anima il nostro conatus. Ma niente di tutto ciò raggiunge la nostra coscienza. Parliamo di amore, di bene e di male, di filosofia e di civiltà, e ci attacchiamo a queste rispettabili icone come una zecca assetata al suo cagnolone caldo.

Tuttavia, talvolta la vita ci pare una commedia fantasma. Come strappati da un sogno, ci guardiamo agire e, raggelati nel constatare il dispendio vitale necessario a conservare i nostri requisiti primitivi, ci chiediamo sbigottiti che cosa ne è dell'Arte. D'improvviso, le nostre smorfie frenetiche ci sembrano il colmo dell'insensatezza, la nostra casetta confortevole, frutto di un debito ventennale, una vana usanza barbara, e la nostra posizione nella scala sociale, tanto dura da conquistare e così eternamente precaria, una logora vanità. Riguardo alla nostra discendenza, la contempliamo con occhio nuovo e inorridito perché, senza gli abiti dell'altruismo, l'atto della riproduzione appare profondamente fuori luogo. Restano solo i piaceri sessuali; ma, trascinati nel fiume della miseria primigenia, vacillano come tutto il resto, poiché la ginnastica senza amore non rientra nel quadro delle nostre lezioni imparate a memoria.

L'eternità ci sfugge.

Nei giorni in cui tutte le credenze romantiche, politiche, intellettuali, metafisiche e morali che anni di istruzione ed educazione hanno tentato di imprimere in noi crollano sull'altare della nostra natura profonda, la società, territorio attraversato da grandi onde gerarchiche, affonda nel nulla del Senso. Fuori i poveri e i ricchi, i pensatori, i ricercatori, i potenti, gli schiavi, i buoni e i cattivi, i creativi e i coscienziosi, i sindacalisti e gli individualisti, i progressisti e i conservatori; non sono che ominidi primitivi i cui sorrisi e le cui smorfie, le andature e le acconciature, il linguaggio e i codici, inscritti nella mappa genetica del primate medio, significano solo questo: mantenere la posizione o morire.

In quei giorni avete disperatamente bisogno d'Arte. Aspirate ardentemente a riavvicinarvi all'illusione spirituale, desiderate appassionatamente che qualcosa vi salvi dal destino biologico, affinché la poesia e la grandezza non siano del tutto estromesse da questo mondo.

Allora bevete una tazza di tè oppure guardate un film di Ozu, per sottrarvi al cerchio delle disfide e delle battaglie che sono prerogativa della nostra specie dominante, e per dare a questo patetico teatro l'impronta dell'Arte e delle sue opere maggiori.

13. Eternità

Alle ventuno, quindi, inserisco nel videoregistratore la cassetta di un film di Ozu, *Le sorelle Munekata*. È il mio decimo Ozu del mese. Perché? Perché Ozu è un genio che mi salva dal destino biologico.

Tutto è cominciato il giorno in cui ho confidato ad Angèle, la giovane bibliotecaria, che mi piacevano molto i primi film di Wim Wenders e lei mi ha detto: «Ah, e *Tokyo-Ga* l'ha visto?». E quando uno ha visto *Tokyo-Ga*, che è un documentario straordinario dedicato a Ozu, chiaramente ha voglia di scoprire Ozu. Dunque ho scoperto Ozu, e per la prima volta in vita mia l'Arte cinematografica mi ha fatto ridere e piangere, com'è tipico del divertimento vero e proprio.

Inserisco la videocassetta e sorseggio del tè al gelsomino. Ogni tanto torno indietro grazie a questo rosario laico chiamato telecomando.

Ed ecco una scena splendida.

Il padre, interpretato da Chishu Ryu, attore feticcio di Ozu, filo conduttore della sua opera, uomo meraviglioso, raggiante di calore e umiltà, il padre, quindi, che presto morirà, discute con la figlia Setsuko della passeggiata appena fatta a Kyoto. Stanno bevendo del sakè.

IL PADRE
E il tempio del Muschio! La luce metteva ancora più in risalto il muschio.

SETSUKO

E anche quella camelia che vi era posata sopra.

IL PADRE

Oh, l'avevi notata? Che meraviglia! (*Pausa.*) Nell'antico Giappone ci sono cose belle. (*Pausa.*) Mi sembra davvero eccessivo voler definire negativo tutto questo.

Poi il film va avanti, e proprio alla fine c'è quest'ultima scena in un parco dove Setsuko, la figlia maggiore, parla con Mariko, la sua buffa sorella minore.

SETSUKO, *il volto radioso*

Dimmi, Mariko, perché i monti di Kyoto sono violetti?

MARIKO, *birichina*

È vero, sembrano un flan di azuki.

SETSUKO, *sorridente*

È un colore molto grazioso.

Nel film si parla di amore deluso, di matrimoni combinati, di discendenza, di fratelli, di morte del padre, dell'antico e del nuovo Giappone, ma anche dell'alcol e della violenza degli uomini.

Ma soprattutto si parla di qualcosa che sfugge a noi occidentali, e che solo la cultura giapponese chiarisce. Perché mai queste due scene brevi e senza spiegazione, che non sembrano motivate da nulla nell'intreccio, suscitano un'emozione tanto intensa e racchiudono tutto il film nelle loro ineffabili parentesi?

Ed ecco allora la chiave del film.

SETSUKO

La vera novità è ciò che non invecchia nonostante lo scorrere del tempo.

La camelia sul muschio del tempio, il violetto dei monti di Kyoto, una tazza di porcellana blu, questo dischiudersi della bellezza pura nel cuore delle passioni effimere non è ciò a cui aspiriamo tutti? E che noi, Civiltà occidentali, non sappiamo raggiungere?

La contemplazione dell'eternità nel movimento stesso della vita.

Diario del movimento del mondo n° 3

Dài, raggiungila!

Quando penso che c'è gente che non ha la televisione! Ma come fanno? Io ci starei delle ore. Spengo l'audio e rimango a guardare. Ed è come se vedessi le cose ai raggi x. In realtà, togliere il suono è un po' come togliere la confezione, la bella carta di seta che avvolge una robetta da due euro. Se guardate i servizi del telegiornale in questo modo, ve ne accorgete subito: le immagini non hanno nessun legame tra loro, l'unica cosa che le tiene insieme è il commento che spaccia una serie cronologica di immagini per una successione reale di fatti.

Sì insomma, la tivù mi piace tantissimo. E oggi pomeriggio ho visto un interessante movimento del mondo: una gara di tuffi. In realtà, diverse gare. Era una retrospettiva sul campionato del mondo di questa disciplina. C'erano dei tuffi individuali con figure obbligatorie o figure libere, le categorie uomini e donne, ma più di tutti mi hanno interessato i tuffi a coppie. Oltre all'abilità individuale con un mucchio di avvitamenti, salti mortali e giravolte, i tuffatori devono essere sincroni. Non più o meno insieme, no: perfettamente insieme, al millesimo di secondo.

La cosa più divertente è quando i tuffatori hanno due strutture corporee diverse: uno piccolino e tarchiato accanto a uno alto e filiforme. Viene da dire: dal punto di vista fisico non può funzionare, non possono partire e arrivare nello stesso momento, e invece ci riescono, pensate un po'. Morale della favola: nell'universo tutto è compensazione. Quando si è meno veloci, si spinge più forte. In realtà ho trovato del materiale per il mio *Diario* nel momento in cui sul trampolino si sono presentate due ragazze cinesi. Due divinità longilinee con delle trecce nere e lucenti che avrebbero potuto essere gemelle tanto si somigliavano, ma il commentatore ha tenuto a precisare che non erano nemmeno sorelle. Insomma, sono arrivate sul trampolino, e lì immagino che tutti abbiano fatto quello che ho fatto io: trattenere il respiro.

Dopo alcuni slanci eleganti, sono saltate. Per i primi microsecondi è stato perfetto. Dentro di me ho provato la stessa perfezione, pare che sia una storia di "neuroni specchio": quando guardiamo qualcuno compiere un'azione, nella nostra testa si attivano gli stessi neuroni attivati da chi compie l'azione, senza che noi facciamo nulla. Un tuffo acrobatico senza muoversi dal divano, sgranocchiando patatine: è per quello che ci piace guardare lo sport in tivù. Insomma, le due grazie saltano e la prima fase è una cosa meravigliosa. Poi invece, l'orrore! All'improvviso sembra che tra di loro ci sia un leggerissimo sfasamento. Tutti a scrutare lo schermo col cuore in gola: non c'è dubbio, c'è uno sfasamento. Lo so che è assurdo descriverlo così, visto che il salto non dura più di tre secondi in tutto, ma proprio perché dura solo tre secondi guardi ogni fase come se durasse un secolo. Ed ecco che salta all'occhio, non si può più far finta di niente: sono sfalsate! Una di loro entrerà nell'acqua prima dell'altra! È terribile!

Mi sono ritrovata a urlare davanti alla televisione: dài, raggiungila! Raggiungila, forza! Ho provato una rabbia incredibile verso quella che aveva cincischiato. Sono sprofondata di nuovo nel divano, con il voltastomaco. Allora, come la mettiamo? È questo il movimento del mondo? Un infimo sfasamento che rovina per sempre la possibilità della perfezione? Per una buona mezz'ora sono stata di pessimo umore. Poi all'improvviso mi sono chiesta: ma perché volevo che la raggiungesse a tutti i costi? Perché si sta così male quando il movimento non è sincrono? Non è molto difficile da capire: tutte queste cose che passano, che ci sfuggono per un'inezia e che perdiamo per l'eternità... Tutte le parole che avremmo dovuto dire, i gesti che avremmo dovuto fare, i kairòs folgoranti che un giorno sono apparsi ma che non abbiamo saputo cogliere, e che sono sprofondati per sempre nel nulla... Lo smacco appena un pelo più in là... Ma soprattutto mi è venuta un'altra idea, per via dei "neuroni specchio". Un'idea inquietante, a dire il vero, forse vagamente proustiana (e la cosa mi secca). E se la letteratura fosse una televisione in cui guardiamo per attivare i neuroni specchio e concederci a buon mercato i brividi dell'azione? E se, peggio ancora, la letteratura fosse una televisione che ci mostra tutte le occasioni perdute?

Complimenti al movimento del mondo! Poteva essere la perfezione, e invece è un disastro. Dovremmo viverlo davvero, e invece è sempre un'estasi per interposta persona.

Allora ditemelo voi: perché rimanere in questo mondo?

14. Allora, l'antico Giappone

La mattina dopo suona alla guardiola Chabrot. Sembra si sia ripreso, la voce non gli trema, ha il naso asciutto e abbronzato. Ma pare un fantasma.

«Pierre è morto» mi dice con voce metallica.

«Mi dispiace» rispondo.

Mi dispiace davvero per lui, perché mentre Pierre Arthens non soffre più, Chabrot dovrà imparare a vivere come un morto.

«Stanno per arrivare le pompe funebri» aggiunge Chabrot con tono spettrale. «Le sarei molto grato se gentilmente volesse condurle sino all'appartamento».

«Certo» dico.

«Torno tra due ore per occuparmi di Anna».

Mi guarda un attimo in silenzio.

«Grazie» dice, per la seconda volta in vent'anni.

Sono tentata di rispondere in accordo con le tradizioni ancestrali delle portinaie, ma non so perché le parole non escono. Forse perché Chabrot non tornerà più, forse perché davanti alla morte le fortezze vanno in frantumi, forse perché penso a Lucien, forse perché, in definitiva, la decenza impedisce una diffidenza offensiva nei confronti dei defunti.

Quindi non dico:

«Non c'è di che».

Bensì:

«Vede... tutto viene a suo tempo».

Potrebbe suonare come un proverbio popolare, ma sono le stesse parole che il comandante Kutuzov, in *Guerra e pace*, rivolge al principe Andrej. *Sì, mi hanno rimproverato non poco, e per la guerra, e per la pace... Ma tutto è venuto a suo tempo... Tout vient à point à celui qui sait attendre...*

Non so cosa darei per leggerlo in lingua originale. Quello che mi è sempre piaciuto di questo passo è la cesura, l'oscillazione tra la guerra e la pace, il flusso e il riflusso nell'evocazione, come la marea che porta via e poi riporta sulla spiaggia i frutti dell'oceano. Forse è solo un capriccio del traduttore, che abbellisce uno stile russo molto serio – *Sì, mi hanno rimproverato non poco per la guerra e per la pace* – e che proietta, nella fluidità della frase che nessuna virgola viene a spezzare, le mie elucubrazioni marittime riguardo a stravaganze senza fondamento. O è piuttosto l'essenza stessa di questo testo stupendo che ancora oggi mi strappa lacrime di gioia?

Chabrot scuote la testa, piano piano, poi se ne va.

Il resto della mattina trascorre nella cupezza. Non provo nessuna simpatia postuma per Arthens, ma mi trascino come un'anima in pena senza riuscire nemmeno a leggere. La felice parentesi che la camelia sul muschio del tempio ha aperto nella brutalità del mondo si è richiusa senza speranza e l'orrore di tutte queste cadute corrode il mio cuore afflitto.

Allora, l'antico Giappone si mette in mezzo. Da uno degli appartamenti proviene una melodia chiara e gioiosamente nitida. Qualcuno suona un pezzo classico al pianoforte. Ah, dolce ora improvvisa che strappi il velo della malinconia... In una frazione di eternità tutto cambia e si trasfigura. Un brano musicale sfuggito da una stanza ignota, un po' di perfezione nel flusso delle cose umane – reclino dolcemente la testa, penso alla camelia sul muschio del tempio, a una tazza di tè, mentre fuori il vento carezza le fronde, la vita che fugge via si posa su un gioiello senza progetti né domani, il destino umano, salvato dalla pallida successione dei giorni, finalmente si circonda di luce e, superando il tempo, infiamma il mio cuore quieto.

15. Dovere dei ricchi

La Civiltà è la violenza domata, la vittoria sempre incompiuta sull'aggressività del primate. Giacché primati fummo e primati restiamo, per quanto impariamo a godere della camelia sul muschio. Il ruolo dell'educazione è tutto qui. Che cosa significa educare? Significa proporre instancabilmente camelie sul muschio come diversivi alla pulsione della specie, la quale non si spegne mai e minaccia continuamente il fragile equilibrio della sopravvivenza.

Io sono molto camelia sul muschio. A pensarci bene, nient'altro potrebbe spiegare la mia reclusione in questa tetra guardiola. Convinta dell'inutilità della mia esistenza da sempre, avrei potuto scegliere la rivolta e, chiamando il cielo a testimone dell'iniquità della mia sorte, attingere alle risorse della violenza che si cela nella nostra condizione. Ma la scuola fece di me un'anima il cui destino vacuo poteva condurre solo alla rinuncia e alla clausura. La meraviglia della mia seconda nascita aveva preparato in me il terreno al dominio delle pulsioni; poiché la scuola mi aveva fatto nascere, le dovevo fedeltà e quindi mi adeguai alle intenzioni dei miei educatori diventando docilmente un essere civilizzato. In effetti, quando la lotta contro l'aggressività del primate si appropria di queste armi prodigiose che sono i libri e le parole, l'impresa è agevole: e così divenni un'anima istruita che attinge dai segni scritti la forza di resistere alla sua natura.

Mi sono stupita moltissimo della mia reazione quando Antoine Pallières ha suonato imperiosamente tre volte alla guardiola e ha tentato, senza nemmeno salutare, di raccontarmi la scomparsa del suo monopattino cromato con una faconda espressione di sdegno. Allora io gli ho sbattuto la porta in faccia, gesto con cui per poco non amputo la coda al mio gatto che se la stava svignando.

Mica tanto camelia sul muschio, mi sono detta.

E siccome dovevo permettere a Lev di ritornare ai suoi quartieri, ho aperto la porta subito dopo averla sbattuta.

«Mi scusi» ho detto, «un colpo di vento».

Antoine Pallières mi ha guardato con l'aria di chi si chiede se ha davvero visto quel che ha visto. Ma siccome è portato a ritenere che succede solo quello che deve succedere, perché i ricchi si convincono che la loro vita segue un solco celeste scavato naturalmente per loro dal potere del denaro, ha deciso di crederci. La nostra capacità di manipolare noi stessi perché lo zoccolo delle nostre credenze non vacilli neanche un po' è un fenomeno affascinante.

«Sì, beh, comunque sia» ha detto, «venivo soprattutto per darle questo da parte di mia madre».

E mi ha allungato una busta bianca.

«Grazie» ho detto, e gli ho sbattuto la porta in faccia una seconda volta.

Ed eccomi in cucina, con la busta in mano.

«Ma che cos'ho stamani?» domando a Lev.

La morte di Pierre Arthens fa appassire le mie camelie.

Apro la busta e leggo questo breve messaggio, scritto sul retro di un biglietto da visita così patinato che l'inchiostro, trionfando invece su costernate carte assorbenti, si è sbavato leggermente sotto ogni lettera.

Madame Michel,
potrebbe, ricevere i pacchi della tintoria
questo pomeriggio?

Passerò a prenderli questa sera alla guardiola.
La ringrazio anticipatamente,
Firma scarabocchiata

Non mi aspettavo una simile ipocrisia nell'incipit. Mi lascio cadere sulla sedia più vicina per lo shock. Mi chiedo, tra l'altro, se non sono un po' pazza. Quando capita a voi, vi fa lo stesso effetto?

Guardate:

Il gatto dorme.

La lettura di questa frase insignificante non ha risvegliato in voi nessun sentimento di dolore, nessun barlume di sofferenza? È legittimo.

Ora:

Il gatto, dorme.

Ripeto affinché non sussistano ambiguità:

Il gatto virgola dorme.

Il gatto, dorme.

Potrebbe, ricevere.

Da una parte abbiamo un uso prodigioso della virgola che, prendendosi delle libertà con la lingua, che di solito non l'ammette prima di una congiunzione coordinativa, ne esalta la forma:

Mi hanno rimproverato non poco, e per la guerra, e per la pace...

E dall'altra abbiamo le sbrodolature su carta velina di Sabine Pallières che trafigge la frase con una virgola divenuta pugnale.

Potrebbe, ricevere i pacchi della tintoria?

Se Sabine Pallières fosse stata una domestica portoghese nata sotto un fico di Faro, una portinaia recentemente emigrata da Puteaux, oppure una minorata mentale tollerata dalla sua caritatevole famiglia, avrei potuto perdonare di buon cuore questa colpevole trascuratezza. Ma Sabine Pallières è ricca.

Sabine Pallières è la moglie di un pezzo grosso dell'industria bellica, Sabine Pallières è la madre di un cretino in montgomery verde bottiglia che, dopo due anni di preparazione per la Normale e dopo Scienze politiche, probabilmente andrà a diffondere la mediocrità delle sue ideucce in un gabinetto ministeriale di destra e, per di più, Sabine Pallières è figlia di una baldracca impellicciata che fa parte del comitato di lettura di una grandissima casa editrice ed è così bardata di gioielli che a volte mi aspetto che sprofondi.

Per tutti questi motivi Sabine Pallières non è scusabile. I favori della sorte hanno un prezzo. Per chi beneficia dell'indulgenza della vita, l'obbligo del rigore nella considerazione della bellezza non è negoziabile. La lingua, ricchezza dell'uomo, e i suoi usi, elaborazione della comunità sociale, sono opere sacre. Che con il tempo evolvano, si trasformino, si dimentichino e rinascano, che talora la loro trasgressione divenga fonte di una maggiore fecondità, non esclude affatto che prima di prendersi la libertà del gioco e del cambiamento occorra aver dichiarato loro piena sudditanza. Pertanto gli eletti della società, coloro che la sorte esclude da quelle servitù destinate al povero, hanno la duplice missione di adorare e rispettare lo splendore della lingua. In definitiva, che una Sabine Pallières usi la punteggiatura a sproposito è una bestemmia tanto più grave in quanto, al contempo, poeti meravigliosi nati in caravan puzzolenti o in baraccopoli nutrono per essa il santo rispetto che è dovuto alla Bellezza.

Ai ricchi il dovere del Bello. Altrimenti meritano di morire.

Esattamente a questo punto delle mie riflessioni indignate qualcuno suona alla guardiola.

Pensiero profondo n° 7

Costruisci
la tua vita
la tua morte
queste sono solo
banali conseguenze

Più passa il tempo e più sono decisa a dare fuoco alla casa. Per non parlare poi del suicidio. Bisogna provare per credere: mi sono presa una lavata di capo da papà perché ho corretto uno dei suoi invitati che diceva una cosa sbagliata. In realtà era il padre di Tibère. Tibère è il ragazzo di mia sorella. Frequenta la Normale come lei, ma fa matematica. Quando penso che la chiamano l'élite... L'unica differenza che vedo tra Colombe, Tibère e i loro amici e un gruppo di giovani "del popolo" è che mia sorella e i suoi colleghi sono più stupidi. Bevono, fumano, parlano come quelli delle banlieue e fanno discorsi tipo: «Hollande ha segato Fabius col suo referendum, avete visto che razza di killer quello lì?!» (autentico), oppure: «Tutti i DR (i direttori di ricerca) nominati da due anni a questa parte sono dei fascisti di merda, la destra ci assedia, non bisogna fare cazzate con i relatori delle tesi» (fresco fresco di ieri). A un livello più basso, ti tirano fuori un: «A proposito, la bionda che J.B. si sta lavorando è un'anglista, sì, un'oca insomma» (idem), e a un livello più alto: «Alla conferenza di Marian, che stronzata quando ha detto che l'esistenza non è l'attributo primo di Dio» (idem, subito dopo la chiusura del fascicolo bionda anglista). Cosa volete che vi dica? La ciliegina, eccola (quasi parola per parola): «Non è perché sei ateo che non sei in grado di vedere la potenza dell'ontologia metafisica. Cazzo, quello che conta è la potenza concettuale, non la verità. E Marian, quel prete di merda, è bravo, una volpe, eh, tranquillo lui».

Le perle bianche
sulle mie maniche scese quando il cuore ancora colmo
ci lasciammo
le porto con me
come un tuo ricordo.

(Kokinshu)

Mi sono messa i tappi nelle orecchie, quelli di spugna gialla della mamma, e ho letto degli hokku nell'*Antologia della poesia giapponese classica* di papà per non sentire le loro conversazioni da imbecilli. Poi Colombe e Tibère sono rimasti soli e hanno fatto dei rumori osceni sapendo perfettamente che io li sentivo. Colmo della sfortuna, Tibère è rimasto a cena perché la mamma aveva invitato i suoi genitori. Il padre di Tibère è un produttore cinematografico, sua madre ha una galleria d'arte sul lungosenna. Colombe va matta per i genitori di Tibère, il prossimo fine settimana andrà con loro a Venezia, che liberazione, così sto in pace per tre giorni.

E quindi a cena il padre di Tibère ha detto: «Ma come, non conoscete il go?! È un gioco giapponese stupendo. In questo periodo sto producendo un adattamento del romanzo di Sa Shan, *La giocatrice di go*, è un gioco fan-ta-sti-co, l'equivalente giapponese degli scacchi. Ancora un'altra invenzione che dobbiamo ai giapponesi, vi giuro è fan-ta-sti-co!». E si è messo a spiegare le regole del go. Non sapeva un'acca. Prima di tutto, sono stati i cinesi a inventare il go. Lo so perché ho letto il manga cult sul go. S'intitola *Hikaru No Go*. In secondo luogo, non è l'equivalente giapponese degli scacchi. Se escludiamo il fatto che si gioca su una scacchiera e che due avversari si affrontano con dei pezzi neri e bianchi, non hanno proprio un bel niente in comune. Negli scacchi, per vincere bisogna uccidere. Nel go, bisogna costruire per vivere. Terzo, alcune regole enunciate dal signor-sono-il-padre-di-un-cretino erano sbagliate. Lo scopo del gioco non è quello di mangiare l'altro, ma di costruire il territorio più vasto. Per la cattura delle pietre la regola prevede che ci si può "suicidare" se si tratta di prendere delle pietre avversarie, e non che è assolutamente vietato andare dove automaticamente si è presi. Eccetera.

Allora, quando il signor-ho-messo-al-mondo-una-pustola ha detto: «Il sistema di classifica dei giocatori comincia da 1 kyu e poi si risale fino a 30 kyu, dopo si passa ai dan: 1°dan, poi 2° ecc.», non sono riuscita a trattenermi e ho detto: «Ma no, è il contrario: comincia da 30 kyu e poi si risale fino a 1».

Ma il signor-perdonatemi-ma-non-sapevo-quello-che-facevo si è impuntato con aria cattiva: «No, signorina cara, credo proprio di aver ragione io». Ho fatto cenno di no con la testa mentre papà mi guardava aggrottando le sopracciglia. Il peggio è che sono stata salvata da Tibère. «Ma sì, papà, ha ragione lei, il 1° kyu è quello più forte». Tibère è un matematico, gioca agli scacchi e al go. È una cosa insopportabile. Le cose belle dovrebbero appartenere alle belle persone. Comunque sia, il padre di Tibère aveva torto, ma papà, dopo cena, mi ha detto tutto arrabbiato: «Se devi aprire bocca solo per far fare brutta figura ai nostri ospiti, evita». Cosa avrei dovuto fare? Aprire bocca, come Colombe, per dire: «Il programma del Théâtre des Amandiers mi lascia perplessa», quando non è minimamente in grado di citare un solo verso di Racine, per non parlare della sua incapacità di coglierne la bellezza?! Aprire bocca per dire, come la mamma: «Dicono che la Biennale dell'anno scorso sia stata davvero deludente», quando sarebbe pronta a morire per le sue piante lasciando bruciare tutto Vermeer?! Aprire bocca per dire, come papà: «L'eccezione culturale francese è un sottile paradosso», cosa che ha ripetuto parola per parola alle sedici cene precedenti?! Aprire bocca, come la madre di Tibère, per dire: «Oggigiorno a Parigi è quasi impossibile trovare dei buoni formaggi», senza contraddire, almeno questa volta, la sua vera natura di commerciante taccagna dell'Alvernia?!

Se penso al go... Un gioco che ha come scopo la costruzione di un territorio è per forza un bel gioco. Ci possono essere delle fasi di combattimento, ma sono solo in funzione della meta finale, far vivere i propri territori. È dimostrato che nel go per vincere bisogna vivere, ma anche lasciare vivere l'avversario, e questo è uno degli aspetti più riusciti. Chi è troppo avido perde la partita: è un sottile gioco di equilibri in cui bisogna essere in vantaggio senza schiacciare l'altro. In fin dei conti, la vita e la morte sono solo le conseguenze della solidità o meno di una costruzione. Lo dice uno dei personaggi di Taniguchi: vivi, muori, sono solo conseguenze. È una massima del go e una massima di vita.

Vivere, morire: sono solo le conseguenze di ciò che abbiamo costruito. Quello che conta è costruire bene. Allora, ecco, mi sono imposta un altro vincolo. Smetto di demolire e disfare, e comincio a costruire. Farò qualcosa di positivo anche con Colombe. Quello che conta è cosa facciamo quando stiamo per morire, e il 16 giugno prossimo voglio morire costruendo.

16. Lo spleen di Constitution

Quel qualcuno che ha bussato si dà il caso sia la stupenda Olympe Saint-Nice, la figlia del diplomatico del terzo piano. Olympe Saint-Nice mi piace tanto. Ritengo che ci voglia una forza di carattere straordinaria per sopravvivere a un nome tanto ridicolo, a maggior ragione quando si sa che per la sventurata implica una serie di facezie tipo: «Ehi, Olympe, posso scalare il tuo monte?» durante tutta un'adolescenza che sembra interminabile. Per giunta, a quanto pare Olympe Saint-Nice non desidera diventare quello che le offre la sua nascita. Non aspira né al ricco matrimonio né alle vie del potere né alla diplomazia, ancora meno al divismo. Olympe Saint-Nice vuole diventare veterinaria.

«Non qui a Parigi» mi ha confidato un giorno mentre chiacchieravamo di gatti davanti al mio zerbino. «A Parigi ci sono solo animali piccoli. Io voglio anche mucche e maiali».

A differenza di certi condomini del palazzo, Olympe non fa tante smancerie per far vedere che chiacchiera con la portinaia, perché è educata-di-sinistra-senza-pregiudizi. Olympe mi parla perché ho un gatto, il che è un interesse che abbiamo in comune, e io apprezzo molto questa capacità di infischiarsene delle barriere che la società ci pone ininterrottamente sul nostro risibile cammino.

«Devo raccontarle che cosa è successo a Constitution» mi dice quando le apro la porta.

«Ma entri, la prego» insisto, «avrà pure cinque minuti».

Non solo ha cinque minuti, ma è così felice di trovare qualcuno con cui parlare di gatti e delle loro piccole sciagure che
rimane per un'ora, durante la quale si beve cinque tazze di tè di
fila.

Sì, Olympe Saint-Nice mi piace proprio tanto.

Constitution è una stupenda gattina con il pelo color cara-
mello, il nasino rosa tenero, i baffi bianchi e i polpastrelli lilla,
di proprietà dei Josse e, come tutti gli animali a pelo del palazzo,
è affidata alle cure di Olympe per ogni bazzecola. Insomma,
questo esserino di tre anni, inutile ma appassionante, recentemente ha miagolato tutta la notte, disturbando il sonno dei suoi
proprietari.

«Perché?» chiedo al momento opportuno, essendo molto
prese dalla complicità di un racconto in cui ognuna ha voglia di
recitare la propria parte alla perfezione.

«Una cistite!» dice Olympe. «Una cistite!».

Olympe ha solo diciannove anni e aspetta con grandissima
impazienza di entrare a veterinaria. Nell'attesa lavora senza
tregua e si dispiace, rallegrandosene al contempo, dei malanni
che affliggono la fauna dell'edificio, la sola in cui possa cimen-
tarsi.

Quindi mi annuncia la diagnosi della cistite di Constitution
come se si trattasse di un filone diamantifero.

«Una cistite!» esclamo entusiasta.

«Sì, una cistite» sussurra, gli occhi lucenti. «Povera cocchina, faceva la pipì dappertutto, e» riprendendo fiato prima di
arrivare al meglio, «le sue urine erano leggermente emorragiche!».

Mio Dio, che meraviglia. Se avesse detto: "Nella sua pipì
c'era del sangue", la faccenda sarebbe stata subito chiara. Ma
Olympe, indossando con emozione gli abiti del dottore dei
gatti, si è pure appropriata della terminologia. Ho sempre provato un gran piacere a sentir parlare così. "Le sue urine erano

leggermente emorragiche" è per me una frase generante che suona bene ed evoca un mondo originale che distrae dalla letteratura. È per questo stesso motivo che mi piace leggere i bugiardini delle medicine, per il sollievo generato dalla precisione del termine tecnico che dà l'illusione del rigore, il brivido della semplicità, e richiama una dimensione spaziotemporale da cui sono assenti la tensione al bello, la sofferenza creatrice e l'aspirazione incondizionata e senza speranza verso orizzonti sublimi.

«Ci sono due possibili eziologie per le cistiti» riprende Olympe. «O un batterio infettivo o una disfunzione renale. Per prima cosa le ho palpato la vescica, per verificare che non avesse formato un globo».

«Un globo?» mi stupisco.

«Quando si è in presenza di una disfunzione renale per cui il gatto non riesce più a urinare, la vescica si riempie e forma una specie di "globo vescicale" che si può sentire palpando l'addome» spiega Olympe. «Ma non era quello il caso. E poi quando la auscultavo non sembrava che sentisse male. L'unica cosa è che continuava a fare la pipì dappertutto».

Il mio pensiero va al living-room di Solange Josse trasformato in un'enorme lettiera tendente al ketchup. Ma per Olympe sono solo danni collaterali.

«Allora Solange le ha fatto fare l'analisi delle urine».

Soltanto che Constitution non ha niente. Né un calcolo renale, né un batterio insidioso annidato in quella vescica piccola come una nocciolina, né un agente batteriologico infiltrato. Eppure, nonostante gli antinfiammatori, gli antispastici e gli antibiotici, Constitution non desiste.

«Ma allora che cos'ha?» chiedo.

«Non ci crederà» dice Olympe. «Ha una cistite idiopatica interstiziale».

«Mio Dio, ma che cos'è?» chiedo tutta incuriosita.

«Ecco, è come se dicessimo che Constitution è una grande isterica» risponde Olympe allegra. «Interstiziale vuol dire che riguarda l'infiammazione della parete vescicale e idiopatica significa senza una causa medica accertata. In poche parole, quando è stressata ha delle cistiti infiammatorie. Proprio come le donne».

«Ma per quale ragione è stressata?» mi interrogo a voce alta, dal momento che se Constitution, la cui vita quotidiana da gran fannullona decorativa è turbata solo da benevoli esperimenti veterinari che consistono nella palpazione della vescica, ha qualche motivo per essere stressata, il resto del genere animale può pure sprofondare nell'attacco di panico.

«La veterinaria ha detto: solo la gatta può saperlo».

E Olympe fa una smorfietta contrariata.

«Di recente Paul (Josse) le ha detto che era grassa. Non si sa. Può essere qualsiasi cosa».

«E come si cura?».

«Come per gli uomini» ridacchia Olympe. «Con il Prozac».

«Sul serio?» dico.

«Sul serio» mi risponde.

Proprio come vi dicevo. Bestie siamo, e bestie resteremo. Che una gatta di possidenti soffra degli stessi mali che affliggono le donne civilizzate non deve affatto far gridare al maltrattamento dei felini o alla contaminazione da parte dell'uomo di un'innocente razza domestica, ma, all'opposto, indica la profonda solidarietà che tesse i destini animali. Viviamo degli stessi appetiti e soffriamo degli stessi mali.

«Comunque» mi dice Olympe, «questo mi farà riflettere quando curerò animali che non conosco».

Si alza e si congeda gentilmente.

«Grazie mille, madame Michel, lei è l'unica con cui posso parlare di queste cose».

«Ma di niente, Olympe» le rispondo, «mi ha fatto piacere».

E mi accingo a chiudere la porta quando lei mi dice:

«A proposito, sa, Anna Arthens ha intenzione di vendere l'appartamento. Spero che anche i nuovi proprietari abbiano dei gatti».

17. Il sedere di una pernice

Anna Arthens vende!
«Anna Arthens vende!» dico a Lev.
«Questa poi!» mi risponde lui, o almeno così mi sembra.

Vivo qui da ventisette anni e nessun appartamento ha mai cambiato famiglia. L'anziana madame Meurisse ha lasciato il posto alla giovane madame Meurisse, stessa cosa all'incirca per i Badoise, i Josse e i Rosen. Gli Arthens sono arrivati insieme a noi; in un certo senso siamo invecchiati insieme. Quanto ai de Broglie, stavano qui già da tanto e sono tuttora al loro posto. Non so quanti anni abbia il Consigliere, ma quando era giovane pareva già vecchio, e questo fa sì che, sebbene molto vecchio, sembri ancora giovane.

Sotto il mio portierato, Anna Arthens è pertanto la prima a vendere un bene che cambierà di mano e di nome. Stranamente questa prospettiva mi spaventa. Sono dunque così abituata all'eterno ritorno dell'identico che la prospettiva di un cambiamento ancora ipotetico, che mi immerge nel fluire del tempo, mi riporta alla sua corsa? Viviamo come se ogni giorno dovesse rinascere uguale al precedente, e lo status quo ovattato del 7 di rue de Grenelle, rinnovando mattina dopo mattina l'evidenza della perennità, mi appare d'improvviso come un isolotto assalito dalle tempeste.

Tutta scossa, afferro il mio carrellino per la spesa e, abbandonando qui Lev che russa un po', mi dirigo con passo incerto al mercato. All'angolo tra rue de Grenelle e rue du Bac, Gégène, imperturbabile inquilino dei suoi cartoni usati, mi guarda mentre mi avvicino come la vedova nera guarda la sua preda.

«Ehi, madame Michel, ha perso di nuovo il gatto?» canticchia ridendo.

Ecco una cosa che non cambia mai. Gégène è un barbone che da anni passa l'inverno qui, sui suoi miserabili cartoni, in una vecchia redingote che ha il sentore di un commerciante russo di fine secolo e che, come chi la indossa, ha sorprendentemente attraversato epoche diverse.

«Dovrebbe andare al dormitorio» gli dico come sempre, «stanotte farà freddo».

«Ah, ah» starnazza, «ci vorrei vedere lei al dormitorio. Si sta meglio qui!».

Continuo per la mia strada, poi, assalita dal rimorso, torno verso di lui.

«Volevo dirle... stanotte è morto monsieur Arthens».

«Il critico?» mi chiede Gégène con lo sguardo a un tratto vivace, alzando il muso come un cane da caccia che fiuta il sedere di una pernice.

«Sì, sì, il critico. Il cuore di colpo non gli ha retto più».

«Accidenti... accidenti...» ripete Gégène palesemente commosso.

«Lo conosceva?» chiedo, tanto per dire qualcosa.

«Accidenti... accidenti...» reitera il barbone, «se ne vanno sempre i migliori!».

«Ha avuto una bella vita» mi azzardo a dire, sorpresa dalla piega che stanno prendendo le cose.

«Signora Michel» mi risponde Gégène, «dei tipi così hanno buttato lo stampo. Accidenti, mi mancherà quel mascalzone».

«Le dava qualcosa, magari dei soldi a Natale?».

Gégène mi guarda, tira su col naso e sputa per terra.

«Niente, in dieci anni mai una monetina, che crede? Ah, non

c'è che dire, gran caratteraccio. Hanno buttato lo stampo, hanno buttato lo stampo, eh già».

Questo piccolo scambio di battute mi sconvolge, e mentre vado su e giù per il mercato non faccio altro che pensare a Gégène. Non ho mai attribuito ai poveri grandezza d'animo solo perché sono poveri o in virtù delle ingiustizie della vita. Ma almeno li credevo uniti nell'odio verso i grandi proprietari. Gégène mi smentisce e mi insegna questo: se esiste una cosa che i poveri odiano, sono proprio gli altri poveri.

In fondo non è assurdo.

Attraverso distrattamente il mercato, raggiungo l'angolo dei formaggi, compro del parmigiano al taglio e un bel pezzo di Soumaintrain.

18. Rjabinin

Quando sono angosciata, mi ritiro nel mio rifugio. Non c'è nessun bisogno di viaggiare; mi basta raggiungere le sfere della mia memoria letteraria e il gioco è fatto. Quale distrazione più nobile, quale compagnia più amena, quale trance più deliziosa di quella letteraria? O no?

All'improvviso, quindi, eccomi davanti al banco delle olive a pensare a Rjabinin. Perché Rjabinin? Perché Gégène indossa una redingote desueta, con lunghe falde e bottoni molto bassi sul dorso, che mi ha fatto pensare a quella di Rjabinin. In *Anna Karenina* Rjabinin, commerciante di legname che porta una redingote, va da Levin, l'aristocratico di campagna, a concludere una vendita con Stepan Oblonskij, l'aristocratico moscovita. Il commerciante giura su tutti gli dèi che la transazione è favorevole a Oblonskij, mentre Levin lo accusa di sottrarre all'amico un bosco che vale almeno tre volte tanto. La scena è preceduta da un dialogo in cui Levin chiede a Oblonskij se ha contato gli alberi del suo bosco.

«Come, contato gli alberi?» esclama il gentiluomo. «È come contare le sabbie del mare!».

«Stai certo che Rjabinin li ha contati» ribatte Levin.

Sono estremamente affezionata a questa scena, in primo luogo perché si svolge a Pokrovskoe, nella campagna russa. Ah, la campagna russa... Ha quel fascino particolare delle regioni rimaste selvagge eppure unite all'uomo dalla solidarietà con la terra di cui tutti noi siamo fatti... La più bella scena di *Anna*

Karenina è ambientata a Pokrovskoe. Levin, cupo e malinconico, cerca di dimenticare Kitty. È primavera, va nei campi a falciare con i suoi contadini. All'inizio il lavoro gli sembra troppo duro. Sta per implorare pietà, quando il vecchio contadino che guida la fila ordina una pausa. Poi la falciatura riprende. Levin è di nuovo allo stremo delle forze, ma il vecchio alza una seconda volta la falce. Riposo. E la fila si rimette in cammino, quaranta individui che abbattono le andane e avanzano verso il fiume mentre sorge il sole. Fa sempre più caldo, le braccia e le spalle di Levin sono inondate di sudore, ma tra pause e riprese i suoi gesti, inizialmente maldestri e dolorosi, si fanno sempre più sciolti. All'improvviso una beata frescura gli copre la schiena. Pioggia d'estate. A poco a poco Levin libera i movimenti dal peso della volontà, entra nella leggera trance che, senza riflessione né calcolo, conferisce ai gesti la perfezione delle azioni meccaniche e consapevoli, e la falce sembra muoversi da sola mentre Levin si delizia dell'oblio, nel movimento che rende il piacere di fare meravigliosamente estraneo agli sforzi della volontà.

È ciò che succede in tanti momenti felici della nostra esistenza. Sollevati dal fardello della decisione e dell'intenzione, navigando sui nostri mari interiori, assistiamo ai nostri movimenti come se fossero le azioni di un altro e tuttavia ne ammiriamo l'involontaria eccellenza. Quale altro motivo potrei avere io per scrivere questo, il ridicolo diario di una portinaia che invecchia, se non che la scrittura somiglia all'arte del falciare? Quando le righe divengono demiurghe di sé stesse, quando assisto, come un miracoloso insaputo, alla nascita sulla carta di frasi che sfuggono alla mia volontà e che si imprimono sul foglio mio malgrado, esse mi fanno conoscere quello che non sapevo né credevo di volere, gioisco di questo parto indolore, di questa evidenza non calcolata, e del fatto che seguo senza fatica né certezza, con la felicità delle meraviglie sincere, una penna che mi guida e mi porta.

Allora accedo, nella piena padronanza di me stessa, a un oblio che confina con l'estasi e assaporo la beata quiete di una coscienza spettatrice.

Alla fine, risalendo sulla carretta, Rjabinin si lamenta apertamente con il suo commesso per i modi dei signori.

«E quanto al vostro acquisto, Michail Ignatič?» gli chiede il tizio.

«Beh, beh...» risponde il commerciante.

Come facciamo presto, dall'apparenza e dalla posizione, a trarre conclusioni sull'intelligenza di tutti gli esseri... Rjabinin, che conta le sabbie del mare, abile commediante e manipolatore arguto, non si cura dei pregiudizi che gravano su di lui. Nato intelligente e paria, la gloria non lo interessa; lo spingono sulle strade del mondo solo la promessa del profitto e la prospettiva di andare a derubare garbatamente i signori di un sistema idiota che lo disprezza ma non sa frenarlo. Così sono io, povera portinaia rassegnata alla mancanza di fasti – ma anomalia di un sistema che per questo si rivela grottesco e del quale, ogni giorno, mi burlo sottovoce nella mia interiorità inaccessibile a chiunque.

Pensiero profondo n° 8

Scordi il futuro
ti lascerai sfuggire
il tuo presente

Oggi siamo andati a Chatou a trovare nonna Josse, la mamma di papà, che è in una casa di riposo da due settimane. Quando si è trasferita lì l'ha accompagnata solo papà, questa volta invece ci siamo andati tutti insieme. La nonna non può più vivere da sola nella sua grande casa di Chatou: è praticamente cieca, soffre di artrosi e non riesce quasi più a camminare o a tenere qualcosa in mano, inoltre ha paura di stare sola. I suoi figli (papà, zio François e zia Laure) hanno provato a gestire la cosa con una badante, ma non ci poteva mica stare 24 ore su 24, senza contare poi che le amiche della nonna erano già in casa di riposo, e quindi questa è sembrata la soluzione migliore.

La casa di riposo della nonna è spettacolare. Mi chiedo quanto possa costare al mese questo ospizio di lusso. La sua stanza è ampia e luminosa, con bei mobili, belle tende, un salottino attiguo e il bagno con una vasca di marmo. La mamma e Colombe sono andate in estasi davanti alla vasca, come se per la nonna potesse essere di qualche utilità una vasca di marmo quando le sue dita sono di cemento... E poi il marmo è un materiale bruttissimo. Papà invece non ha parlato granché. Lo so che si sente in colpa perché sua madre è in una casa di riposo. «Non possiamo mica tenerla da noi!» ha detto la mamma quando tutti e due credevano che non sentissi (ma io sento tutto, in particolare quello che non dovrei). «No, Solange, certo che no...» ha risposto papà con un tono che voleva dire: "Faccio come se pensassi il contrario, dicendo no, con l'aria stanca e rassegnata del bravo marito sottomesso, e così faccio bella figura". Lo conosco questo tono. Per papà significa: "So di essere un vigliacco, ma nessuno si prende la briga di dirmelo". Ovviamente, era inevitabile: «Sei proprio un vigliacco» ha detto la mamma buttando con rabbia uno strofinaccio nell'acquaio. È strano, quando è arrabbiata la mamma ha bisogno di lanciare qualcosa. Una volta ha anche scagliato via Constitution. «Ne hai meno voglia di me» ha ripreso, recuperando lo strofinaccio e agitandolo sotto il naso di papà, che ha detto: «Comunque è fatta», una frase da vigliacco all'ennesima potenza.

Io sono ben contenta che la nonna non venga ad abitare da noi. Anche se in quattrocento metri quadrati non sarebbe un grosso problema. Però penso che gli anziani abbiano diritto a un po' di rispetto, e di certo stare in una casa di riposo è la fine del rispetto. Quando ci si va, significa: "Sono finito(a), non sono più niente, tutti, compreso(a) me, aspettano solo una cosa: la morte, questa triste fine della noia". No, la ragione per cui non ho voglia che la nonna venga da noi è che la nonna non mi piace. È una sporca vecchia, dopo essere stata una giovane cattiva. Anche questa mi pare una profonda ingiustizia: prendiamo un simpatico idraulico delle caldaie, che ha fatto solo del bene attorno a sé, che ha saputo creare amore, darne, riceverne, tessere dei legami con una certa umanità e sensibilità. Sua moglie è morta, i suoi figli non hanno un soldo e a loro volta hanno un sacco di bambini da nutrire e tirare su. In più, abitano dall'altra parte della Francia. Quindi lo mettono in una casa di riposo vicino al paesino dov'è nato, dove i figli possono andare a trovarlo solo due volte all'anno – una casa di riposo per poveri, in cui le camere sono in comune, il mangiare fa schifo e il personale lotta contro la certezza di subire un giorno la stessa sorte maltrattando gli ospiti. Prendiamo adesso mia nonna, la cui vita non è stata nient'altro che una lunga serie di ricevimenti, smorfie, intrighi e spese futili e ipocrite, e consideriamo il fatto che le spetta una camera graziosa, un salottino privato e per pranzo delle capesante. È forse questo il prezzo da pagare per l'amore, una vita che termina senza speranze in una sordida promiscuità? È questa la ricompensa per degli affetti anoressici, una vasca di marmo in una costosissima bomboniera?

Quindi la nonna non mi piace, e nemmeno io le piaccio tanto. In compenso adora Colombe, che la ripaga con la stessa moneta, cioè tenendo d'occhio l'eredità con quell'autentico distacco della ragazza-che-non-tiene-d'occhio-l'eredità. Perciò pensavo che questa giornata a Chatou sarebbe stata una rottura pazzesca, e invece bingo: Colombe e la mamma che si esaltano per la vasca da bagno, papà rigido come uno stoccafisso, vecchi infermi e rinsecchiti portati in giro nei corridoi con le flebo e tutto, una pazza («Alzheimer» ha detto Colombe con aria istruita – non sto scherzando!) che mi chiama "Bella Clara" e due secondi dopo urla che vuole subito il suo cane e quasi mi cava un occhio con il suo grosso anello di diamanti, e pure un tentativo di evasione! Gli ospiti ancora in salute portano un braccialetto elettronico al polso: quando cercano di uscire dal perimetro della residenza, si sente un bip giù alla reception e il personale si precipita fuori per raggiungere il fuggiasco, che naturalmente si fa beccare dopo un faticoso cento metri, protesta energicamente che quello non è un gulag, chiede di parlare col direttore e gesticola in modo strano finché non lo inchiodano su una sedia a rotelle. La signora che ha tentato lo sprint si era andata a cambiare dopo pranzo: aveva indossato la sua tenuta da evasione, un abitino a pois pieno di volant, molto pratico per scalare le recinzioni. In sostanza, alle due del pomeriggio, dopo la vasca, le capesante e l'evasione spettacolare tipo conte di Montecristo, ero pronta per la depressione.

All'improvviso, però, mi sono ricordata che avevo deciso di costruire e non di demolire. Ho guardato attorno a me cercando qualcosa di positivo ed evitando la vista di Colombe. Non ho trovato nulla. Tutta quella gente che aspetta la morte e non sa cosa fare... E poi, miracolo, è stata Colombe a darmi la soluzione, sì, Colombe. Quando siamo partiti, dopo aver abbracciato la nonna e averle promesso di tornare presto, mia sorella ha detto: «Beh, la nonna mi sembra sistemata bene. Per il resto... affrettiamoci a dimenticare tutto velocemente». Non sottilizziamo sull'"affrettiamoci velocemente", sarebbe meschino, concentriamoci piuttosto sull'idea: dimenticare tutto velocemente.

È al contrario, non bisogna affatto dimenticare. Non bisogna dimenticare i vecchi con i corpi putrefatti, i vecchi vicinissimi a quella morte a cui i giovani non vogliono pensare (e così affidano alla casa di riposo il compito di accompagnare i genitori alla morte per evitare scenate o seccature), la gioia inesistente di quelle ultime ore che bisognerebbe gustare fino in fondo, e che invece subisci rimuginando nella noia e nell'amarezza. Non bisogna dimenticare che il corpo deperisce, che gli amici muoiono, che tutti ti dimenticano e che la fine è solitudine. E neppure bisogna dimenticare che quei vecchi sono stati giovani, che il tempo di una vita è irrisorio, che un giorno hai vent'anni e il giorno dopo ottanta. Colombe crede che è possibile "affrettarsi a dimenticare" perché la prospettiva della vecchiaia per lei è ancora lontanissima, come se la cosa non la riguardasse. Io ho capito molto presto che la vita passa in un baleno guardando gli adulti attorno a me, sempre di fretta, stressati dalle scadenze, così avidi dell'oggi per non pensare al domani... In realtà temiamo il domani solo perché non sappiamo costruire il presente, e quando non sappiamo costruire il presente ci illudiamo che saremo capaci di farlo domani, e rimaniamo fregati perché domani finisce sempre per diventare oggi, non so se ho reso l'idea.

Quindi non bisogna affatto dimenticare. Occorre vivere con la certezza che invecchieremo e che non sarà né bello né piacevole né allegro. E ripetersi che ciò che conta è adesso: costruire, ora, qualcosa, a ogni costo, con tutte le nostre forze. Avere sempre in testa la casa di riposo per superarsi continuamente e rendere ogni giorno imperituro. Scalare passo dopo passo il proprio Everest personale, e farlo in modo tale che ogni passo sia un pezzetto di eternità.

Ecco a cosa serve il futuro: a costruire il presente con veri progetti di vita.

SULLA GRAMMATICA

1. Infinitesimale

Questa mattina Jacinthe Rosen mi ha presentato il nuovo proprietario dell'appartamento degli Arthens. Si chiama Kakuro Qualcosa. Non ho sentito bene perché "Maadaame" Rosen parla come se avesse sempre uno scarafaggio in bocca, e poi in quel preciso istante si è aperto il cancello dell'ascensore per lasciar passare monsieur Pallières padre, tutto di tracotanza vestito. Ci ha salutato sbrigativamente e si è allontanato con il suo passo nervoso da industriale indaffarato.

Il nuovo arrivato è un signore sulla sessantina, molto presentabile e molto giapponese. È piuttosto basso, magro, il viso rugoso ma ben delineato. Tutta la sua persona trasuda benevolenza, ma avverto anche decisione, allegria e una bella determinazione.

Per ora sopporta senza battere ciglio il cicaleccio isterico di Jacinthe Rosen, che sembra una gallina davanti a una montagna di granturco.

«Buongiorno, signora» sono state le sue prime e uniche parole in un francese senza accento.

Ho indossato l'abito da portinaia semiritardata. Trattandosi di un nuovo condomino non ancora costretto alla certezza della mia idiozia dalla forza dell'abitudine, con lui devo fare particolari sforzi pedagogici. Mi limito quindi a dei sì, sì, sì astenici in risposta alle salve isteriche di Jacinthe Rosen.

«Mostri a monsieur Qualcosa (Su?) gli spazi comuni».

«Può spiegare a monsieur Qualcosa (Tsu?) la distribuzione della posta?».

«Venerdì vengono gli arredatori. Può aspettarli per monsieur Qualcosa (Otsu?) tra le dieci e le dieci e mezza?».

Ecc.

Monsieur Qualcosa non mostra alcun segno di impazienza e aspetta educatamente guardandomi con un sorriso gentile. Mi pare che fili tutto liscio. C'è solo da aspettare che madame Rosen si stanchi, così io potrò tornarmene nel mio antro.

E poi eccoci.

«Lo zerbino che era davanti alla porta degli Arthens non è stato pulito. Può *provvedervici* lei?» mi chiede la gallina.

Perché la commedia deve sempre trasformarsi in tragedia? Certo, anche a me capita di ricorrere a degli errori, seppure come arma.

"È *guasi* un infarto?" avevo chiesto a monsieur Chabrot per distrarlo dai miei modi strampalati.

Quindi non sono così sensibile da perdere la ragione per un uso leggermente improprio della lingua. Dobbiamo concedere agli altri quello che permettiamo a noi stessi; inoltre Jacinthe Rosen e il suo scarafaggio in bocca sono nati a Bondy in una schiera di palazzi con le trombe delle scale sporche, e pertanto ho nei suoi confronti un'indulgenza che non ho per Madame potrebbe-virgola-ricevere.

Eppure ecco la tragedia: ho sussultato al *provvedervici* nel momento stesso in cui sussultava anche monsieur Qualcosa, mentre i nostri sguardi si incrociavano. Dopo questo lasso di tempo infinitesimale in cui, ne sono sicura, siamo stati fratelli di lingua uniti dalla sofferenza che ci trafiggeva e che, facendo trasalire il nostro corpo, rendeva visibile il nostro sbigottimento, monsieur Qualcosa mi guarda con occhio molto diverso.

Un occhio insospettito.

Ed ecco che mi parla.

«Lei conosceva gli Arthens? Mi hanno detto che era una famiglia decisamente straordinaria» mi chiede.

«No» rispondo sulle mie, «non li conoscevo particolarmente bene, era una famiglia come le altre qui».

«Sì, una famiglia felice» dice madame Rosen visibilmente spazientita.

«Vede, tutte le famiglie felici sono simili fra loro» borbotto per togliermi d'impaccio, «non c'è niente da dire».

«Ma ogni famiglia infelice è infelice a modo suo» mi dice lui guardandomi con aria strana, e di nuovo, all'improvviso, trasalisco.

Sì, ve lo giuro. Trasalisco – ma a mia insaputa. La cosa mi è sfuggita, era più forte di me, sono stata sopraffatta.

Poiché le disgrazie non vengono mai sole, Lev sceglie questo preciso momento per sgattaiolare tra le nostre gambe, e passando sfiora amichevolmente quelle di monsieur Qualcosa.

«Io ho due gatti» mi dice. «Potrei sapere come si chiama il suo?».

«Lev» risponde al posto mio Jacinthe Rosen che, troncando lì, infila il braccio sotto quello di lui e, dopo avermi ringraziato senza degnarmi di uno sguardo, cerca di condurlo verso l'ascensore. Con delicatezza infinita lui le poggia la mano sull'avambraccio e lo blocca dolcemente.

«Grazie, signora» mi dice, e si lascia portare via dalla sua possessiva pennuta.

2. In un momento di grazia

Sapete che cos'è l'insaputo? Per gli psicanalisti è frutto delle insidiose manovre di un inconscio nascosto. Che teoria aleatoria, in verità. L'insaputo è il segno più dirompente della forza della nostra volontà cosciente, la quale, quando la nostra emozione vi si oppone, usa tutte le astuzie per raggiungere i propri scopi.

«Si direbbe che voglio essere smascherata» dico a Lev che è appena tornato nei suoi quartieri e che, ci scommetterei, ha cospirato con l'universo per realizzare il mio desiderio.

Tutte le famiglie felici sono simili fra loro; ogni famiglia infelice è infelice a modo suo è l'incipit di *Anna Karenina* che, come ogni brava portinaia, non dovrei aver letto. Allo stesso modo non era ammissibile che io sussultassi per caso alla seconda parte di questa frase, in un momento di grazia, senza sapere che proveniva da Tolstoj, poiché se la gente umile, pur senza conoscerla, fosse sensibile all'alta letteratura, quest'ultima allora sarebbe indegna dell'elevatezza d'ingegno in cui la collocano gli istruiti.

Passo la giornata a cercare di persuadermi che sto perdendo la testa per niente e che monsieur Qualcosa, il quale dispone di un portafogli sufficientemente ampio da comprarsi il quarto piano, ha ben altre preoccupazioni che i trasalimenti parkinsoniani di una portinaia ritardata.

E poi, intorno alle sette di sera, un giovane suona alla guardiola.

«Buonasera signora» mi dice scandendo perfettamente, «mi chiamo Paul N'Guyen, sono il segretario personale di monsieur Ozu».

Mi porge un biglietto da visita.

«Qui c'è il mio numero di cellulare. Verranno degli artigiani a lavorare da monsieur Ozu e non vorremmo che questo le comportasse un carico di lavoro supplementare. Quindi per qualsiasi problema mi chiami, e io verrò il prima possibile».

A questo punto dell'intrigo avrete notato che lo sketch è sprovvisto di dialoghi, di solito riconoscibili dal succedersi delle virgolette ogni volta che uno prende la parola.

Avrebbe dovuto esserci qualcosa come:

«Molto piacere, signore».

Poi:

«Benissimo, non mancherò».

Ma evidentemente non c'è.

Il fatto è che, senza aver bisogno di farlo apposta, rimango muta. Sono perfettamente cosciente di avere la bocca aperta ma non esce nessun suono, e mi fa pena questo bel giovane costretto a contemplare un rospo di settanta chili che si chiama Renée.

Generalmente, a questo punto il protagonista domanda:

«Parla francese?».

Ma Paul N'Guyen mi sorride e aspetta.

Riesco a dire qualcosa solo a costo di uno sforzo titanico.

In effetti, all'inizio è una cosa del tipo:

«Grmblll».

Ma lui aspetta sempre con la stessa splendida abnegazione.

«Monsieur Ozu?» dico alla fine con difficoltà, con una voce tipo quella di Yul Brynner.

«Sì, monsieur Ozu» mi dice. «Non conosceva il suo nome?».

«No» rispondo a fatica, «non lo avevo capito molto bene. Come si scrive?».

«O, z, u» mi dice, «si scrive come si pronuncia».

«Ah» dico, «molto bene. È giapponese?».

«Proprio così, signora» mi conferma. «Monsieur Ozu è giapponese».

Si congeda con cordialità, io borbotto un buonasera tisico, chiudo la porta e sprofondo su una sedia, spiaccicando Lev.

Monsieur Ozu. Mi chiedo se per caso non sto facendo un sogno idiota, con tanto di suspence, intreccio machiavellico, coincidenze a pioggia ed epilogo finale in camicia da notte con un gatto obeso sui piedi e un risveglio gracchiante sintonizzato su *France Inter*.

Ma in definitiva sappiamo bene che il sogno e la veglia non hanno la stessa grana, e grazie all'auscultazione delle mie percezioni sensoriali so per certo di essere ben sveglia.

Monsieur Ozu! Il figlio del cineasta? Suo nipote? Un lontano cugino?

Questa poi!

Pensiero profondo n° 9

Alla nemica
offri gli amaretti
fini Ladurée
ma poi non credere che
potrai vedere oltre

Il signore che ha comprato l'appartamento degli Arthens è giapponese! Si chiama Kakuro Ozu! Ma che sfortuna, possibile che debba succedere proprio poco prima della mia morte? Dodici anni e mezzo nella desolazione culturale, e quando sbarca un giapponese sto levando le tende... Non è per niente giusto.

Ma guardiamo il lato positivo delle cose: lui è qui, proprio qui, e in più ieri abbiamo avuto una conversazione molto interessante. Innanzitutto c'è da dire che tutti i condomini vanno pazzi per Ozu. Mia madre parla solo di lui, mio padre una volta tanto la sta ad ascoltare (di solito, quando lei fa il suo bla bla sulle storielle del palazzo, lui pensa ad altro), Colombe mi ha fregato il libro di giapponese e, fatto inedito negli annali del numero 7 di rue de Grenelle, madame de Broglie è venuta da noi a prendere un tè. Noi stiamo al quinto piano, proprio sopra l'ex appartamento degli Arthens dove ultimamente c'erano dei lavori – ma lavori enormi! Era chiaro che monsieur Ozu aveva deciso di fare dei cambiamenti radicali, e tutti morivano dalla voglia di vederli. In un mondo di fossili, il più piccolo sassolino che scivola sul pendio della scarpata può provocare crisi cardiache a ripetizione – figuriamoci se qualcuno fa esplodere la montagna! Insomma, madame de Broglie non vedeva l'ora di dare un'occhiata al quarto piano, e così la scorsa settimana è riuscita a farsi invitare dalla mamma quando l'ha incrociata nell'atrio. E sapete con quale scusa? Davvero divertente. Madame de Broglie è la moglie di monsieur de Broglie, il Consigliere di Stato che abita al primo piano, entrato nel Consiglio di Stato sotto Giscard e talmente reazionario che non saluta le persone divorziate. Colombe lo chiama "quel vecchio fascista" perché non ha mai letto niente sulla destra francese, e papà lo considera un esempio perfetto di sclerotizzazione delle idee politiche. Sua moglie è conforme a lui: tailleur, collier di perle, labbra sottili e una sfilza di nipotini che rispondono tutti al nome di Grégoire o Marie. Finora salutava la mamma a fatica (una socialista, coi capelli tinti e le scarpe a punta). Ma la settimana scorsa ci è piombata addosso come se fosse una questione di vita o di morte. Eravamo nell'atrio, tornavamo dalle compere, e la mamma era di ottimo umore perché aveva trovato una tovaglia di lino color corda a duecentoquaranta euro. A un certo punto ho pensato di avere delle allucinazioni uditive. Dopo i consueti «Buongiorno, signora» madame de Broglie ha detto alla mamma: «Avrei una cosa da chiederle», e già questo deve averla fatta soffrire parecchio. «Prego, dica pure» ha detto la mamma sorridendo (grazie alla tovaglia e agli antidepressivi). «Ecco, la mia cara nuora, la moglie di Étienne, non sta molto bene, e penso che dovremo prendere in considerazione una qualche terapia». «Ah sì?» ha risposto la mamma ancora più sorridente. «Sì, ehm, tipo psicanalisi, mi spiego?». Madame de Broglie sembrava una lumaca in mezzo al Sahara, ma non demordeva. «Sì, perfettamente» ha detto la mamma, «e in cosa posso esserle utile, signora?». «Beh, ho pensato che lei conosce bene questo tipo di... insomma... questo tipo di approccio..., e mi avrebbe fatto molto piacere discuterne un po' insieme, tutto qui». La mamma non riusciva a capacitarsi di tanta fortuna: una tovaglia di lino color corda, la prospettiva di sciorinare tutto il suo sapere sulla psicanalisi, e madame de Broglie che le faceva la danza dei sette veli – sì, davvero un'ottima giornata! E, chiaramente, ha dovuto cedere, anche perché sapeva benissimo dove l'altra voleva andare a parare. Mia madre sarà anche un po' rozza sul versante sagacia intellettuale, ma non la frega mica nessuno! Sa benissimo che il giorno in cui i de Bro-glie s'interesseranno alla psicanalisi i gaullisti canteranno *L'In-ternazionale*, e che il suo successo improvviso aveva per titolo "il pianerottolo del quinto piano si trova proprio sopra al quarto". Ad ogni modo, ha deciso di mostrarsi magnanime per provare a madame de Broglie l'estensione della sua bontà d'animo e la lar-ghezza di vedute dei socialisti – previo, tuttavia, un piccolo scherzetto. «Ma molto volentieri, signora. Vuole che passi da lei una sera, così ne parliamo insieme?» ha chiesto. L'altra è rimasta di sale, non si aspettava una mossa del genere, ma poi si è ripresa subito e da brava donna di mondo ha detto: «Ma no, ma no, non si disturbi, salgo io da lei». La mamma, che si era presa una piccola soddisfazione, non ha insistito. «Bene, oggi pomeriggio sono a casa» ha risposto, «perché non viene verso le cinque a prendere una tazza di tè?».

È stato un tè perfetto. La mamma aveva fatto le cose come si deve: il servizio da tè regalato dalla nonna con dorature e farfalle verdi e rosa, gli ottimi amaretti di Ladurée e lo zucchero di canna, almeno quello (una cosa di sinistra). Madame de Broglie, che aveva indugiato un buon quarto d'ora sul pianerottolo di sotto, sembrava un po' imbarazzata ma piuttosto soddisfatta. E anche un pochino sorpresa. Penso che si immaginasse casa nostra molto diversa. La mamma le ha sfoggiato l'intera gamma delle buone maniere e della conversazione mondana, compreso un commento da intenditrice sulle migliori caffetterie, per poi recli-nare la testa di lato con aria compassionevole e dire: «E così, signora, è preoccupata per sua nuora?». «Ehm, ah, sì» ha risposto l'altra, che quasi si era dimenticata della scusa e ora si stava scervellando per trovare qualcosa da dire. «Beh, ecco, è depressa» è stata l'unica cosa che è riuscita a tirare fuori. Allora la mamma è partita in quarta. Dopo tanta magnanimità, era arri-vato il momento di presentare il conto. Madame de Broglie si è dovuta sorbire un intero corso di freudismo, compresi alcuni aneddoti stuzzicanti sulle abitudini sessuali del messia e degli apostoli (con un passaggio trash su Melanie Klein), infiorettato con qualche riferimento al Movimento di liberazione femminile e alla laicità dell'insegnamento francese. Servizio completo. Madame de Broglie ha reagito da brava cristiana. Ha retto all'affronto con lodevole stoicismo, convinta di espiare così, a poco prezzo, il suo peccato di curiosità. Entrambe si sono lasciate soddisfatte, ma per opposte ragioni, e la sera a tavola la mamma ha detto: «Madame de Broglie è una bigotta, è vero, ma sa anche essere carina».

Insomma, monsieur Ozu manda tutti su di giri. Olympe Saint-Nice ha detto a Colombe (che la odia e la chiama "la verginella dei maiali") che lui ha due gatti e lei non vede l'ora di vederli. Jacinthe Rosen non la smette di commentare il viavai del quarto piano e ogni volta va fuori di testa. E anch'io sono entusiasta, ma non per le stesse ragioni. Ecco che cosa è successo.

Sono salita in ascensore con monsieur Ozu e siamo rimasti bloccati dieci minuti tra il secondo e il terzo piano, perché un beota aveva richiuso male il cancello dell'ascensore prima di cambiare idea e scendere giù per le scale. In questi casi bisogna aspettare che qualcuno se ne accorga oppure, se le cose vanno per le lunghe, occorre allertare il vicinato urlando e tentando comunque di mantenere un certo stile, cosa non facile. Noi non abbiamo urlato. E così abbiamo avuto il tempo di presentarci e di conoscerci un po'. Tutte le signore avrebbero fatto carte false per essere al mio posto. Io ero molto felice, perché naturalmente il mio lato giapponese è contento di parlare con un signore giapponese doc. Ma quello che mi è piaciuto tanto è stato il contenuto della conversazione. Lui ha esordito così: «Tua mamma mi ha detto che a scuola fai giapponese. Come te la cavi?». Ho notato, en passant, che ancora una volta la mamma aveva spettegolato per farsi notare, poi ho risposto in giapponese: «Sì signore, parlo un po' giapponese, ma non molto bene». Mi ha detto in giapponese: «Vuoi che ti corregga la pronuncia?» e subito ha tradotto in francese. Intanto ho apprezzato molto questa cosa. Altri avrebbero detto: «Oh, come parli bene, ottimo, sei bravissima!», quando invece devo avere un terribile accento da maiale scannato. Ho risposto in giapponese: «Sì, la prego», quindi lui ha corretto un'inflessione e mi ha detto, sempre in giapponese: «Chiamami Kakuro». Ho ribattuto «Sì, Kakuro-san» in giapponese, e siamo scoppiati a ridere. Poi la conversazione (in francese) si è fatta molto interessante. Lui è andato subito al dunque dicendo: «Madame Michel, la portinaia, mi incuriosisce molto. Vorrei conoscere la tua opinione». Un sacco di altra gente, lo so, ci avrebbe girato attorno tentando di spillarmi informazioni. Ma lui ha parlato fuori dai denti. «Io credo che lei non sia come crediamo» ha aggiunto.

È da un pezzo che anch'io nutro dei sospetti su di lei. Da lontano è proprio una portinaia. Da vicino... beh, da vicino... c'è qualcosa di strano. Colombe la odia e pensa che sia un rifiuto dell'umanità. Per Colombe, a ogni modo, chiunque non corrisponda ai suoi modelli culturali è un rifiuto dell'umanità, e i modelli culturali di Colombe sono il potere sociale sommato alle camicette firmate *agnès b.* Madame Michel... Come dire? Trasuda intelligenza. Eppure si sforza, già, si vede che fa tutto il possibile per entrare nel ruolo della portinaia e sembrare stupida. Ma io l'ho osservata quando parlava con Jean Arthens, quando parla a Neptune alle spalle di Diane, quando guarda le signore del palazzo che le passano davanti senza salutare. Madame Michel ha l'eleganza del riccio: fuori è protetta da aculei, una vera e propria fortezza, ma ho il sospetto che dentro sia semplice e raffinata come i ricci, animaletti fintamente indolenti, risolutamente solitari e terribilmente eleganti.

Vabbè, detto questo, lo ammetto, non sono una veggente. Se non fosse successo niente anch'io, come tutti, avrei visto una portinaia, il più delle volte con la luna storta. Ma non molto tempo fa è successa una cosa, ed è strano che la domanda di monsieur Ozu sia capitata proprio ora. Quindici giorni fa Antoine Pallières ha rovesciato la borsa della spesa di madame Michel mentre lei stava aprendo la porta. Antoine Pallières è il figlio di monsieur Pallières, l'industriale del sesto piano, un tizio che dà lezioni di morale a papà sul modo di gestire la Francia e vende armi a dei criminali internazionali. Suo figlio è meno pericoloso perché è proprio un cretino, ma non si sa mai: spesso la nocività è un dono di famiglia. Per farla breve, Antoine Pallières ha rovesciato la sporta di madame Michel. Le rape, la pasta, i dadi e il sapone di Marsiglia sono caduti fuori, e nella borsa per terra ho intravisto che sbucava un libro. Dico intravisto perché madame Michel si è precipitata per raccogliere il tutto, guardando Antoine (che di certo non aveva nessuna intenzione di alzare un dito) con astio ma anche con una punta di preoccupazione. Lui non ha visto nulla, ma a me è bastato quell'attimo per capire quale libro c'era nella sporta di madame Michel, o perlomeno che genere di libro: infatti sulla scrivania di Colombe ce ne sono un sacco dello stesso tipo, da quando fa filosofia. Era un libro delle edizioni Vrin, editore superspecializzato in filosofia universitaria. "Cosa ci fa una portinaia con un libro della Vrin nella borsa della spesa?" è la domanda che ovviamente mi sono posta, a differenza di Antoine Pallières.

«Lo penso anch'io» ho risposto a monsieur Ozu, e da vicini di casa siamo subito passati a una relazione più intima, quella tra cospiratori. Ci siamo scambiati le nostre impressioni su madame Michel, monsieur Ozu scommette che sia un'erudita principessa clandestina, e ci siamo lasciati con la promessa di indagare.

Ecco quindi il mio pensiero del giorno: per la prima volta ho incontrato qualcuno che cerca le persone e che vede oltre. Può sembrare banale, eppure credo che sia profondo. Non vediamo mai al di là delle nostre certezze e, cosa ancora più grave, abbiamo rinunciato all'incontro, non facciamo che incontrare noi stessi in questi specchi perenni senza nemmeno riconoscerci. Se ci accorgessimo, se prendessimo coscienza del fatto che nell'altro guardiamo solo noi stessi, che siamo soli nel deserto, potremmo impazzire. Quando mia madre offre degli amaretti di

Ladurée a madame de Broglie, non fa che raccontare a sé stessa la storia della sua vita, sgranocchiando il proprio sapore; quando papà beve il caffè leggendo il giornale, si contempla in uno specchio tipo autosuggestione cosciente del metodo Coué; quando Colombe parla delle conferenze di Marian, blatera davanti al riflesso di sé stessa, e quando le persone passano davanti alla portinaia, non vedono nulla perché lì non si vedono riflesse.

Io invece supplico il destino di darmi la possibilità di vedere al di là di me stessa e di incontrare qualcuno.

3. Sotto la scorza

Poi passano alcuni giorni.

Come ogni martedì, viene Manuela in guardiola. Prima che lei chiuda la porta ho il tempo di sentire Jacinthe Rosen che chiacchiera con madame Meurisse, la giovane, davanti a un ascensore che si fa desiderare.

«Mio figlio dice che i ciunesi sono intrattabili!».

Maadaame Rosen, scarafaggio in bocca *oblige*, non dice: "i cinesi" bensì i ciunesi.

Ho sempre sognato di visitare la Ciuna. Di certo è più interessante che recarsi in Cina.

«Ha congedato la baronessa» mi annuncia Manuela con le guance rosee e lo sguardo luminoso, «e compagnia bella».

Assumo l'espressione dell'innocenza fatta persona.

«Chi?» le chiedo.

«Ma monsieur Ozu!» grida Manuela guardandomi con biasimo.

Bisogna riconoscere che da quindici giorni nel palazzo non si fa altro che mormorare del trasloco di monsieur Ozu nell'appartamento del defunto Pierre Arthens. In questo luogo immutabile, intrappolato nei ghiacci del potere e dell'ozio, l'arrivo di un nuovo condomino e gli atti insensati a cui, sotto le sue direttive, si è dedicato un numero di professionisti talmente impressionante che persino Neptune ha rinunciato ad annusarli tutti – questo arrivo, dunque, ha scatenato un vento misto di eccitazione e panico. Infatti l'aspirazione riconosciuta alla salva-

guardia delle tradizioni e il conseguente biasimo per tutto ciò
che più o meno strettamente può evocare la nuova ricchezza –
tra cui l'ostentazione nei lavori di arredo, l'acquisto di materiale
hi-fi o l'abuso di pietanze da asporto – gareggiavano con una
sete più profonda, conficcata nelle budella di tutte queste
anime accecate di noia: la sete di novità. E così per quindici
giorni il 7 di rue de Grenelle vibrò al ritmo dell'andirivieni di
imbianchini, falegnami, idraulici, installatori di cucine, traspor-
tatori di mobili, di tappeti, di materiale elettrico, e per finire
addetti ai traslochi, che evidentemente monsieur Ozu aveva
assunto per trasformare da cima a fondo un quarto piano che
tutti morivano dalla voglia di visitare. I Josse e i Pallières non
presero più l'ascensore e, scoperta una nuova energia, gironzo-
larono a tutte le ore sul pianerottolo del quarto piano da cui,
giustamente, dovevano transitare per poter uscire da casa loro,
e di conseguenza anche per rientrare. Tutti li invidiarono. Bernadette de Broglie si ingegnò per prendere il tè da Solange
Josse, benché socialista, mentre Jacinthe Rosen si offrì volon-
taria per consegnare a Sabine Pallières un pacco che era stato
appena lasciato in guardiola e che, io felicissima di sottrarmi
all'incombenza, le affidai con molte moine ipocrite.

Poiché io, sola tra tutti, evitavo accuratamente monsieur
Ozu. Ci incrociammo due volte nell'atrio, ma era sempre in
compagnia quindi si limitò a salutarmi educatamente, e io feci
lo stesso. In lui niente faceva trasparire sentimenti diversi dalla
cortesia e dalla gentilezza. Ma come i bambini fiutano sotto la
scorza delle convenzioni la vera stoffa di cui sono fatti gli esseri
umani, così il mio radar interiore, all'improvviso in allarme, mi
informava che monsieur Ozu mi osservava con paziente attenzione.

Tuttavia, il suo segretario provvedeva a tutte le incombenze
che richiedevano un contatto con me. Scommetto che Paul
N'Guyen c'entrava qualcosa con il fascino che l'arrivo di mon-

sieur Ozu esercitava sugli autoctoni. Era il più bel giovane che ci fosse. Dall'Asia, di cui il padre vietnamita era originario, aveva preso la signorilità e la misteriosa serenità. Dell'Europa e di sua madre (una bielorussa) aveva la statura alta, gli zigomi slavi e gli occhi chiari, impercettibilmente a mandorla. In lui si sposavano la virilità e la delicatezza, si realizzava la sintesi della bellezza maschile e della dolcezza orientale.

Avevo saputo delle sue origini quando, alla fine di un pomeriggio pieno di trambusto in cui l'avevo visto molto indaffarato, aveva suonato alla guardiola per avvertirmi che l'indomani mattina presto ci sarebbe stata una nuova mandata di fattorini, e così gli avevo offerto una tazza di tè, che lui aveva accettato con semplicità. Conversammo in una squisita rilassatezza. Chi avrebbe mai detto che un uomo giovane, bello e competente – giacché, per tutti gli dèi, lo era davvero, a giudicare da come aveva organizzato i lavori e li aveva portati a termine in tutta calma, senza apparire mai stanco o sopraffatto – potesse al contempo non essere per niente snob? Quando andò via, ringraziandomi calorosamente, mi resi conto che con lui avevo dimenticato perfino di dissimulare chi ero.

Ma torniamo alla notizia del giorno.

«Ha congedato la baronessa e compagnia bella».

Manuela non nasconde il suo entusiasmo. Anna Arthens, lasciando Parigi, aveva giurato a Violette Grelier che l'avrebbe raccomandata al nuovo proprietario. Monsieur Ozu, rispettoso dei desideri della vedova alla quale comprava un bene e strappava il cuore, aveva accettato di ricevere il suo personale e di intrattenersi con loro. I Grelier, caldeggiati da Anna Arthens, avrebbero potuto trovare un posto di prim'ordine in una buona famiglia, ma Violette carezzava la folle speranza di rimanere dove, a detta sua, aveva passato i suoi anni più belli.

«Partire sarebbe come morire» aveva confidato a Manuela.

«In fondo però non parlo per lei, figlia mia. Bisognerà pure che si decida».

«Decidermi? Storie!» dice Manuela, che da quando su mio consiglio ha visto *Via col vento* si crede la Scarlett d'Argenteuil. «Lei parte e io resto!».

«È stata assunta da monsieur Ozu?» chiedo.

«Non ci crederà» mi dice. «Mi assume per dodici ore, con una paga da principessa!».

«Dodici ore!» esclamo. «Come pensa di fare?».

«Lascerò madame Pallières» risponde quasi estasiata, «lascerò madame Pallières».

E, siccome con le cose veramente piacevoli bisogna esagerare:

«Sì» ripete, «lascerò madame Pallières».

Assaporiamo un momento in silenzio questa valanga di soddisfazioni.

«Preparo un tè» dico, rompendo l'incanto. «Tè bianco per festeggiare l'evento».

«Ah, dimenticavo» dice Manuela, «ho portato questo».

E dalla sua borsa tira fuori una scarsella di carta di seta color crema.

Mi metto a sciogliere il nastro di velluto blu. All'interno, frutta secca al cioccolato fondente che luccica come diamanti tenebrosi.

«Mi paga ventidue euro l'ora» dice Manuela disponendo le tazze e rimettendosi poi a sedere, non senza prima aver pregato cortesemente Lev di andare a farsi un giro. «Ventidue euro! Ma ci pensa! Gli altri mi pagano otto, dieci, undici! Quella *schifitosa* della Pallières mi paga otto euro e lascia le mutandine sporche in giro sotto il letto».

«Anche lui forse lascia le mutande sporche in giro sotto il letto» dico ridendo.

«Oh, non è il tipo» dice Manuela, di colpo pensierosa.

«Comunque spero di essere in grado. Perché lassù, sa, ci sono parecchie cose strane. E poi ci sono tutti quei *bonzi* da annaffiare e nebulizzare».

Manuela si riferisce ai bonsai di monsieur Ozu. Molto grandi, con forme slanciate e prive di quell'aspetto martoriato che di solito impressiona sfavorevolmente; mentre li trasportavano nell'atrio, mi era sembrato che provenissero da un altro secolo e che, col fruscio delle loro fronde, evocassero la fugace visione di una foresta lontana.

«Non avrei mai immaginato che gli arredatori facessero queste cose» riprende Manuela. «Spaccano tutto e rifanno daccapo!».

Per Manuela un arredatore è un essere etereo che sistema cuscini su divani costosissimi e indietreggia di due passi per ammirarne l'effetto.

«Buttano giù muri a colpi di mazzuolo» aveva esclamato una settimana prima, col fiatone, intenta a salire le scale quattro gradini per volta munita di un'enorme scopa. «Sa... È molto bello ora. Mi farebbe piacere che lo visitasse».

«Come si chiamano i suoi gatti?» chiedo per distrarla e toglierle dalla mente questo pericoloso ghiribizzo.

«Oh, sono splendidi!» dice osservando Lev con aria costernata. «Sono magri magri e avanzano senza rumore, facendo così».

E imita bizzarre oscillazioni con la mano.

«Mi sa dire i loro nomi?» chiedo un'altra volta.

«La gatta si chiama Kitty, ma il gatto non ricordo bene».

Una goccia di sudore freddo stabilisce un record di velocità lungo la mia colonna vertebrale.

«Levin?» suggerisco.

«Sì» mi dice, «proprio così. Levin. Come fa a saperlo?».

Aggrotta le sopracciglia. «Non sarà mica quel rivoluzionario?».

«No» dico, «il rivoluzionario è Lenin. Levin è l'eroe di un grande romanzo russo. Kitty è la donna che ama».

«Ha fatto cambiare tutte le porte» riprende Manuela, il cui interesse per i grandi romanzi russi è assai modesto. «Ora scorrono. E mi creda, è molto più comodo. Mi chiedo perché noi non facciamo allo stesso modo. Si guadagna parecchio spazio ed è meno rumoroso».

Com'è vero. Ancora una volta rimango ammirata di fronte alla vivacità della sintesi di Manuela. Ma questa osservazione anodina provoca in me anche una deliziosa sensazione che dipende però da altri motivi.

4. Frattura e continuità

Due motivi, entrambi legati ai film di Ozu.

Il primo risiede proprio nelle porte scorrevoli. Fin dal primo film, *Il sapore del riso al tè verde*, ero rimasta affascinata dallo spazio vitale giapponese e dalle porte scorrevoli che rifiutano di fendere lo spazio in due e scivolano dolcemente su guide invisibili. Giacché, quando noi apriamo una porta, trasformiamo gli ambienti in modo davvero meschino. Offendiamo la loro piena estensione e a forza di proporzioni sbagliate vi introduciamo un'incauta breccia. A pensarci bene, non c'è niente di più brutto di una porta aperta. Nella stanza dove si trova, introduce una sorta di rottura, un parassitismo provinciale che spezza l'unità dello spazio. Nella stanza contigua provoca una depressione, una ferita aperta e tuttavia stupida, sperduta su un pezzo di muro che avrebbe preferito essere integro. In entrambi i casi turba i volumi, offrendo in cambio soltanto la libertà di circolare, la quale peraltro si può garantire in molti altri modi. La porta scorrevole, invece, evita gli ostacoli e glorifica lo spazio. Senza modificarne l'equilibrio, ne permette la metamorfosi. Quando si apre, due luoghi comunicano senza offendersi. Quando si chiude, ripristina l'integrità di ognuno di essi. Divisione e riunione avvengono senza ingerenze. Lì la vita è una calma passeggiata, mentre da noi è simile a una lunga serie di violazioni.

«È vero» dico a Manuela, «è più comodo e meno brutale».

Il secondo motivo nasce da un'associazione di idee che dalle porte scorrevoli mi ha condotto ai piedi delle donne. Nei film di Ozu non si conta il numero delle sequenze durante le quali un attore spinge la porta, entra in casa e si toglie le scarpe. Le donne soprattutto hanno un talento particolare nella concatenazione di queste azioni. Entrano, lasciano scivolare la porta lungo la parete, fanno due passetti veloci che le conducono alla base dello spazio rialzato, il quale coincide con le stanze abitate, poi senza chinarsi si tolgono le scarpe prive di lacci e, con un movimento fluido e grazioso delle gambe, piroettano su sé stesse subito dopo aver valicato la piattaforma che affrontano di spalle. Le gonne si gonfiano leggermente, il piegamento delle ginocchia necessario a salire è energico e preciso, il corpo segue senza difficoltà il semicerchio dei piedi, che prosegue con uno spostamento curiosamente spezzato, come se le caviglie fossero ostacolate da legacci. Tuttavia, mentre di solito l'impedimento dei gesti evoca la costrizione, quei passetti animati da un incomprensibile scatto conferiscono ai piedi delle donne che camminano il suggello dell'opera d'arte.

Noi occidentali invece, secondo i dettami della nostra cultura, tentiamo di restituire, nella continuità di un movimento che concepiamo senza scatti, quella che riteniamo sia l'essenza stessa della vita: l'efficacia senza ostacoli, la performance fluida che, priva di rottura, rappresenta lo slancio vitale grazie al quale tutto si realizza. Da noi, il modello è il ghepardo in azione; tutti i suoi movimenti si fondono armoniosamente, non riusciamo a distinguerli l'uno dall'altro, e la corsa della grossa fiera ci appare come un unico e lungo movimento che simboleggia la profonda perfezione della vita. Tuttavia, quando le donne giapponesi, con i loro passi frammentati, spezzano il potente dispiegarsi del movimento naturale, invece di provare quel tormento che pervade l'anima allo spettacolo della natura oltraggiata, sentiamo nascere in noi una strana felicità, come se la rottura creasse l'estasi e il granello di sabbia la bellezza. In questa offesa al ritmo sacro della vita, in questo camminare contrastato, nell'eccellenza nata dalla costrizione, abbiamo un paradigma dell'Arte.

E così, proiettato fuori da una natura che lo vorrebbe continuo, essendo per la sua stessa discontinuità al contempo rinnegato e degno di nota, il movimento giunge alla creazione estetica.

Giacché l'Arte è la vita, ma su un altro ritmo.

Pensiero profondo n° 10

*La grammatica
livello di coscienza
che porta al bello*

In genere la mattina passo un po' di tempo ad ascoltare musica in camera mia. La musica è molto importante nella mia vita. Mi permette di sopportare... beh... quel che c'è da sopportare: mia sorella, mia madre, la scuola, Achille Grand-Fernet ecc. La musica non è solo un piacere per le orecchie, come la gastronomia lo è per il palato e la pittura per gli occhi. Se la mattina ascolto un po' di musica è per un motivo molto banale: dare alla giornata la sua giusta intonazione. È semplicissimo, ma anche un po' difficile da spiegare: credo che possiamo scegliere il nostro umore perché abbiamo una coscienza dotata di diversi livelli ai quali è possibile accedere. Ad esempio, per scrivere un pensiero profondo devo entrare in un livello molto speciale, altrimenti idee e parole stentano ad arrivare. Devo lasciarmi andare e nello stesso tempo essere superconcentrata. Ma non è una questione di "volontà", è un meccanismo che mettiamo o meno in funzione, come per grattarsi il naso o fare una capriola all'indietro. E per metterlo in funzione non c'è niente di meglio di un brano musicale. Ad esempio, per rilassarmi ascolto qualcosa che mi faccia raggiungere una sorta di umore distante, in cui le cose non mi toccano veramente, in cui vedo le cose come se stessi guardando un film: un livello di coscienza "distaccata". In genere per questo ci vuole del jazz oppure, i Dire Straits (viva gli mp3!), efficaci più a lungo ma con effetti che si percepiscono più lentamente.

Quindi questa mattina, prima di andare a scuola, ho ascoltato Glenn Miller. Ma probabilmente non abbastanza a lungo.

Quando è avvenuto lo scontro, ho perso tutto il mio distacco. Era l'ora di francese con madame Maigre (un ossimoro vivente, visto il numero di strati adiposi). In più si veste di rosa. A me piace tanto il rosa, ma trovo che sia un colore bistrattato, lo considerano una roba da bebè o da donna troppo truccata, invece il rosa è un colore fine e delicato che s'incontra spesso nella poesia giapponese. Tuttavia il rosa sulla professoressa Maigre è un po' come la marmellata sul maiale. Insomma, stamattina avevo francese con lei. Già di per sé è una faticaccia. Il francese con questa prof si riduce a una lunga serie di esercizi meccanici, sia di grammatica che di analisi testuale. Con lei sembra che i testi siano stati scritti per poter identificare i personaggi, il narratore, i luoghi, il plot, i tempi del racconto ecc. Penso che non le sia mai venuto in mente che prima di tutto un testo è scritto per essere letto e per suscitare delle emozioni nel lettore. Pensate un po', non ci ha mai chiesto: «Vi è piaciuto questo brano/libro?». Eppure è l'unica domanda che potrebbe dare un senso allo studio dei punti di vista della narrazione o della costruzione del racconto... Per non parlare del fatto che, secondo me, le menti degli alunni delle scuole medie sono più disponibili alla letteratura rispetto a quelle dei liceali o degli universitari. Mi spiego: alla nostra età, basta che ci raccontino qualcosa con passione, toccando le corde giuste (quelle dell'amore, della rivolta, della sete di novità ecc.) e il gioco è fatto. Il nostro prof di storia, monsieur Lermit, in due lezioni è riuscito a coinvolgerci mostrandoci alcune foto di tizi a cui avevano tagliato una mano o le labbra, in applicazione della legge coranica, perché avevano rubato o fumato. Eppure non l'ha fatto tipo film splatter. Era avvincente, e tutti abbiamo ascoltato attentamente la lezione che metteva in guardia contro la follia degli uomini e non contro l'islam in particolare. Quindi, se la professoressa Maigre si fosse presa la briga di leggerci qualche verso di Racine con voce tremula ("Che il giorno ricominci, e che il giorno finisca senza che Tito possa veder Berenice..."), avrebbe notato che l'adolescente medio è abbastanza maturo per la tragedia

d'amore. Al liceo è già più difficile: l'età adulta fa capolino, si intui-
scono già i modi di fare dei grandi, ci si chiede quale ruolo e quale
posto ci verrà assegnato in questa recita, e qualcosa si è già gua-
stato, la boccia dei pesci non è più molto lontana.

Allora stamattina, quando alla solita faticaccia di una lezione
di letteratura senza letteratura e di una lezione di lingua senza la
cognizione della lingua si è aggiunto il sentimento dell'assurdo,
non ce l'ho fatta a trattenermi. La prof faceva il punto sull'aggettivo qualificativo usato come epiteto, con la scusa che i nostri
temi ne erano totalmente privi «mentre dovreste essere capaci
di usarli fin dalla terza elementare». «Non è possibile: guarda 'sti
alunni come sono scarsi in grammatica!» ha aggiunto rivolta in
particolare ad Achille Grand-Fernet. Non mi piace Achille, ma
quando le ha fatto quella domanda ero d'accordo con lui. Ci
voleva proprio. E in più, una prof di lettere che si lascia indietro
mezzo aggettivo dimostrativo a me dà fastidio. È come uno spaz-
zino che lascia lì la polvere. «Ma a cosa serve la grammatica?»
ha chiesto Achille. «Dovreste saperlo» ha risposto la signora-e-
dire-che-mi-pagano-per-insegnarvelo. «Beh, no» ha ribattuto
Achille per una volta sincero, «nessuno si è mai preoccupato di
dircelo». La professoressa ha fatto un lungo sospiro, tipo "sono
ancora costretta a sorbirmi delle domande stupide" e ha risposto:
«Serve a parlare e a scrivere bene».

E lì a momenti mi veniva un infarto. Non ho mai sentito niente
di così insensato. E con questo non voglio dire che sia *sbagliato*,
voglio dire che è *davvero insensato*. Sostenere, davanti a degli
adolescenti che sanno già parlare e scrivere, che questa è l'utilità della grammatica è come dire a qualcuno che per fare bene
la cacca e la pipì bisogna leggersi la storia del water attraverso i
secoli. Non ha senso! E poi, se almeno ci avesse dimostrato con
qualche esempio che dobbiamo conoscere un certo numero di
cose sulla lingua per utilizzarla come si deve, beh, al limite
sarebbe stato un buon inizio. Per dire, conoscere i tempi di tutte
le coniugazioni permette di evitare gravi errori che ti fanno ver-

gognare davanti a tutti durante una serata mondana ("Avrei arrivato volentieri più presto ma ho prenduto la strada sbagliata").
Oppure, conoscere la regola dell'accordo dell'aggettivo qualificativo usato come epiteto è decisamente utile se devi scrivere un
invito appropriato per andare a fare quattro salti alla reggia di
Versailles, onde evitare i "Cari amico, volete raggiungerci a Versailles questa sera? Ne sarei davvero lieto. La Marchesa de
Grand-Fernet". Ma se madame Maigre crede che la grammatica
serva solo a questo... Eravamo in grado di usare e coniugare un
verbo ben prima di sapere cosa fosse. E se il sapere aiuta, non
mi pare comunque che sia decisivo.

Io credo che la grammatica sia una via d'accesso alla bellezza. Quando parliamo, quando leggiamo o quando scriviamo,
ci rendiamo conto se abbiamo scritto o stiamo leggendo una
bella frase. Siamo capaci di riconoscere una bella espressione o
uno stile elegante. Ma quando si fa grammatica, si accede a
un'altra dimensione della bellezza della lingua. Fare grammatica
serve a sezionarla, guardare come è fatta, vederla nuda, in un
certo senso. Ed è una cosa meravigliosa, perché pensiamo: "Ma
guarda un po' che roba, guarda un po' com'è fatta bene!",
"Quanto è solida, ingegnosa, acuta!". Solo il fatto di sapere che
esistono diversi tipi di parole e che bisogna conoscerli per defi-
nirne l'utilizzo e i possibili abbinamenti è una cosa esaltante.
Penso che non ci sia niente di più bello, per esempio, del concetto base della lingua, e cioè che esistono i sostantivi e i verbi.
Con questi avete in mano il cuore di qualunque enunciato. Stupendo, vero? I sostantivi, i verbi...

Forse bisogna collocarsi in uno stato di coscienza speciale
per accedere a tutta la bellezza della lingua svelata dalla grammatica. A me sembra di farlo senza alcuno sforzo. Credo di aver
capito com'è fatta la lingua a due anni, in un colpo solo, sentendo
parlare gli adulti. Per me le lezioni di grammatica sono sempre
state sintesi a posteriori e, al limite, precisazioni terminologiche.
Mi chiedo se sia possibile, attraverso la grammatica, insegnare

a parlare e a scrivere bene a bambini che non hanno avuto l'illuminazione che ho avuto io. Mistero. Intanto tutte le professoresse
Maigre della terra dovrebbero chiedersi quale brano di musica
proporre ai loro alunni per farli entrare in trance grammaticale.

E quindi ho detto alla professoressa Maigre: «Ma niente
affatto, è assolutamente riduttivo!». In classe è sceso un silenzio
di tomba, perché di solito non apro bocca e perché avevo con-
traddetto la prof. Lei mi ha guardato sorpresa, poi ha assunto
un'espressione cattiva, come tutti i prof quando sentono che sta
cambiando il vento e che la loro lezioncina tranquilla sull'aggettivo qualificativo usato come epiteto potrebbe trasformarsi nel tribunale dei loro metodi pedagogici. «E lei cosa ne sa, signorina
Josse?» ha chiesto in tono acido. L'intera classe tratteneva il
fiato. Quando l'alunna migliore è scontenta è una brutta cosa per
il corpo docente, soprattutto se è bello grasso, e quindi stamattina c'erano due spettacoli al prezzo di uno: il circo e il thriller.
Tutti aspettavano l'esito della battaglia che si annunciava parecchio sanguinosa.

«Beh» ho detto, «leggendo Jakobson risulta chiaro che la
grammatica è un mezzo, non solo un fine: è un accesso alla strut-
tura e alla bellezza della lingua, non è solo una roba che serve a
cavarsela in società». «Una roba! Una roba!» ha ripetuto lei con
gli occhi fuori dalle orbite. «Per la signorina Josse la grammatica
è una roba!».

Se avesse ascoltato bene la mia frase, avrebbe capito che
per me, appunto, non è una roba. Credo che il riferimento a
Jakobson l'abbia mandata fuori di testa, senza contare che tutti,
compresa Cannelle Martin, ridacchiavano senza aver capito una
parola di quello che avevo detto, ma avvertendo che sulla prof
cicciona stava planando una nuvoletta siberiana. In realtà non ho
mai letto niente di Jakobson, com'è ovvio. Sarò anche superdotata, però certo preferisco i fumetti o la letteratura. Ma un'amica
della mamma (che è una professoressa universitaria) ieri parlava
di Jakobson (mentre si facevano fuori un camembert e una bot-

tiglia di vino rosso, alle cinque). E così stamattina mi è tornato in mente.

In quel momento, sentendo il branco digrignare i denti, ho avuto pietà. Ho avuto pietà di madame Maigre. E poi non mi piacciono i linciaggi. Non fanno onore a nessuno. Senza contare che non mi va proprio che qualcuno venga a frugare nelle mie conoscenze su Jakobson e cominci ad avere dei dubbi sulla veridicità del mio Q.I.

Allora ho fatto marcia indietro e non ho detto più niente. Mi sono beccata due ore di punizione e la professoressa Maigre ha salvato la sua faccia di prof. Ma quando sono uscita dall'aula, ho sentito i suoi occhietti preoccupati che mi seguivano fino alla porta.

E sulla strada di casa ho pensato: sfortunati i poveri di spirito che non conoscono né la trance né la bellezza della lingua.

5. Piacevole effetto

Ma Manuela, insensibile ai passi delle donne giapponesi, naviga già verso altri lidi.

«La Rosen fa un sacco di storie perché non ha due lampade uguali» dice.

«Davvero?» chiedo interdetta.

«Sì, davvero» mi risponde. «E allora? I Rosen in casa hanno un doppione di tutto, perché hanno paura di rimanere senza. Conosce la storia preferita di madame Rosen?».

«No» dico, affascinata dalle vette a cui ci sta conducendo questa conversazione.

«Durante la guerra suo nonno, che ammassava un mucchio di cose in cantina, ha salvato la famiglia facendo un favore a un tedesco che cercava una spagnoletta per ricucirsi un bottone dell'uniforme. Se non avesse avuto la spagnoletta, kaputt lui e tutti gli altri. Insomma, che lei ci creda o no, negli armadietti e in cantina madame Rosen ha un doppione di tutto. È più felice per questo? In una stanza ci si vede meglio se ci sono due lampade uguali?».

«Non ci avevo mai pensato» dico. «È vero però che decoriamo gli interni con delle ridondanze».

«Delle cosa?» chiede Manuela.

«Delle ripetizioni, come a casa degli Arthens. Stesse lampade e vasi doppi sul camino, poltrone identiche ai lati del divano, due comodini appaiati, serie di barattoli simili in cucina...».

«Ora che mi ci fa pensare, non sono solo le lampade» riprende Manuela. «In effetti, da monsieur Ozu non ci sono due cose uguali. E sa cosa le dico? Fa un effetto piacevole ».

«In che senso? Piacevole come?» chiedo.

Riflette un attimo, la fronte corrugata.

«Piacevole come dopo le feste, quando si è mangiato troppo. Penso ai momenti in cui se ne sono andati tutti... Io e mio marito andiamo in cucina, preparo un brodino di verdure fresche, taglio a fettine sottili i funghi crudi e mangiamo il nostro brodo con i funghi dentro. Ci sembra di uscire da una tempesta, torna la calma».

«Non abbiamo più paura della privazione. Siamo felici del momento presente».

«Sentiamo che mangiare è una cosa naturale, il che è così».

«Possiamo approfittare di quello che abbiamo, senza che niente gli faccia concorrenza. Una sensazione dopo l'altra».

«Sì, abbiamo di meno, ma ce lo godiamo di più».

«Chi può mangiare più cose alla volta?».

«Nemmeno il povero monsieur Arthens».

«Io ho due lampade uguali su due comodini identici» dico, ricordandomi all'improvviso la faccenda.

«Anch'io!» dice Manuela.

Scuote la testa.

«Forse stiamo male per colpa del troppo».

Si alza, mi bacia e se ne torna dai Pallières, al suo lavoro di schiava moderna. Dopo che se ne è andata, resto seduta davanti alla mia tazza di tè vuota. È rimasto un dolcetto che sgranocchio per golosità con i denti davanti, come un topo. Addentare qualcosa con uno stile diverso è come degustare una nuova pietanza.

E medito, assaporando l'intempestività di questa conversazione. Quando mai si sono viste domestiche e portinaie che, discorrendo durante l'ora di pausa, elaborano il significato culturale della decorazione d'interni? Vi sorprendereste di quello che si dicono le persone modeste. Preferiscono le storie alle teorie, gli aneddoti ai concetti, le immagini alle idee. Ciò non impedisce loro di filosofeggiare. Siamo dunque civiltà così corrose dal vuoto che viviamo solo nell'angoscia della privazione? Riusciamo a godere dei nostri beni o dei nostri sensi solo quando siamo certi di poterne godere sempre più? I giapponesi forse sanno che un piacere lo si assapora soltanto sapendo che è unico ed effimero, e al di là di questa consapevolezza sono capaci di tesserne le loro vite.

Ahimè: tetra ed eterna ripetizione che ancora una volta mi strappa dalle mie riflessioni – la noia nacque un giorno dall'uniformità –, qualcuno suona alla guardiola.

6. Wabi

È un fattorino che mastica un chewing-gum da elefante, a giudicare dall'energia e dall'estensione mandibolare a cui lo costringe la masticazione.

«Madame Michel?» chiede.

Mi caccia un pacchetto in mano.

«Non devo firmare niente?» chiedo.

Ma è già sparito.

È un pacchetto rettangolare confezionato con carta da imballaggio, chiuso da uno spago dello stesso tipo di quello usato per chiudere i sacchi delle patate o per trascinare in giro per casa un tappo di sughero allo scopo di far giocare il gatto e obbligarlo all'unico esercizio fisico cui acconsente. In realtà quel pacchetto con lo spago mi fa pensare alle confezioni di seta di Manuela poiché, sebbene nella fattispecie la carta sia più rustica che raffinata, c'è qualcosa di affine e profondamente adeguato nell'accurata autenticità del confezionamento. Si noterà come l'elaborazione dei concetti più nobili tragga origine dalla più consunta trivialità. *Il bello è l'adeguatezza* è un pensiero sublime sorto dalle mani di un fattorino ruminante.

Se ci riflettiamo seriamente un attimo, l'estetica non è altro che l'iniziazione alla Via dell'Adeguatezza, una sorta di Via del Samurai applicata all'intuizione delle forme autentiche. In ognuno di noi è radicata la conoscenza dell'adeguato. È lei che, in qualsiasi momento, ci permette di cogliere ogni qualità dell'esistenza e, nelle poche occasioni in cui tutto è armonia, di gioirne con l'intensità necessaria. E non parlo di quel genere di bellezza che è dominio esclusivo dell'Arte. Chi, come me, trae ispirazione dalla grandezza delle piccole cose, la insegue fino nel cuore dell'inessenziale, laddove, adorna di abiti quotidiani, sgorga da un certo ordine delle cose comuni e dalla certezza che *è come deve essere*, dalla convinzione che *è proprio così*.

Tolgo lo spago e strappo la carta. È un libro, una bella edizione rilegata in cuoio blu scuro, ruvido al tatto, molto *wabi*. In giapponese, *wabi* significa "forma nascosta del bello, qualità di raffinatezza mascherata di rusticità". Non so esattamente che cosa voglia dire, ma questa rilegatura è inequivocabilmente *wabi*.

Inforco gli occhiali e decifro il titolo.

Pensiero profondo n° 11

Betulle dite
che io sono nulla ma
degno di vita

eri sera a cena la mamma ha annunciato che esattamente dieci anni fa ha cominciato la sua "anaalisi", come se fosse un buon motivo per fare scorrere fiumi di champagne. Siete tutti d'accordo che è una cosa me-ra-vi-glio-sa! Mi pare che solo la psicanalisi possa competere con il cristianesimo nella predilezione per le sofferenze prolungate. Quello che mia madre non dice è che da dieci anni prende degli antidepressivi. Ma evidentemente non mette in relazione le due cose. Credo che gli antidepressivi non servano ad alleviare le sue angosce, ma a sopportare l'analisi. Quando racconta le sue sedute, c'è da sbattere la testa al muro. Il tizio fa «Hmmm» a intervalli regolari ripetendo i finali delle frasi («E sono andata da Lenôtre con mia madre»: «Hmmm, sua madre?»; «Mi piace molto la cioccolata»: «Hmmm, la cioccolata?»). Se è così, domani posso lanciarmi anch'io nella psicanalisi. Oppure le propina delle conferenze della "Causa freudiana" che, contrariamente a quello che si potrebbe pensare, non sono dei rebus ma dovrebbero avere un qualche significato. Subire il fascino dell'intelligenza è davvero molto affascinante. Secondo me l'intelligenza non è un valore in sé. Di gente intelligente ce n'è a pacchi. Ci sono molti dementi, ma anche molti cervelli eccezionali. Sarà una banalità, ma l'intelligenza in sé non ha alcun valore e non è di nessun interesse. C'è gente molto capace che ha speso una vita sulla questione del sesso degli angeli, per esempio. E molte persone intelligenti hanno una specie di bug: credono che l'intelligenza sia un fine. Hanno un'unica idea in testa: essere intelligenti, e questa è una cosa stupidissima. E quando l'intelligenza crede di essere uno scopo, funziona in modo strano: non dimostra la sua esistenza con l'ingegno e la semplicità dei suoi frutti, bensì con l'oscurità della sua espressione. Dovreste vedere i testi che la mamma si porta a casa dalle "sedute"... Sono pieni di simbolizzazioni, fratture del forcluso e sussunzioni del reale, il tutto condito con matemi e sintassi dubbie. Assurdo! Anche i testi che legge Colombe sono meno grotteschi (sta lavorando su Guglielmo di Occam, un francescano del XIV secolo). Morale: meglio essere un monaco pensante che un pensatore postmoderno.

E in più, oggi è stata una giornata freudiana. Nel pomeriggio stavo mangiando un po' di cioccolata. Mi piace molto la cioccolata, ed è forse l'unico punto in comune che ho con mia mamma e mia sorella. Addentando una tavoletta alle nocciole, ho sentito che mi si stava rompendo un dente. Sono andata a guardarmi allo specchio ed effettivamente ho constatato che si era rotto un altro pezzettino d'incisivo. Quest'estate, al mercato di Quimper, sono caduta inciampando in una corda e mi sono spezzata il dente a metà. Da allora ogni tanto si sbriciola un pochino. Insomma ho perso il mio pezzetto d'incisivo e la cosa mi ha fatto ridere, perché mi sono ricordata che la mamma racconta un sogno, che fa spesso, in cui rimane sdentata, i denti le diventano tutti neri e le cadono uno dopo l'altro. Ed ecco cosa dice il suo analista a proposito di questo sogno: «Signora, un freudiano le direbbe che è un sogno di morte». Divertente, vero? Non è tanto la banalità dell'interpretazione (denti che cadono = morte, ombrello = fallo ecc.), come se la cultura non avesse quell'enorme potere di suggestione che non c'entra niente con la natura delle cose, ma è il modo di porsi: di fronte all'intenzione di affermare la superiorità intellettuale di un'erudizione che prende le distanze ("le direbbe un freudiano"), sembra di trovarsi davanti a un pappagallo parlante.

Fortunatamente, per riavermi da tutto questo oggi sono andata da Kakuro a prendere un tè e mangiare dolcetti al cocco molto buoni e delicati. È venuto da noi per invitarmi e ha detto alla mamma: «Ci siamo conosciuti in ascensore e abbiamo in corso una discussione interessantissima». «Davvero?» ha chiesto la mamma sorpresa. «Beh, lei è fortunato, mia figlia con noi non parla affatto». «Vuoi venire a prendere una tazza di tè, così ti presento i miei gatti?» ha chiesto Kakuro, e ovviamente la mamma, allettata dal seguito che questa storia avrebbe potuto avere, mi ha dato volentieri il permesso con trasporto. Già si immaginava moderna geisha invitata dal ricco signore giapponese. A dire il vero, uno dei motivi della fascinazione collettiva per il signor Ozu è che lui è veramente ricchissimo (così dicono). Insomma, sono andata a prendere il tè da lui e a conoscere i suoi gatti. Beh, da questo punto di vista non mi convincono più dei miei, ma almeno quelli di Kakuro sono decorativi. Ho illustrato la mia teoria a Kakuro, il quale mi ha risposto che lui crede nell'irraggiamento e nella sensibilità delle querce, quindi a maggior ragione anche dei gatti. Abbiamo proseguito sulla definizione di intelligenza, e mi ha chiesto se poteva annotare la mia sul suo moleskine: «Non è un dono sacro, è l'unica arma dei primati».

E poi siamo tornati a madame Michel. Kakuro pensa che il suo gatto si chiami Lev per via di Lev Tolstoj, e siamo tutti e due d'accordo che una portinaia che legge Tolstoj e i libri della Vrin non dev'essere una cosa molto comune. Lui ha anche elementi davvero concreti per affermare che le piace molto *Anna Karenina*, e ha deciso di spedirgliene una copia. «Vedremo come reagisce» ha detto.

Ma il mio pensiero profondo del giorno è un altro. Nasce da una frase pronunciata da Kakuro. Parlavamo della letteratura russa, che io non conosco per niente. Kakuro mi spiegava che gli piacciono i romanzi di Tolstoj perché sono "romanzi universo" e poi perché si svolgono in Russia, paese in cui agli angoli di ogni podere c'è una betulla e dove, durante le campagne napoleoniche, l'aristocrazia ha dovuto reimparare il russo perché parlava solo francese. Vabbè, queste sono chiacchiere da adulti, ma quello che c'è di bello in Kakuro è che fa tutto con gentilezza. È molto piacevole ascoltarlo parlare, anche se quello che racconta ti è del tutto indifferente, perché ti parla davvero, si rivolge a te. È la prima volta che incontro qualcuno che si preoccupa di me quando mi parla: non aspetta l'approvazione o il disappunto, mi guarda con l'aria di dire: «Chi sei? Vuoi parlare con me? Mi fa proprio piacere stare con te!». Ecco cosa volevo dire con la parola gentilezza, questo modo di fare che dà all'altro la sensazione di esserci. Beh, a dirla tutta non me ne frega niente della Russia dei grandi russi. Parlavano francese? Buon per loro! Anch'io, però non sfrutto i *mugik*. In compenso mi hanno colpito le betulle, e all'inizio non capivo bene perché. Kakuro parlava della campagna russa con tutte quelle betulle flessuose e il loro brusio, e io mi sono sentita leggera, leggera...

Poi, pensandoci un po' su, in parte ho capito questa improvvisa gioia quando Kakuro parlava delle betulle russe. Mi fa lo stesso effetto ogni volta che si parla degli alberi, di qualsiasi albero: il tiglio nel cortile della fattoria, la quercia dietro il vecchio fienile, i grandi olmi purtroppo scomparsi, i pini piegati dalle raffiche lungo i litorali ventosi ecc. C'è talmente tanta umanità in questa capacità di amare gli alberi, talmente tanta nostalgia dei nostri primi stupori, talmente tanta forza nel sentirsi così insignificanti in mezzo alla natura... sì, è proprio questo: l'evocazione degli alberi, della loro maestosità indifferente e dell'amore che proviamo per loro da un lato ci insegna quanto siamo insignificanti, cattivi parassiti brulicanti sulla superficie terrestre, dall'altro invece quanto siamo degni di vivere, perché siamo capaci di riconoscere una bellezza che non ci è debitrice.

Kakuro parlava delle betulle e io, dimenticando gli psicanalisti e tutte quelle persone intelligenti che non sanno cosa farsene della loro intelligenza, mi sentivo improvvisamente più grande perché ero capace di coglierne la meravigliosa bellezza.

Pioggia d'estate

1. Clandestina

Quindi inforco gli occhiali e decifro il titolo.
Lev Tolstoj, *Anna Karenina*.
Con un biglietto:

> *Gentile Signora,*
> *in omaggio al suo gatto.*
> *Cordiali saluti,*
> *Kakuro Ozu*

È sempre confortante venire smentiti sulle proprie paranoie.
Ci avevo visto giusto. Sono stata smascherata.
Mi assale il panico.
Mi alzo come un automa, mi risiedo. Rileggo il biglietto.
Qualcosa in me sta traslocando – sì, non so spiegarlo in altro modo, ho la strampalata sensazione che un modulo interno vada a prendere il posto di un altro. Non vi capita mai? Si tratta di avvertire riorganizzazioni interiori di cui non riuscireste affatto a descrivere la natura, è una cosa mentale e spaziale allo stesso tempo, come un trasloco.
In omaggio al suo gatto.
Con sincera incredulità sento nascermi in gola una piccola risata, una sorta di gridolino.
È angosciante, ma buffo.
Mossa da un pericoloso impulso – tutti gli impulsi sono pericolosi per chi vive un'esistenza clandestina –, vado a cercare un foglio, una busta e una Bic (arancione) e scrivo:

Grazie, non doveva.
La portinaia

Esco nell'atrio con precauzioni da sioux – nessuno in vista – e lascio scivolare la missiva nella cassetta di monsieur Ozu.

Torno alla guardiola a passi furtivi – non si vede anima viva – e poi, esausta, crollo sulla poltrona, con l'impressione di aver compiuto il mio dovere.

Mi invade una potente sensazione di non so che.

Non so che.

Questo stupido impulso, lungi dal porre fine alla battuta di caccia, la incoraggia cento volte tanto. È un errore strategico gravissimo. Questo maledetto insaputo comincia a darmi sui nervi.

Del resto un semplice: *Non capisco*, firmato *la portinaia*, sarebbe stato chiaro come il sole.

Oppure: *Ci deve essere un errore, le restituisco il pacchetto.*

Senza fronzoli, corto e puntuale: *Destinatario errato.*

Astuto e definitivo: *Non so leggere.*

Più tortuoso: *Il mio gatto non sa leggere.*

Sottile: *Grazie, ma le strenne si regalano a Natale.*

Oppure burocratico: *Si prega di accusare ricevuta di ritorno.*

Invece di tutto questo, faccio moine come se fossimo in un salotto letterario.

Grazie, non doveva.

Scatto su dalla poltrona e mi precipito alla porta.

Ahimè, tre volte ahimè.

Dal vetro scorgo Paul N'Guyen che, munito di posta, si dirige verso l'ascensore.

Sono perduta.

Un'unica possibilità ormai: fare la morta.

Qualsiasi cosa succeda, non ci sono, non so niente, non rispondo, non scrivo, non prendo nessuna iniziativa.

*

Passano tre giorni, in equilibrio sul filo. Mi convinco che ciò a cui ho deciso di non pensare non esiste, eppure ci penso di continuo, al punto che una volta addirittura mi dimentico di dare da mangiare a Lev, il quale ormai è il muto rimprovero fatto felino.

Poi, verso le dieci, suonano alla porta.

2. La grande opera del senso

Apro.

Davanti alla guardiola c'è monsieur Ozu.

«Cara signora» mi dice, «sono felice che il mio pacchetto non l'abbia infastidita».

Dall'emozione non capisco niente.

«Sì, sì» rispondo, sentendomi sudare come un bue. «Ehmm, no, no» mi riprendo con una lentezza patetica. «Insomma, molte grazie».

Mi sorride gentilmente.

«Madame Michel, non sono venuto per farmi ringraziare».

«No?» dico rinnovando con slancio l'esecuzione di quel "lasciar morire sulle labbra", del quale condivido l'arte con Fedra, Berenice e quella poveretta di Didone.

«Sono venuto per invitarla a cena domani sera» dice. «Così avremo modo di parlare dei nostri gusti comuni».

«Cioè?» dico, il che è relativamente breve.

«Una cena tra vicini, senza formalità» prosegue.

«Tra vicini? Ma sono la portinaia» argomento, anche se con una gran confusione in testa.

«È possibile avere due qualità contemporaneamente» risponde.

Santa Maria Madre di Dio, che fare?

C'è sempre la via della semplicità, anche se mi ripugna intraprenderla. Non ho figli, non guardo la televisione e non credo in Dio, tutti sentieri che gli uomini calpestano per rendere la loro vita più *semplice*. I figli aiutano a rimandare l'angoscioso dovere di affrontare sé stessi, compito a cui in seguito provvedono i nipoti. La televisione distrae dalla massacrante necessità di fare progetti a partire dal nulla delle nostre frivole esistenze e, ingannando gli occhi, solleva la mente dalla grande opera del senso. E infine Dio mitiga i nostri timori di mammiferi e l'insopportabile prospettiva che i nostri piaceri un giorno abbiano fine. Quindi io, senza futuro né prole, senza pixel per stordire la cosmica consapevolezza dell'assurdo, certa, invece, della fine e della previsione del vuoto, credo di poter affermare che non ho scelto la via della semplicità.

Eppure sono molto tentata.

No grazie, sono già impegnata sarebbe la procedura più opportuna.

Ne esistono diverse varianti educate.

È molto gentile da parte sua, ma la mia agenda sembra quella di un ministro (poco credibile).

È un vero peccato, parto domani per Megève (bislacca).

Mi dispiace, ma ho dei parenti in casa (strafalsa).

Il mio gatto non sta bene, non posso lasciarlo solo (sentimentale).

Non mi sento bene, preferisco non uscire (spudorata).

In extremis sono sul punto di dire: grazie ma questa settimana ho ospiti, quando all'improvviso la serena amenità con cui monsieur Ozu mi sta davanti apre una folgorante breccia nel tempo.

3. Fuori dal tempo

Sotto la campana di vetro cadono i fiocchi di neve.

Quella piccola sfera si materializza davanti agli occhi della mia memoria, sulla scrivania di Mademoiselle, la mia maestra prima di passare alla classe dei grandi, con monsieur Servant. Quando eravamo stati bravi, potevamo capovolgerla e tenerla nell'incavo della mano finché non cadeva l'ultimo fiocco di neve ai piedi della torre Eiffel cromata. Non avevo nemmeno sette anni e già sapevo che la lenta melopea dei corpuscoli ovattati prefigurava ciò che prova il cuore durante una grande gioia. La durata rallenta e si dilata, nell'assenza di urti il balletto diventa eterno e, quando l'ultimo fiocco si posa, sappiamo di aver vissuto quel "fuori dal tempo" che è il segno delle grandi illuminazioni. Da bambina spesso mi chiedevo se mi sarebbe stato concesso vivere istanti simili, stare al centro del lento e maestoso balletto dei fiocchi di neve, strappata finalmente alla triste frenesia del tempo.

Ci si sente così a rimanere nudi? Privato il corpo degli abiti, la mente resta tuttavia ingombra di ornamenti. Ma l'invito di monsieur Ozu aveva suscitato in me quella sensazione di nudità completa che è propria solo dell'anima e che, avvolta da fiocchi di neve, adesso mi provocava nel cuore una sorta di delizioso bruciore.

Lo guardo.

E mi getto nell'acqua nera, profonda, gelida e incantevole del "fuori dal tempo".

4. Aracnee

«Perché, ma perché, per l'amor di Dio?» chiedo il pomeriggio stesso a Manuela.

«Ma come?» mi dice disponendo il servizio da tè. «È una cosa bellissima!».

«Sta scherzando!» gemo.

«Ora bisogna pensare alle cose pratiche» dice. «Non ci vorrà mica andare in questo stato? È la pettinatura che non va» prosegue, guardandomi con occhio da esperta.

Non avete idea delle nozioni di Manuela in materia di pettinature! Questa aristocratica dell'animo è una proletaria del capello. Cotonato, attorcigliato, gonfiato e poi vaporizzato con sostanze aracnee, impalpabili come una ragnatela; secondo Manuela il capello o è architettonico o non è capello.

«Andrò dal parrucchiere» dico, provando a non affrettare le cose.

Manuela mi guarda sospettosa.

«Cosa si metterà?» mi chiede.

Esclusi i vestiti di tutti i giorni, veri e propri vestiti da portinaia, ho solo una specie di meringa nuziale bianca sepolta nella naftalina e una lugubre veste talare nera che uso per i pochi funerali a cui partecipo.

«Mi metterò il vestito nero» dico.

«Quello da funerale?» chiede Manuela sconvolta.

«Ma ho solo quello».

«Allora bisogna comprarne uno».

«Ma è soltanto una cena».

«Lo credo bene» risponde la vecchia governante che si nasconde in Manuela. «Ma mi scusi, per andare a cena in casa d'altri lei non si veste?».

5. Trine e fronzoli

Qui comincia il difficile: dove comprare un abito? Di solito ordino i vestiti per corrispondenza, compresi calzini, mutande e canottiere. L'idea di comprare sotto gli occhi di una giovincella anoressica degli abiti che addosso a me sembreranno sacchi mi ha sempre tenuta alla larga dai negozi d'abbigliamento. Sfortuna vuole che sia troppo tardi per sperare in una consegna in tempo utile.

Fatevi una sola amica, ma sceglietela con cura.

La mattina seguente Manuela fa incursione nella guardiola.

Ha in mano un portabiti che mi porge con un sorriso trionfante.

Manuela è quindici centimetri buoni più alta di me e pesa dieci chili di meno. Nella sua famiglia c'è una sola donna la cui corporatura possa rapportarsi alla mia: sua suocera, la temibile Amalia, che stranamente va pazza per trine e fronzoli benché non sia certo un'anima incline alla stravaganza. La passamaneria di stile portoghese ha un che di rococò: nessuna immaginazione né leggerezza, solo il delirio dell'accumulo, che fa somigliare i vestiti a casacche di merletti e la più semplice camicetta a un'accozzaglia di pizzi.

Capirete quindi la mia inquietudine. Questa cena, che si preannuncia un calvario, potrebbe pure trasformarsi in una farsa.

«Somiglierà a una stella del cinema». Testuali parole di Manuela. Poi, mossa a pietà: «Scherzo!», e tira fuori dal portabiti un vestito beige che pare sprovvisto di orpelli.

«Dove l'ha trovato?» chiedo esaminandolo.

A occhio è la mia misura. Sempre a occhio è un vestito caro, di gabardine di lana, dalla linea semplicissima, con colletto a camicetta e bottoni sul davanti. Molto sobrio, molto chic. Il genere di vestiti che indossa madame de Broglie.

«Ieri sera sono andata da Maria» dice una Manuela decisamente al settimo cielo.

Maria è una sarta portoghese che abita proprio accanto alla mia salvatrice. Ma è molto più di una semplice connazionale. Maria e Manuela sono cresciute insieme a Faro, si sono sposate due dei sette fratelli Lopes e li hanno seguiti di concerto in Francia, dove hanno realizzato l'impresa di fare i figli praticamente insieme, con qualche settimana di scarto. Addirittura hanno un gatto in comune e gusti simili per la fine pasticceria.

«Intende dire che è il vestito di qualcun altro?» chiedo.

«Eh già» risponde Manuela con una piccola smorfia. «Ma vede, nessuno lo reclamerà. La signora è morta la settimana scorsa. E da qui al momento in cui si renderanno conto che c'è un vestito dalla sarta... ha il tempo di cenare con monsieur Ozu dieci volte!».

«È il vestito di una morta?» ripeto inorridita. «Ma non posso fare una cosa simile».

«Perché mai?» chiede Manuela aggrottando le sopracciglia. «Sempre meglio che se fosse viva. Pensi se ci fa una macchia: non c'è bisogno di correre in tintoria né di inventare una scusa e scocciature varie».

Il pragmatismo di Manuela ha qualcosa di cosmico. Forse dovrei trarne ispirazione per credere che la morte è un nonnulla.

«Moralmente non posso fare una cosa simile» protesto.

«Moralmente?» chiede Manuela pronunciando la parola come se fosse disgustosa. «E che c'entra? Sta forse rubando? Fa del male a qualcuno?».

«Ma appartiene a qualcun altro» dico, «non posso prendermelo io».

«Ma è morta!» esclama. «E poi non lo ruba mica, lo prende in prestito per stasera».

Quando Manuela comincia a ricamare sulle differenze semantiche, è inutile lottare.

«Maria mi ha detto che era una signora molto gentile. Le ha dato degli abiti e un bel cappotto di *palpaca*. Non se li poteva più mettere perché era ingrassata, allora ha detto a Maria: "Le potrebbero fare comodo?". Vede, era una signora gentilissima».

La *palpaca* è una specie di lama con il vello molto pregiato e la testa a forma di papaia.

«Non so...» dico un po' più fiaccamente. «Mi sembra di rubare a una morta».

Manuela mi guarda esasperata.

«Lei prende in prestito, non ruba a nessuno. E cosa vuole che se ne faccia quella povera signora del vestito?».

Su questo non c'è niente da obiettare.

«È l'ora di madame Pallières» dice Manuela estasiata, cambiando argomento.

«Assaporerò questo momento con lei» dico.

«Vado» annuncia, dirigendosi alla porta. «Nel frattempo se lo provi e vada dal parrucchiere, che fra poco torno a vedere».

Scruto un attimo il vestito, dubbiosa. Alle remore nell'indossare l'abito di una defunta si somma il timore che su di me faccia un effetto incongruo. Violette Grelier sta allo strofinaccio come Pierre Arthens sta alla seta, come io sto alla vestaglietta informe con stampe color malva o blu scuro.

Rimando la prova al mio ritorno.

Mi rendo conto che non ho nemmeno ringraziato Manuela.

Diario del movimento del mondo n° 4

Che bello, un coro

Ieri pomeriggio c'era il coro della scuola. Noi dei quartieri chic a scuola abbiamo un coro. Nessuno lo considera una cosa antiquata, tutti fanno a pugni per partecipare, ma è superselettivo: monsieur Trianon, il prof di musica, sceglie con estrema cura i coristi. La ragione del successo del coro è proprio monsieur Trianon. Lui è giovane, bello e fa cantare sia i vecchi classici jazz sia le ultime hit, arrangiati con stile. Tutti si mettono in ghingheri, e il coro canta davanti agli altri alunni della scuola. Sono invitati solo i genitori dei coristi, altrimenti ci sarebbe troppa gente. La palestra è già piena zeppa così e c'è un'atmosfera fantastica.

E quindi ieri, destinazione palestra, di corsa, accompagnati da madame Maigre, visto che di solito alla prima ora del martedì pomeriggio abbiamo francese. Accompagnati da madame Maigre è una parola grossa: ha fatto del suo meglio per starci dietro, sbuffando come un mantice. Insomma, alla fine siamo arrivati in palestra, bene o male ci siamo tutti sistemati, mi sono dovuta sorbire davanti, dietro, di fianco, di sopra (sulle gradinate) delle conversazioni idiote in stereofonia (telefonino, moda, chi sta con chi, telefonino, i prof che fanno schifo, telefonino, la serata da Cannelle), e poi tra le acclamazioni sono entrati i coristi, vestiti di bianco e rosso, papillon per i maschi e scamiciati lunghi per le ragazze. Monsieur Trianon si è accomodato su un panchetto, spalle al pubblico, ha sollevato una specie di bacchetta con una lucina rossa lampeggiante in cima, è sceso il silenzio, ed ecco l'attacco.

Ogni volta è un miracolo. Tutta questa gente, tutte le preoccupazioni, tutti gli odi e i desideri, tutti i turbamenti, tutto l'anno scolastico con le sue volgarità, gli avvenimenti più o meno importanti, i prof, gli alunni così diversi, tutta questa vita in cui ci trasciniamo fatta di grida, lacrime, risate, lotte, rotture, speranze deluse e possibilità inaspettate: tutto questo scompare di colpo quando i coristi si mettono a cantare. Il corso della vita è sommerso dal canto, d'improvviso c'è una sensazione di fratellanza, di profonda solidarietà, persino d'amore, e le brutture quotidiane si stemperano in una comunione perfetta. Anche i visi dei coristi sono trasfigurati: non vedo più Achille Grand-Fernet (che ha una bellissima voce da tenore) né Deborah Lemeur né Ségolène Rachet né Charles Saint-Sauveur. Vedo degli esseri umani votati al canto.

Ogni volta è la stessa storia, mi viene da piangere, ho un nodo alla gola e faccio di tutto per controllarmi, ma quando è troppo è troppo: a stento riesco a trattenermi dal singhiozzare. E quando c'è un canone, guardo per terra perché l'emozione è troppa tutta in una volta: è troppo bello, solidale, troppo meravigliosamente condiviso. Io non sono più me stessa, sono parte di un tutto sublime al quale appartengono anche gli altri, e in quei momenti mi chiedo sempre perché questa non possa essere la regola quotidiana, invece di un momento eccezionale del coro.

Quando il coro s'interrompe tutti quanti, con i volti illuminati, applaudono i coristi raggianti. È così bello.

In fondo, mi chiedo se il vero movimento del mondo non sia proprio il canto.

6. Una spuntatina

Ci credereste? Non sono mai andata dal parrucchiere. Quando lasciai la campagna per la città, scoprii l'esistenza di due mestieri che mi sembravano ugualmente aberranti, in quanto assolvevano una funzione a cui tutti devono pur essere in grado di provvedere da sé. Ancora oggi mi è difficile pensare che i fiorai e i parrucchieri non siano dei parassiti, i quali, vivendo dello sfruttamento di una natura che appartiene a tutti, assolvono, con mille moine e prodotti profumati, un compito che io adempio da sola in bagno con un paio di forbici ben affilate.

«Chi le ha tagliato i capelli così?» chiede indignata la parrucchiera alla quale, in virtù di uno sforzo titanico, sono andata ad affidarmi perché renda la mia capigliatura un'opera addomesticata.

Tira e mi agita intorno alle orecchie due ciocche di incommensurabile lunghezza.

«Vabbè, non lo voglio nemmeno sapere» riprende con aria disgustata, risparmiandomi la vergogna di dovermi autodenunciare. «La gente non ha più rispetto per niente, lo vedo tutti i giorni».

«Vorrei giusto una spuntatina» dico.

Non so bene che cosa significhi, ma è la classica battuta dei telefilm in onda nel primo pomeriggio, popolati da giovani donne truccatissime che immancabilmente si incontrano dal parrucchiere o in palestra.

«Una spuntatina? Non c'è niente da spuntare!» dice. «Bisogna rifare tutto daccapo, signora!».

Mi guarda la testa con aria critica, emette un piccolo sibilo.

«Ha dei bei capelli, meglio di niente. Forse riusciamo a tirar fuori qualcosa di buono».

In fondo la mia parrucchiera si rivela una brava figliola. Passatole un corruccio la cui legittimità risiede soprattutto nel rivendicare la propria – e siccome è opportuno per tutti noi rientrare nel copione sociale al quale dobbiamo fedeltà –, si occupa di me con gentilezza e allegria.

Quando una folta massa di capelli acquista troppo volume, che cosa si può mai fare se non tagliarla in tutti i versi? Prima era questo il mio credo in materia di acconciature. Ormai la mia somma concezione tricologica è scolpire nell'agglomerato affinché assuma una forma.

«Lei ha proprio dei bei capelli» dice alla fine, osservando visibilmente soddisfatta la sua opera, «sono spessi e setosi. Non dovrebbe affidarsi a uno qualunque».

Un'acconciatura può trasformarci a tal punto? Quando mi vedo riflessa nello specchio non credo ai miei occhi. La capigliatura nera che imprigiona un viso che ho già definito ingrato è diventata un'onda leggera che giocherella attorno a un volto non più così brutto. Mi dà un'aria... rispettabile. Mi sembra perfino di somigliare vagamente a una matrona romana.

«È... meraviglioso» dico, chiedendomi come potrò nascondere questa sconsiderata follia agli sguardi dei condomini.

È inconcepibile che anni e anni spesi a perseguire l'invisibilità vadano a incagliarsi nel banco di sabbia di un taglio da matrona.

Torno a casa camminando rasente i muri. Ho una fortuna inaudita e non incrocio nessuno. Però mi sembra che Lev mi guardi in modo strano. Mi avvicino e lui tira indietro le orecchie, segno di collera o perplessità.

«Beh» dico, «non ti piaccio?», prima di rendermi conto che sta annusando tutt'intorno con frenesia.

Lo shampoo. Puzzo di avocado e mandorle.

Mi metto un fazzoletto in testa e mi dedico a un bel po' di occupazioni appassionanti, il cui apice consiste nella pulitura coscienziosa dei pulsanti d'ottone della gabbia dell'ascensore.

Arriva l'una e cinquanta.

Tra dieci minuti Manuela spunterà dal nulla delle scale per venire a ispezionare i lavori finiti.

Non ho molto tempo per meditare. Mi tolgo il fazzoletto, mi spoglio in fretta, mi infilo il vestito di gabardine beige che appartiene a una morta, dopodiché bussano alla porta.

7. Agghindata come una verginella

ow, cavoli!» dice Manuela.

Un'onomatopea e un simile termine colloquiale dalla bocca di Manuela, alla quale non ho mai sentito pronunciare una parola triviale, è un po' come se il papa, sovrappensiero, dicesse ai cardinali: *Ma insomma, dov'è quel diavolo di mitria?*

«Non mi prenda in giro» dico.

«Prenderla in giro?» risponde. «Renée, ma è splendida!».

E si siede per l'emozione.

«Una vera signora» aggiunge.

È proprio questo che mi preoccupa.

«Sono ridicola a presentarmi a una cena così, agghindata come una verginella» dico preparando il tè.

«Niente affatto» ribatte, «è naturale, si va fuori a cena e ci si veste eleganti. È una cosa normale per tutti».

«Sì, ma questa» dico, portandomi la mano alla testa e provando lo shock di toccare qualcosa di etereo.

«Si è messa qualcosa in testa dopo, dietro sono tutti schiacciati» dice Manuela aggrottando le sopracciglia, mentre tira fuori dalla sua sporta un fagottino di carta di seta rossa.

«Frittelle» dice.

Sì, passiamo ad altro.

«Allora?» chiedo.

«Ah, avrebbe dovuta vederla!» sospira. «Credevo che le venisse un infarto. Ho detto: "Madame Pallières, mi dispiace ma non potrò più venire". Mi ha guardata, non capiva. Ho dovuto ripeterglielo due volte! Allora si è seduta e mi ha detto: "Ma come farò?"».

Manuela fa una pausa, contrariata.

«Almeno avesse detto: "Ma come farò *senza di lei*?" Fortuna sua che voglio sistemare Rosie. Altrimenti le avrei detto: "Madame Pallières, può fare quel che vuole, io me ne f..."».

«*Fottuta mitria!*» dice il papa.

Rosie è una delle numerose nipoti di Manuela. So che cosa significa questo. Manuela pensa a tornare a casa, ma un filone tanto succoso come il 7 di rue de Grenelle deve restare in famiglia – quindi immette Rosie sulla piazza, in vista del gran giorno.

Mio Dio, ma che cosa farò senza Manuela?

«Che cosa farò io senza di lei» le dico sorridendo.

All'improvviso abbiamo tutte e due le lacrime agli occhi.

«Sa che cosa penso?» chiede Manuela, asciugandosi le guance con un enorme fazzoletto rosso stile toreador. «Ho lasciato Madame Pallières, è un segno. Ci saranno dei cambiamenti positivi».

«Le ha chiesto il perché?».

«Qui viene il bello» dice Manuela. «Non ha osato. A volte la buona educazione è un problema».

«Ma ben presto lo verrà a sapere » dico.

«Sì» sussurra Manuela con il cuore esultante. «Ma la sa una cosa?» aggiunge. «Tra un mese mi dirà: "Manuela, la sua piccola Rosie è una perla. Ha fatto bene a passare la mano". Ah, questi ricchi... E che cacchio!».

«*Fucking mitria*» si innervosisce il papa.

«Qualsiasi cosa accada» dico, «noi siamo amiche».

Ci guardiamo sorridendo.

«Sì» conferma Manuela. «Qualsiasi cosa accada».

Pensiero profondo n° 12

Una domanda
stavolta sul destino
già stabilito
soltanto per alcuni
e nient'affatto per altri

Sono proprio nei guai: se do fuoco all'appartamento, rischio di danneggiare quello di Kakuro. Complicare la vita all'unica persona adulta che finora mi sembra degna di stima non è per niente logico. Però al progetto dell'incendio ci tengo davvero. Oggi ho avuto un incontro fantastico. Sono andata a prendere un tè da Kakuro. C'era anche Paul, il suo segretario. Kakuro ha invitato me e Marguerite quando ci ha incrociate nell'atrio con la mamma. Marguerite è la mia migliore amica. Siamo compagne di classe da due anni, e fin da subito è stato un colpo di fulmine. Non so se avete idea di cosa sia una scuola media oggi nei quartieri eleganti di Parigi, ma sinceramente non ha nulla da invidiare ai quartieri nord di Marsiglia. Anzi, forse è anche peggio, perché dove ci sono i soldi gira la droga – e anche parecchia, e non di un tipo solo. Gli amici ex-sessantottini di mamma mi fanno proprio ridere con i loro ricordi esaltati di spinelli e pipe cecene. A scuola (quella statale, si intende, mio padre è stato ministro della Repubblica) si può comprare di tutto: acidi, ecstasy, coca, speed ecc. Se ci penso, al confronto i ragazzini che sniffavano la colla nei bagni era una roba all'acqua di rose. I miei compagni di classe si calano di ecstasy come se mandassero giù dei Ferrero Rocher, e il peggio è che dove c'è droga c'è sesso! Non c'è da stupirsi: oggi si fa sesso prestissimo. Ci sono dei primini (vabbè, non molti, però alcuni sì) che hanno già avuto rapporti sessuali. È penoso. Uno: io credo che il sesso, come l'amore, sia una cosa sacra. Non mi chiamo de Broglie, ma se avessi vissuto oltre la pubertà avrei fatto di tutto perché diventasse un sacramento meraviglioso. Due: un ragazzino che vuole fare l'adulto resta pur sempre un ragazzino. Pensare che con una serata da sballo e un po' di sesso ti ritrovi di colpo uomo a tutti gli effetti è come credere che se ti travesti da indiano lo diventi. E tre: comunque sia, è proprio una strana concezione della vita voler diventare adulti imitando tutto quello che c'è di più catastrofico nell'adultitudine... Per quel che mi riguarda, vedere mia madre farsi di antidepressivi e sonniferi mi ha vaccinato per sempre contro quel tipo di sostanze. In fin dei conti, gli adolescenti credono di diventare adulti scimmiottando adulti rimasti bambini che fuggono davanti alla vita. È patetico. A dire il vero, io al posto di Cannelle Martin, la pin-up della classe, mi chiedo proprio cosa farei tutti i santi giorni a parte drogarmi. Lei il suo destino ce l'ha già scritto in fronte. Tra quindici anni, dopo aver sposato un riccone, tanto per sposare un riccone, verrà tradita dal marito che cercherà in altre donne quello che la sua perfetta, fredda e frivola sposa è sempre stata assolutamente incapace di dargli – diciamolo pure, calore umano e sessuale. E così lei riverserà tutte le sue energie sulle case e sui figli, che ridurrà a cloni di sé stessa per vendicarsi inconsciamente. Truccherà e vestirà le figlie come cortigiane di lusso, le getterà tra le braccia del primo finanziere che si presenta e spingerà i figli a conquistare il mondo, come il padre, e a tradire le mogli con ragazze da poco. Credete che stia divagando? Quando guardo Cannelle Martin, i suoi lunghi capelli biondi e vaporosi, i suoi occhioni azzurri, le sue minigonne scozzesi, le sue T-shirt superattillate e il suo ombelico perfetto, vi assicuro che tutto questo mi appare chiaro come se fosse già successo. Per ora tutti i ragazzi della classe le sbavano dietro, e lei si illude che questi omaggi della pubertà maschile all'ideale femminile consumistico che lei rappresenta siano tributi al suo fascino personale. Pensate che io sia cattiva? Niente affatto, vedere tutto questo mi fa proprio soffrire, sto male per lei, ci sto malissimo. E così, quando ho visto Marguerite la prima volta... Marguerite è di origine africana, e si chiama Marguerite non perché è una borghese di Auteuil ma solo perché è il nome di un fiore. Sua mamma è francese e suo padre è di origine nigeriana. Lui lavora al Quai d'Orsay, il ministero degli Esteri, ma non somiglia per niente ai diplomatici che conosciamo. È un tipo semplice. Sembra contento del suo lavoro. Non è per niente cinico. E ha una figlia bella come il sole: Marguerite è la bellezza fatta persona, una carnagione, un sorriso, dei capelli da sogno. Ed è sempre sorridente. Il primo giorno, quando Achille Grand-Fernet (il fighetto della classe) le ha cantato quella canzone di Julien Clerc: «Mélissa, la mulatta di Ibiza, sta sempre tutta nuda!», lei con un gran sorriso gli ha subito risposto con un verso di Alain Souchon: «Pronto, mamma bua, com'è che m'hai fatto così brutto!?». Questa è una cosa che ammiro in Marguerite: sul fronte concettuale o logico non è proprio un fulmine, ma ha un'incredibile capacità di rispondere per le rime. È un dono. Io sono intellettualmente superdotata, Marguerite invece è l'asso della battuta pronta. Mi piacerebbe moltissimo essere come lei, io trovo sempre la risposta giusta cinque minuti dopo e poi mi rifaccio il dialogo da sola. Quando Marguerite è venuta da noi la prima volta, e Colombe le ha detto: «Marguerite, carino come nome, peccato sia un po' da nonna», lei ha ribattuto a tono: «Meglio avere un nome da nonna piuttosto che essere un piccione di nome e di fatto!». Colombe è rimasta a bocca aperta, favoloso! Deve aver rimuginato per ore sulla sagacia della risposta di Marguerite, ripetendosi che doveva essere un caso – comunque era turbata! Stessa cosa quando Jacinthe Rosen, la cara amica di mamma, le ha detto: «Non deve essere mica facile pettinare una capigliatura come la tua» (Marguerite ha una selva di capelli da leonessa della savana), e lei di rimando: «Io no capire cosa dire donna bianca».

L'argomento di conversazione preferito mio e di Marguerite è l'amore. Che cos'è l'amore? Come ameremo? Chi? Quando? Perché? Abbiamo opinioni divergenti. Stranamente Marguerite ha una visione intellettuale dell'amore, io invece sono un'inguaribile romantica. Lei considera l'amore il frutto di una scelta razionale (tipo www.inostrigusti.com), mentre per me l'amore nasce da un'incantevole pulsione. Su una cosa però siamo d'accordo: l'amore non deve essere un mezzo, l'amore deve essere un fine.

Un altro argomento che ci piace è predire i destini. Cannelle Martin: trascurata e tradita dal marito, dà in sposa la figlia a un finanziere, incoraggia il figlio a tradire la moglie, finisce i suoi giorni a Chatou in una stanza da ottomila euro al mese. Achille Grand-Fernet: diventa eroinomane, a vent'anni entra in comunità, dirige l'azienda di buste di plastica di papà, si sposa con una bionda ossigenata, mette al mondo un figlio schizofrenico e una figlia anoressica, beve, muore di cancro al fegato a quarantacinque anni. Ecc. E se volete la mia opinione, la cosa più tremenda non è il fatto che giochiamo a questo gioco, ma che questo non è per niente un gioco.

Comunque sia, Kakuro, quando mi ha incrociato nell'atrio insieme a Marguerite e alla mamma, ha detto: «Oggi pomeriggio viene da me la mia nipotina, volete unirvi a noi?». La mamma ha risposto: «Sì, sì, certamente» prima che avessimo il tempo di fiatare, dato che così si avvicinava anche per lei l'ora di scendere al piano di sotto. E quindi ci siamo andate. La nipotina di Kakuro si chiama Yoko, è la figlia di sua nipote Élise che a sua volta è la figlia di sua sorella Mariko. Ha cinque anni. È la bambina più bella del mondo! E poi è anche brava. Pigola, cinguetta, chioccia, guarda le persone con la stessa espressione buona e aperta del prozio. Abbiamo giocato a nascondino, e quando Marguerite l'ha scovata in un armadietto della cucina lei ha riso così tanto che si è fatta la pipì addosso. Dopo abbiamo mangiato un dolce al cioccolato chiacchierando con Kakuro, e lei ci guardava buona buona con due occhioni così (e la cioccolata fin sulle sopracciglia!).

Osservandola mi sono chiesta: «Anche lei diventerà come gli altri?». Ho cercato di immaginarmela fra dieci anni, disillusa, stivali alti e sigaretta in bocca, e poi dieci anni dopo in un interno asettico ad aspettare il ritorno dei figli, dandosi arie da brava madre e sposa giapponese. Ma non ha funzionato.

Allora ho provato una grande sensazione di felicità. È la prima volta in vita mia che incontro qualcuno di cui non riesco a prevedere il destino, qualcuno le cui strade della vita rimangono aperte, qualcuno pieno di freschezza e di possibilità. Mi sono detta: "Eh sì, ho proprio voglia di vederla crescere Yoko" e sapevo bene che non era una semplice illusione legata alla sua tenera età, perché tra i figli degli amici dei miei genitori nessuno mi ha mai fatto questa impressione. Ho pensato che anche Kakuro doveva essere così da piccolo, e mi sono chiesta se qualcuno, allora, lo avesse guardato come io stavo guardando Yoko, con piacere e curiosità, aspettando di vedere la farfalla uscire dal bozzolo, fiduciosa nei disegni ignoti delle sue ali.

Quindi mi sono fatta questa domanda: Perché? Perché loro sì e gli altri no?

E poi quest'altra: E io? Mi si vede già il destino scritto in fronte? Se voglio morire è perché credo di sì.

Ma se nel nostro universo esiste la possibilità di diventare quello che ancora non siamo... saprò coglierla e trasformare la mia vita in un giardino diverso da quello dei miei padri?

8. Per tutti i diavoli

Alle sette, più morta che viva, mi dirigo al quarto piano, pregando così intensamente di non incrociare nessuno da rompermi quasi le nocche.

L'atrio è deserto.

Le scale sono deserte.

Il pianerottolo di monsieur Ozu è deserto.

Questo deserto silenzioso avrebbe dovuto rallegrarmi e invece mi riempie il cuore di un cupo presentimento, e mi viene un'incontenibile voglia di fuggire. D'improvviso la mia oscura guardiola mi appare un confortevole e radioso rifugio e ho un moto di nostalgia al pensiero di Lev abbandonato davanti a un televisore che, adesso, non mi sembra più così iniquo. Dopotutto, cosa ho da perdere? Posso girare i tacchi, scendere le scale, ritornare nella mia dimora. Niente di più facile. Niente di più sensato, a differenza di questa cena che sfiora l'assurdo.

Un rumore al quinto piano, proprio sopra la mia testa, interrompe i miei pensieri. Comincio immediatamente a sudare dalla paura – che eleganza –, e senza nemmeno capire cosa sto facendo schiaccio con frenesia il pulsante del campanello.

Nemmeno il tempo di farmi battere il cuore: la porta si apre.

Monsieur Ozu mi accoglie con un gran sorriso.

«Buonasera signora!» esclama con voce squillante e, sembrerebbe, con autentica allegria.

Per tutti i diavoli! Il rumore al quinto piano si fa più distinto: qualcuno sta chiudendo una porta.

«Beh, buonasera» dico, e praticamente spingo il mio ospite per entrare.

«Vuole darmi le sue cose?» dice monsieur Ozu continuando a sorridere molto.

Gli porgo la borsa scrutando l'immenso ingresso.

Il mio sguardo si imbatte in qualcosa.

9. D'oro opaco

Proprio di fronte all'entrata, in un raggio di luce, c'è un quadro.

Ecco la situazione: io, Renée, cinquantaquattro anni, con i calli ai piedi, nata nel fango e destinata a rimanervi, che me ne vado a cena da un ricco giapponese, di cui sono la portinaia, per un semplice sbaglio, quello di aver sussultato a una citazione di *Anna Karenina*; io, Renée, intimorita e spaventata fino al midollo, cosciente tanto da sentirmi svenire della sconvenienza e della blasfemia della mia presenza in questo luogo, il quale, benché spazialmente accessibile, ciò non di meno rappresenta un mondo a cui non appartengo e che diffida delle portinaie; io quindi, Renée, poso quasi inavvertitamente lo sguardo proprio dietro monsieur Ozu su quel raggio di luce che colpisce un quadretto dalla cornice di legno scuro.

Solo tutto lo splendore dell'Arte può spiegare come d'improvviso la coscienza della mia indegnità lasci il campo a una sincope estetica. Non mi riconosco. Aggiro monsieur Ozu, risucchiata dalla visione.

È una natura morta che raffigura una tavola imbandita per una merenda leggera con ostriche e pane. In primo piano, su un piatto d'argento, un limone sbucciato a metà e un coltello con il manico cesellato. Sullo sfondo, due ostriche chiuse, lo spiraglio di una conchiglia da cui si intravede la madreperla e un piatto di peltro che forse contiene del pepe. Tra i due, un bicchiere riverso, una piccola pagnotta che mostra la sua mollica bianca e, sulla sinistra, un calice bombato come una cupola rovesciata, con la base larga e cilindrica ornata di goccette di vetro e riempito per metà di un liquido pallido e dorato. La gamma cromatica va dal giallo all'ebano. Lo sfondo è in oro opaco, un po' sporco.

Sono una fervida appassionata di nature morte. In biblioteca ho preso in prestito tutte le pubblicazioni del fondo di pittura per dare la caccia a qualsiasi opera appartenente a questo genere. Ho visitato il Louvre, il Musée d'Orsay, il museo d'Arte moderna e ho visto – rivelazione e incanto – la mostra su Chardin del 1979 al Petit Palais. Ma l'opera omnia di Chardin non vale un solo caposaldo della pittura olandese del XVII secolo. Le nature morte di Pieter Claesz, di Willem Claesz Heda, di Willem Kalf e di Osias Beert sono i capolavori del genere – semplicemente dei capolavori, per i quali senza un attimo di esitazione cederei tutto il Quattrocento italiano.

Ebbene, questo, sempre senza esitazioni, è indubbiamente un Pieter Claesz.

«È una copia» dice alle mie spalle un certo monsieur Ozu che avevo completamente dimenticato.

Quest'uomo deve proprio farmi sussultare a ogni occasione. Sussulto.

Riprendendomi, faccio per dire qualcosa come:

"È molto grazioso", che sta all'Arte come *provvedervici* sta alla bellezza della lingua.

Riacquistata la piena padronanza dei miei mezzi, mi accingo a rientrare nel ruolo di custode ottusa, pensando di proseguire con un:

"Ma cosa non si riesce a fare oggi!" (in risposta a: è una copia).

E allo stesso tempo mi preparo ad assestare il colpo di grazia da cui i sospetti di monsieur Ozu non si risolleveranno più, e che consoliderà per sempre la mia manifesta indegnità:

"Ma guarda che bicchieri strani!".

Mi volto.

Le parole: "Una copia di cosa?", che all'improvviso mi sembrano le più appropriate, mi si bloccano in gola.

E invece dico:

«Com'è bello».

10. Quale congruenza?

Da dove viene la meraviglia che proviamo di fronte ad alcune opere? L'ammirazione nasce al primo sguardo, e anche se in seguito, nella paziente caparbietà con cui tentiamo di stanare le cause, scopriamo che tutta questa bellezza è frutto di un virtuosismo che si svela solo scrutando il lavoro di un pennello che ha saputo domare luce e ombra e restituire forme e trame magnificandole – gioiello trasparente del bicchiere, grana tumultuosa delle conchiglie, morbidezza luminosa del limone –, tutto ciò non dissolve né spiega il mistero dell'incanto iniziale.

È un enigma che sempre si rinnova: le grandi opere sono forme visive che raggiungono in noi l'evidenza di un'adeguatezza senza tempo. La certezza che alcune forme, sotto l'aspetto particolare che ricevono dai loro creatori, attraversino la storia dell'Arte e, nella filigrana del genio individuale, costituiscano altrettante sfaccettature del genio universale ha qualcosa di profondamente conturbante. Quale congruenza tra un Claesz, un Raffaello, un Rubens e un Hopper? Nonostante la diversità dei soggetti, dei supporti e delle tecniche, nonostante l'insensatezza e l'effimero di esistenze destinate ad appartenere sempre a una sola epoca e a una sola cultura, nonostante poi l'unicità di ogni sguardo, il quale vede sempre quello che gli permette la sua conformazione e soffre della povertà della sua individualità, il genio dei grandi pittori è penetrato fin nel cuore del mistero e ha portato alla luce, sotto apparenze diverse, la stessa forma sublime che noi cerchiamo in ogni produzione artistica. Quale congruenza tra un Claesz, un Raffaello, un Rubens e un Hopper? L'occhio, senza dover cercare, vi trova una forma che innesca la sensazione dell'adeguatezza, perché essa appare a tutti come l'essenza stessa del Bello, senza varianti né riserbo, senza contesto né sforzo. Ora, nella natura morta con limone, un'opera che non si può ridurre solo alla maestria dell'esecuzione, un'opera che fa sgorgare la sensazione dell'adeguatezza, la sensazione dell'*è così che doveva essere disposta*, un'opera che permette di avvertire la potenza degli oggetti e delle loro interazioni, di cogliere con lo sguardo la loro solidarietà e i campi magnetici che li attirano o li respingono, il legame ineffabile che li intreccia e genera una *forza*, quell'onda segreta e inesplicata che nasce dagli stati di tensione e di equilibrio della rappresentazione – in questa opera che, dunque, fa sgorgare la sensazione dell'adeguatezza – la disposizione degli oggetti e delle pietanze raggiungeva l'universale nel particolare: l'atemporale della forma adeguata.

11. Un'esistenza senza durata

A che cosa serve l'Arte? A darci la breve ma folgorante illusione della camelia, aprendo nel tempo una breccia emotiva che non si può ridurre alla logica animalesca. Come nasce l'Arte? È generata dalla capacità propria dello spirito di scolpire la sfera sensoriale. Che cosa fa l'Arte per noi? *Dà forma* e rende visibili le nostre emozioni e, così facendo, conferisce loro quell'impronta di eternità che recano tutte le opere le quali, attraverso una forma particolare, sanno incarnare l'universalità degli affetti umani.

L'impronta dell'eternità... Queste pietanze, queste coppe, questi tappeti e questi bicchieri quale vita assente suggeriscono al nostro cuore? Fuori dai contorni del quadro, forse, il tumulto e la noia della vita, l'incessante e vana corsa stremata dai progetti – ma, dentro, la pienezza di un momento sospeso, strappato al tempo della bramosia umana. La bramosia umana! Non possiamo smettere di desiderare, e questo ci esalta e ci uccide al contempo. Il desiderio! Ci sostiene e ci crocifigge, portandoci ogni giorno sul campo di battaglia dove ieri abbiamo perso ma che, nel sole di un'altra giornata, ci sembra nuovamente un terreno di conquista; e anche se domani morremo, il desiderio ci fa erigere imperi destinati a diventare polvere, come se la consapevolezza che presto cadranno non riguardasse la sete di edificarli ora; ci infonde l'energia di volere sempre quello che non possiamo possedere e ci getta all'alba sull'erba disseminata di cadaveri, affidandoci fino alla morte progetti che appena compiuti subito rinascono. Ma è così estenuante desiderare incessantemente... Ben presto aspiriamo a un piacere senza ricerca, sogniamo una condizione felice che non abbia inizio né fine e in cui la bellezza non sia più finalità né progetto, ma divenga la certezza stessa della nostra natura. Ebbene, questa condizione è l'Arte. Ho dovuto forse imbandirlo questo tavolo? Per vedere queste pietanze ho dovuto desiderarle? Da qualche parte, *altrove*, qualcuno ha voluto questo pasto, ha aspirato a questa trasparenza cristallina e ha perseguito il piacere di carezzare con la propria lingua il serico sapore salato di un'ostrica al limone. È stato necessario questo progetto, incastonato in altri cento e da cui ne sgorgano altri mille, questo intento di preparare e di assaporare un banchetto di molluschi – questo progetto altrui, per l'esattezza perché il quadro prendesse forma.

Ma quando guardiamo una natura morta, quando ci deliziamo di una bellezza che non abbiamo perseguito e che porta in sé la raffigurazione glorificata e immobile delle cose, godiamo di ciò che non abbiamo dovuto bramare, contempliamo ciò che non è stato necessario volere, amiamo ciò che non è stato necessario desiderare. Quindi la natura morta incarna la quintessenza dell'Arte, la certezza del senza tempo, perché essa raffigura una bellezza che parla al nostro desiderio ma è generata dal desiderio altrui, perché si accorda al nostro piacere senza entrare in nessuno dei nostri piani, perché si dona a noi senza che ci sforziamo di desiderarla. Nella scena muta, senza vita né movimento, si incarna un tempo privo di progetti, una perfezione strappata alla durata e alla sua logora avidità – un piacere senza desiderio, un'esistenza senza durata, una bellezza senza volontà.

Giacché l'Arte è l'emozione senza il desiderio.

Diario del movimento del mondo n° 5

Si muoverà sì o no

Oggi la mamma mi ha portato dal suo strizzacervelli. Motivo: mi nascondo. Ecco cosa mi ha detto la mamma: «Amore, sai bene che quando ti nascondi così noi diventiamo matti. Penso che non sarebbe una cattiva idea se tu venissi a parlarne un po' con il dottor Theid, in particolare dopo la tua uscita dell'altra volta». Prima di tutto, il dottor Theid è un dottore solo nel cervellino alterato di mia madre. È medico o dottore quanto me, ma per la mamma evidentemente è una grossa soddisfazione poter dire "dottore", vista l'ambizione che forse lui ha di curarla, ma senza fretta (dieci anni). È solamente un ex sinistroide riconvertito alla psicanalisi dopo alcuni anni di studi non troppo duri a Nanterre e un incontro provvidenziale con un pezzo grosso della Causa freudiana. In secondo luogo, non vedo dove sia il problema. Tra l'altro, non è vero che "mi nascondo": mi isolo dove non mi si può trovare. Voglio solo poter scrivere i miei *Pensieri profondi* e il mio *Diario del movimento del mondo* in pace, e prima volevo soltanto poter pensare tranquillamente tra me e me, senza essere importunata dalle idiozie che mia sorella dice o ascolta alla radio o allo stereo e senza essere disturbata dalla mamma che viene a sussurrarmi: «Amore, c'è la nonna, vieni a darle un bacino», una delle frasi meno accattivanti che io conosca.

Quando papà mi chiede con i suoi occhiacci: «Ma insomma, perché ti nascondi?» in genere non rispondo. Cosa dovrei dire? «Perché mi date sui nervi e perché ho un'opera di vasta portata da scrivere prima di morire?». Ovviamente non posso. Allora l'ultima volta l'ho buttata sul ridere, tanto per sdrammatizzare. Ho assunto un'aria un po' persa e ho detto con un fil di voce, guardando papà: «È colpa di tutte queste voci che ho in testa». Accidenti: c'è stato un quarantotto generale! Papà aveva gli occhi fuori dalle orbite, è andato a prendere la mamma e Colombe, che sono rientrate in fretta e furia, e a quel punto mi parlavano tutti contemporaneamente: «Tesoro, non è niente di grave, ti aiutiamo noi» (papà), «Chiamo subito il dottor Theid» (la mamma), «Quante voci senti?» (Colombe) ecc. La mamma aveva l'espressione delle giornate importanti, indecisa fra preoccupazione ed esaltazione: e se mia figlia fosse "un caso clinico"? Che orrore, ma quanta gloria! Beh, vedendo che si agitavano così ho detto: «Ma no, era uno scherzo!», ma l'ho dovuto ripetere più volte prima che mi sentissero e ancora di più prima che mi credessero. E non sono nemmeno sicura di averli convinti. E così la mamma mi ha preso un appuntamento dal dott. T., e ci siamo andate stamattina.

All'inizio abbiamo aspettato in una sala d'attesa molto elegante con delle riviste di epoche diverse: dei *Géo* di dieci anni fa e l'ultimo *Elle* ben in evidenza sopra le altre. Poi è arrivato il dott. T. Proprio come sulla foto (in una rivista che la mamma ha fatto vedere a tutti) ma dal vivo, cioè a colori e a odori: marrone e pipa. Cinquant'anni fulgidi, un look molto curato, ma soprattutto capelli, barba rasata, carnagione (opzione Seychelle), maglione, pantaloni, scarpe, cinturino dell'orologio: tutto marrone nella stessa tonalità, e cioè come una castagna, insomma, come un marrone (in tutti i sensi). O come le foglie morte. Con in più un odore di pipa di buona qualità (tabacco biondo: miele e frutta secca). Vabbè, mi sono detta, facciamoci questa breve sessione, tipo conversazione autunnale davanti al focolare tra gente bene, una conversazione raffinata, costruttiva e forse anche setosa (mi piace un sacco questo aggettivo).

La mamma è entrata con me, ci siamo sedute sulle due sedie davanti alla scrivania, lui si è seduto dietro, in una grande poltrona girevole con uno strano schienale, un po' modello *Star*

Trek. Ha incrociato le mani sulla pancia, ci ha guardate e ha detto: «Sono contento di vedervi tutte e due».

E già partivamo malissimo. Mi ha fatto venire immediatamente il nervoso. Una frase da imbonitore di supermercato che vende spazzolini da denti double-face alla signora rintanata con la figlia dietro il carrello, insomma, non è certo questo che ci si aspetta da un analista. Ma la mia rabbia si è placata di colpo quando mi sono resa conto di una cosa interessantissima per il *Diario del movimento del mondo*. Ho guardato bene, concentrandomi con tutte le forze e dicendomi: no, non è mica possibile. E invece sì, assolutamente sì! Era possibile! Incredibile! Ero così affascinata che quasi non ho sentito la mamma che raccontava tutti i suoi piccoli guai (mia figlia si nasconde, mia figlia ci fa paura quando dice che sente delle voci, mia figlia non ci parla, siamo preoccupati per mia figlia) ripetendo "mia figlia" duecento volte benché fossi a dieci centimetri, tanto che, quando lui mi ha rivolto la parola, quasi mi ha fatto sussultare.

Ora vi spiego. Sapevo che il dott. T. era vivo perché aveva camminato davanti ai miei occhi, si era seduto e aveva parlato. Ma per il resto avrebbe potuto benissimo essere morto: non si muoveva. Una volta infilatosi nella sua poltrona spaziale, più nessun gesto: solo le labbra fremevano, ma con grande parsimonia. E tutto il resto immobile, perfettamente immobile. In genere, quando parliamo non muoviamo solo le labbra, per forza di cose provochiamo altri movimenti: muscoli del viso, gesti lievi delle mani, del collo, delle spalle. E quando non parliamo è comunque difficilissimo rimanere perfettamente immobili: c'è sempre un piccolo tremolio da qualche parte, un battere di ciglia, un movimento impercettibile del piede ecc.

E invece ora nulla! Nada! Wallou! Nothing! Una statua vivente! Questa poi! «Allora, ragazzina» mi ha detto, facendomi sussultare, «cosa ne dici di tutto ciò?». Ho avuto qualche difficoltà a riprendere il filo perché la sua immobilità mi aveva completamente catturata, e così ci ho messo un pochino a rispondere. La mamma si contorceva sulla poltrona come se avesse le emorroidi, ma il dott. mi guardava senza battere ciglio. Ho pensato: «Devo farlo muovere, devo farlo muovere, deve pur esserci qualcosa che lo faccia muovere». Allora ho risposto: «Parlerò solo in presenza del mio avvocato», sperando che potesse funzionare. Un flop totale: neppure un gesto. La mamma ha sospirato come una madonna addolorata, ma l'altro è rimasto perfettamente immobile. «Il tuo avvocato... Hmm...» ha detto lui senza muoversi. Ora la sfida si faceva appassionante. Si muoverà, sì o no? Dovevo affrontare la battaglia con tutte le forze. «Questo non è un tribunale» ha aggiunto, «lo sai bene, hmm». Io pensavo: se riesco a farlo muovere ne sarà valsa la pena, sì, non sarà stata una giornata sprecata! «Bene» ha detto la statua, «cara Solange, avrei un discorsino da fare a tu per tu con questa ragazzina». La cara Solange si è alzata rivolgendogli uno sguardo da cocker piagnucolante e ha lasciato la stanza facendo molti gesti inutili (forse per compensare).

«Tua mamma è molto preoccupata per te» ha esordito, riuscendo nell'impresa di non muovere nemmeno il labbro inferiore. Ho riflettuto un attimo e ho deciso che la tattica della provocazione aveva poche probabilità di successo. Volete confortare il vostro psicanalista nella certezza di sapersi controllare? Allora provocatelo come farebbe un adolescente con i suoi genitori! Quindi ho preferito dirgli con molta serietà: «Crede che c'entri qualcosa con la forclusione del Nome-del-Padre?». Pensate che si sia mosso? Macché. È rimasto immobile e impavido. Ma mi è parso di vedere qualcosa nei suoi occhi, come un vacillamento. Ho deciso di continuare su questa strada. «Hmm?» ha fatto lui. «Non credo che tu capisca quello che dici». «E invece sì!» ho detto, «ma c'è qualcosa in Lacan che non afferro, e cioè la natura esatta del suo rapporto con lo strutturalismo». Ha schiuso le labbra per dire qualcosa, ma sono stata più rapida io. «Ah, sì, e poi anche i matemi. Tutti quei nodi, non mi è molto chiaro. Ci capisce qualcosa lei di topologia? Da un pezzo ormai si sa che è una truffa bella e buona, vero?». E lì c'è stato un lieve progresso. Non aveva avuto nemmeno il tempo di richiudere la bocca, e così alla fine è rimasta aperta. Poi si è ripreso, e sul viso immobile gli è apparsa un'espressione senza movimenti, del tipo: "Vuoi fare questo giochetto con me, carina?". Ebbene sì, voglio fare questo giochetto con te, mio bel marron glacé. Allora ho aspettato. «Sei una ragazzina molto intelligente, lo so» ha detto (costo di questa informazione trasmessa da Cara Solange: 60 euro ogni mezz'ora). «Ma si può essere molto intelligenti e nello stesso tempo molto sprovveduti, lo sai, molto lucidi e molto infelici». Sul serio! Dove l'hai letto, su *Topolino*? gli stavo per chiedere. E d'un tratto mi è venuta voglia di alzare il tiro. In fin dei conti ero davanti al tizio che da un decennio costa quasi 600 euro mensili alla mia famiglia, con i risultati che conosciamo: tre ore al giorno a nebulizzare piante d'appartamento e un consumo impressionante di sostanze legalizzate. Ho sentito che una mosca cattiva mi stava saltando al naso. Mi sono chinata verso la scrivania e a voce bassissima ho detto: «Mi ascolti bene, signor bella statuina, facciamo un patto io e te. Tu non mi rompi le scatole, e io in cambio non rovino il tuo mercatino dell'infelicità facendo circolare pessime voci sul tuo conto in tutta la Parigi degli affari e della politica. E credimi, se almeno sei capace di vedere quanto sono intelligente, ti renderai conto che è una cosa assolutamente nelle mie corde». Non avrei mai pensato che potesse funzionare. Non ci contavo. Bisogna proprio essere un babbeo per credere a un simile ordito di stupidaggini. Incredibile ma vero: vittoria. Un'ombra di preoccupazione è passata sul viso del bravo dottor Theid. Penso che ci sia cascato. È favoloso: se c'è una cosa che non farei mai è proprio spargere una voce falsa per nuocere a qualcuno. Quel repubblicano di mio padre mi ha inculcato il virus della deontologia e, benché mi sembri una cosa assurda come tutto il resto, la rispetto scrupolosamente. Ma il bravo dottore, che aveva avuto a disposizione solo la madre per saggiare la famiglia, deve proprio aver pensato che la mia fosse una minaccia reale. E allora, miracolo: un movimento! Ha fatto schioccare la lingua, ha disincrociato le braccia, ha allungato una mano verso la scrivania e ha battuto il palmo sul sottomano di capretto. Un moto di esasperazione, ma anche d'intimidazione. Poi si è alzato e, cancellata ogni dolcezza e benevolenza, è andato fino alla porta, ha chiamato la mamma, l'ha rabbonita con una roba sulla mia ottima salute mentale, assicurandola che tutto si sarebbe sistemato, e ci ha cacciate via senza indugio dal suo focolare autunnale.

All'inizio ero piuttosto soddisfatta di me. Ero riuscita a farlo muovere. Ma con il passare delle ore mi sono sentita sempre più depressa. Perché quello che è successo quando si è mosso non è una cosa tanto bella né tanto pulita. Nonostante io sappia benissimo che esistono adulti che portano maschere di dolcezza e buonsenso, ma che sotto sotto sono orrendi e spietati, nonostante io sappia bene che basta una ferita perché le maschere cadano, quando succede con tanta violenza sto male. Colpendo il sottomano, lui voleva dire: "Molto bene, mi vedi così come sono, inutile continuare questa commedia, vada per il tuo misero patto, ma togliti dai piedi in fretta". Beh, sono stata male, sì sono stata proprio male. Per quanto io sappia benissimo che il mondo è brutto, non ho voglia di vederlo.

Sì, lasciamo questo mondo dove ciò che si muove svela le cose brutte.

12. Un'onda di speranza

Troppo comodo rimproverare ai fenomenologi il loro autismo senza gatto; io ho dedicato la vita alla ricerca dell'atemporale.

Ma chi persegue eternità raccoglie solitudine.

«Sì» dice lui prendendomi la borsa, «lo penso anch'io. È uno dei più sobri, eppure è così armonioso».

La casa di monsieur Ozu è molto grande e molto bella. I racconti di Manuela mi avevano preparato a un interno giapponese, ma per quanto vi siano porte scorrevoli, bonsai, uno spesso tappeto nero bordato di grigio e oggetti di provenienza asiatica – un tavolo basso laccato scuro e soprattutto delle stuoie di bambù che, tirate su ad altezze diverse, lungo un'impressionante serie di finestre, conferiscono alla stanza l'atmosfera del Levante –, ci sono anche un divano, poltrone, console, lampade e librerie di stile europeo. È molto... elegante. E inoltre, come avevano notato Manuela e Jacinthe Rosen, non c'è niente di ridondante. Non è nemmeno essenziale e vuoto, come me lo ero immaginato trasponendo gli interni dei film di Ozu a un livello più lussuoso ma sostanzialmente identico nella sobrietà tipica di questa strana civiltà.

«Venga» mi dice monsieur Ozu, «non restiamo qui, è troppo formale. Ceneremo in cucina. Fra l'altro, cucino io».

Mi accorgo che indossa un grembiule verde mela sopra un pullover girocollo color castagna e pantaloni di tela beige. Ai piedi ha delle ciabatte di cuoio nero.

Gli trotterello dietro fino in cucina. Accipicchia! In uno scrigno simile ci cucinerei tutti i giorni, anche per Lev. Qui niente può essere banale, perfino aprire una scatoletta per gatti deve sembrare delizioso.

«Vado molto fiero della mia cucina» dice monsieur Ozu con semplicità.

«Può ben dirlo» rispondo senza ombra di sarcasmo.

Tutto è di legno chiaro o bianco, con lunghi piani da lavoro e grandi credenze piene di piatti e ciotole di porcellana blu, nera e bianca. Al centro il forno, il piano cottura, un acquaio con tre vasche e un angolo bar con accoglienti sgabelli su uno dei quali sono appollaiata io, così sto di fronte a monsieur Ozu che si affaccenda ai fornelli. Mi ha messo davanti una bottiglietta di sakè caldo e due splendidi bicchierini di porcellana blu leggermente screpolata.

«Non so se conosce la cucina giapponese» mi dice.

«Non molto bene» rispondo.

Un'onda di speranza mi solleva. Avrete notato infatti che finora non abbiamo scambiato più di venti parole, benché io me ne stia davanti a un monsieur Ozu che cucina in grembiule verde mela come se fossimo vecchi amici, dopo l'episodio olandese e ipnotico che nessuno ha chiosato e che ormai si annovera tra le cose dimenticate.

La serata potrebbe davvero essere solo un'iniziazione alla cucina orientale. Al diavolo Tolstoj e tutti i sospetti: monsieur Ozu, nuovo condomino poco attento alle gerarchie, invita la sua portinaia a una cena esotica. Conversano di sashimi e spaghetti di soia.

Cosa può esserci di più insignificante?

Ed è a questo punto che avviene la catastrofe.

13. Piccola vescica

Come premessa, devo confessare che ho la vescica piccola. Non si spiegherebbe altrimenti come la minima tazza di tè mi spedisca in fretta e furia in quel posticino, e come una teiera mi faccia ripetere tale operazione in proporzione al suo contenuto. Manuela, invece, è un vero e proprio cammello: trattiene tutto quello che beve per ore e ore, e sgranocchia la sua frutta secca al cioccolato senza muoversi dalla sedia, mentre io mi prodigo in infiniti e patetici andirivieni in bagno. Ma in quelle circostanze sono a casa mia, e nei miei sessanta metri quadrati il gabinetto è sempre a portata di mano e in un luogo che mi è noto da tempo.

Si dà il caso che adesso la mia piccola vescica si faccia sentire e io, pienamente consapevole dei litri di tè ingurgitati nel pomeriggio, non posso ignorare il suo messaggio: autonomia limitata.

Ma come si chiede in società?

Dov'è il cesso? non mi sembra propriamente la formula più idonea.

Al contrario:

Potrebbe indicarmi il posticino? per quanto delicato nello sforzo di non nominare la cosa, corre il rischio di non essere capito e, pertanto, di quadruplicare l'imbarazzo.

Mi scappa la pipì è sobrio e informale, ma a tavola non si dice, tanto più con uno sconosciuto.

Dov'è la toilette? mi crea problemi. È una richiesta fredda, che sa di ristorante di provincia.

Mi piace abbastanza questo:

Dove sono i gabinetti? perché in quest'appellativo, i gabi-netti, c'è un plurale che mi ricorda l'infanzia e il gabbiotto in fondo al giardino. Ma c'è anche un'ineffabile connotazione che richiama la puzza.

Proprio in quell'istante ho un lampo di genio.

«I *ramen* sono una preparazione di origine cinese a base di spaghetti e brodo, ma che i giapponesi mangiano di solito a pranzo» sta dicendo monsieur Ozu mentre solleva in aria una quantità impressionante di pasta dopo averla immersa in acqua fredda.

«Dove sono i servizi, per cortesia?» è la sola risposta che riesco a dargli.

Ve lo concedo, è un po' rude.

«Oh, mi scusi, non glieli ho indicati» dice monsieur Ozu con estrema naturalezza. «La porta dietro di lei, poi la seconda a destra nel corridoio».

Ma non potrebbe essere sempre tutto così semplice?

Direi proprio di no.

Diario del movimento del mondo n° 6

Mutande o Van Gogh?

Oggi con la mamma siamo andate in giro per saldi in rue Saint-Honoré. Un inferno. Davanti ad alcune boutique c'era la fila. E penso che abbiate presente che genere di boutique ci sono in rue Saint-Honoré: sprecare tanta energia per comprare in svendita dei foulard o dei guanti che, ciò nonostante, costano ancora quanto un Van Gogh è davvero stupefacente. Ma queste signore lo fanno con una passione furibonda. E anche con una certa ineleganza.

Comunque non mi posso lamentare del tutto di questa giornata, visto che ho potuto osservare un movimento molto interessante benché, purtroppo, assai poco estetico. In compenso però molto intenso, questo sì! E anche divertente. O tragico, non saprei. Da quando ho cominciato questo diario, difatti, ci ho dato un bel taglio! Ero partita con l'idea di riscoprire l'armonia del movimento del mondo e mi ritrovo con delle signore per bene che si azzuffano per una mutandina di pizzo. Vabbè... Ad ogni modo, non ci contavo granché. E quindi, già che ci siamo, tanto vale divertirsi un po'...

Ecco i fatti: con la mamma siamo entrate in una boutique di lingerie. Lingerie è già un'espressione interessante. Come la si può chiamare, altrimenti? Biancheria!? Beh, di fatto lingerie significa biancheria sexy: lì non si trovano certo i vecchi mutandoni di cotone della nonna. Ma siccome siamo in rue Saint-Honoré, è un sexy elegante, ovviamente, con completi di pizzo fatto a mano, tanga di seta e baby-doll di cachemire pettinato. Per entrare non abbiamo dovuto fare la fila, ma sarebbe stato lo stesso perché dentro c'era da sgomitare. Mi sembrava di essere in una centrifuga. Ciliegina sulla torta, la mamma è caduta subito in deliquio rovistando tra completi dai colori equivoci (nero e rosso oppure blu petrolio). Mi sono chiesta dove potevo nascondermi e mettermi al riparo il tempo che lei trovasse (speranza vana) un pigiama di cotone felpato, e così mi sono infilata nel retro dei camerini. Non ero da sola: c'era un uomo, l'unico uomo, con un'aria triste come quella di Neptune quando si lascia scappare il didietro di Athéna. È il piano fallimentare "ti amo cara". Il poveretto si fa trascinare in una seduta birichina di prove di completi eleganti e si ritrova in territorio nemico, con trenta femmine in trance che gli pestano i piedi e lo fucilano con gli occhi ovunque lui tenti di parcheggiare la sua ingombrante carcassa maschile. Quanto alla sua dolce metà, eccola trasformata in una furia vendicatrice pronta a uccidere per un tanga rosa fucsia.

Gli ho lanciato un'occhiata di simpatia alla quale ha risposto con un'espressione da animale braccato. Da lì avevo una vista panoramica su tutto il negozio e sulla mamma, che stava sbavando davanti a una specie di reggiseno molto molto molto minimale con del pizzo bianco (almeno quello) ma anche grandi fiori viola. Mia madre ha quarantacinque anni e qualche chilo di troppo, però il fiore viola bello grande non le fa paura; in compenso, la sobrietà e l'eleganza del beige tinta unita la paralizzano di terrore. Per farla breve, ecco la mamma estrarre con fatica da un appendiabiti un mini-reggiseno floreale che le sembra della sua misura, e afferrare le mutande coordinate tre ripiani più in basso. La mamma tira con una certa forza ma, d'un tratto, aggrotta le sopracciglia: all'altro capo delle mutande c'è un'altra signora, anche lei sta tirando e anche lei aggrotta le sopracciglia. Si guardano, guardano l'appendiabiti, constatano che quelle mutande sono le uniche superstiti di una lunga mattinata di saldi, e si preparano per la battaglia scambiandosi l'un l'altra un larghissimo sorriso.

Ed ecco le primizie di un movimento interessante: delle

mutande da centotrenta euro, in fondo, sono solo pochi centi-metri di pizzo raffinatissimo. Quindi bisogna sorridere all'altra, tenere ben salde le mutande, tirarle verso di sé ma senza strap-parle. Ve lo dico chiaro e tondo: se nel nostro universo le leggi della fisica sono costanti, questa cosa non è possibile. Dopo qualche secondo di tentativi infruttuosi, queste signore dicono amen a Newton, ma non desistono. Quindi bisogna continuare la guerra con altri mezzi, e cioè con la diplomazia (una delle cita-zioni preferite di papà). Da qui il seguente movimento interes-sante: occorre far finta di non sapere che stiamo tirando risolutamente le mutande, e fingere, invece, di chiederle corte-semente a parole. E così ecco la mamma e la signora che di colpo non hanno più la mano destra, quella che tiene le mutande. È come se non esistesse, come se la signora e la mamma discu-tessero tranquillamente di un paio di mutande ancora sull'ap-pendiabiti di cui nessuno tenta di impossessarsi con la forza. Dov'è la mano destra? Pffuu! Volatilizzata! Scomparsa! Largo alla diplomazia!

Come tutti sanno, la diplomazia fallisce sempre quando i rap-porti di forza sono equilibrati. Non si è mai visto che il più forte accetti le proposte diplomatiche dell'altro. Così i negoziati che cominciano all'unisono con un «Ah, ma credo di essere stata più veloce io di lei, signora» non hanno grande esito. Quando arrivo accanto alla mamma, siamo a «io non la lascio» e non è difficile credere alle due contendenti.

Ovviamente ha perso la mamma: quando l'ho raggiunta, si è ricordata di essere una rispettabile madre di famiglia e che non poteva spedire la sua mano sinistra sulla faccia dell'altra senza perdere la sua dignità davanti a me. Quindi ha ritrovato l'uso della mano destra e ha lasciato le mutande. Risultato delle compere: una è andata via con le mutande, l'altra con il reggiseno. A cena la mamma era di umore nero. Quando papà ha chiesto cosa suc-cedeva, lei ha risposto: «Tu che sei deputato dovresti essere più attento alla decadenza della mentalità e delle buone maniere».

Ma torniamo al nostro movimento interessante: due signore in piena salute mentale di colpo non sentono più una parte del proprio corpo. E il risultato è molto curioso da vedere: quasi ci fosse uno squarcio nella realtà, un buco nero che si apre nello spazio-tempo, come in un vero romanzo di fantascienza. Un movimento al contrario, un tipo di gesto in negativo, insomma.

E ho pensato: se si può fingere di non sapere che abbiamo la mano destra, cos'altro ancora si può fingere? Si può avere un cuore al contrario, un'anima in negativo?

14. Uno solo di questi rotoli

La prima fase dell'operazione si svolge tranquillamente. Trovo la seconda porta a destra nel corridoio, senza essere tentata di aprire le altre sette che incontro, tanto è piccola la mia vescica, e procedo con un sollievo che nemmeno l'imbarazzo offusca. Sarebbe stato sgarbato chiedere a monsieur Ozu dei gabinetti. Dei *gabinetti* non potrebbero essere bianchi come la neve, dalle pareti alla tazza passando per una tavoletta immacolata su cui osiamo appena appoggiarci per timore di sporcarla. Tutto questo candore è comunque smorzato – di modo che l'atto non risulti troppo clinico – da una spessa, morbida, setosa, satinata e carezzevole moquette giallo sole, che salva il luogo da un'atmosfera ospedaliera. Da tutte queste osservazioni mi nasce una grande stima per monsieur Ozu. La netta semplicità del bianco, senza marmi né decorazioni floreali – debolezze sovente condivise dai ricchi che ci tengono a rendere sontuoso tutto quello che è triviale – e la delicata morbidezza di una moquette solare sono, in fatto di WC, le condizioni stesse dell'adeguatezza. Che cosa cerchiamo quando ci andiamo? Luminosità, per non pensare a tutti i nostri oscuri recessi al lavoro insieme, e qualcosa per terra che ci permetta di compiere il nostro dovere senza che diventi una penitenza, gelandoci i piedi soprattutto quando ci andiamo di notte.

La carta igienica, anche quella, aspira alla canonizzazione. Ritengo molto più eloquente questo segno distintivo di ricchezza piuttosto che possedere una Maserati, per esempio, o una Jaguar coupé. Il servizio che la carta igienica rende al posteriore della gente scava l'abisso tra le classi molto più a fondo di tanti segni esteriori. La carta di monsieur Ozu, spessa, soffice, morbida e deliziosamente profumata, è destinata a colmare di attenzioni questa parte del nostro corpo che, più di ogni altra, ne è particolarmente golosa. Quanto costerà uno solo di questi rotoli? mi chiedo premendo il pulsante intermedio dello sciacquone contrassegnato da due fiori di loto, poiché la mia piccola vescica, nonostante la scarsa autonomia, ha una grande capacità. Un fiore solo mi sembra un po' troppo poco, tre addirittura vanitosi.

Ed è proprio in quel momento che succede il fatto.

Un fracasso terrificante mi aggredisce le orecchie e per poco non mi viene un accidente. La cosa spaventosa è che non riesco a identificarne la provenienza. Non è lo sciacquone, che non sento nemmeno più, viene invece dall'alto e mi si riversa addosso. Il cuore mi batte all'impazzata. Conoscete la triplice alternativa di fronte al pericolo: *fight*, *flee* o *freeze*. Io *freeze*. Avrei voluto *flee*, ma di colpo non sono più in grado di aprire una porta chiusa a chiave. La mia mente elabora delle ipotesi? Forse, ma senza troppa chiarezza. Ho per caso premuto il pulsante sbagliato, valutando male la quantità prodotta – che presunzione, che *orgoglio*, Renée, due loti per un contributo così irrisorio – e come conseguenza vengo punita da una giustizia divina il cui tuono fragoroso si abbatte sulle mie orecchie? Ho forse gustato troppo la voluttà dell'atto – *lussuria* –, in questo luogo che tanto vi si presta al punto che dovremmo considerarlo impuro? Mi sono lasciata trasportare dalla *voglia*, bramando questa carta principesca, e mi sono macchiata senza ambiguità di un peccato mortale? Le mie dita intorpidite dal lavoro manuale, sotto l'effetto di una *collera* inconscia, hanno forse maltrattato il delicato meccanismo del pulsante con il fiore di loto e innescato un cataclisma nell'impianto idraulico che minaccia di far crollare il quarto piano?

Cerco ancora con tutte le forze di fuggire, ma le mani non riescono a obbedire ai miei ordini. Stritolo il pomello color rame che, usato correttamente, dovrebbe liberarmi, ma non accade niente di adeguato.

Adesso sono veramente convinta di essere impazzita o arrivata in cielo, perché il suono fino ad allora indistinto si fa più nitido e, cosa impensabile, sembra Mozart.

Per l'esattezza, il *Confutatis* del *Requiem* di Mozart.

Confutatis maledictis, Flammis acribus addictis! modulano bellissime voci liriche.

Sono impazzita.

«Madame Michel, va tutto bene?» chiede una voce da dietro la porta, la voce di monsieur Ozu o, ipotesi più verosimile, di san Pietro alle porte del Purgatorio.

«Io...» dico, «non riesco ad aprire la porta!».

Non cercavo forse in tutti i modi di convincere monsieur Ozu che sono una deficiente?

Ecco, la cosa è fatta.

«Forse sta girando il pomello nel verso sbagliato» suggerisce rispettosa la voce di san Pietro.

Valuto un attimo l'informazione, che fatica a farsi strada fino ai circuiti mentali preposti alla sua elaborazione.

Giro il pomello nell'altro verso.

La porta si apre.

Il *Confutatis* si interrompe all'istante. Una deliziosa doccia di silenzio inonda il mio corpo riconoscente.

«Io...» dico a monsieur Ozu (certo, chi altri sennò?), «io... insomma... sa, il *Requiem*...».

Avrei dovuto chiamare il mio gatto Asyntaxis.

«Oh, scommetto che si è spaventata!» dice. «Avrei dovuto avvertirla. È un'usanza giapponese che mia figlia ha voluto importare qui. Quando si tira lo sciacquone, parte la musica, è più... grazioso, capisce?».

Capisco soprattutto che siamo nel corridoio, davanti alla toilette, in una situazione che supera ogni canone del ridicolo.

«Ah...» dico, «ehmm... mi ha sorpreso» (e sorvolo su tutti i miei peccati venuti alla luce del sole).

«Non è la prima» dice monsieur Ozu con gentilezza, e sul labbro superiore gli si disegna un'ombra divertita.

«Il *Requiem*... in bagno... è una scelta... sorprendente» rispondo per ridarmi un contegno, subito spaventata dalla piega che sta prendendo la conversazione mentre siamo ancora nel corridoio, l'una di fronte all'altro, le braccia penzoloni, incerti sul seguito.

Monsieur Ozu mi guarda.

Io lo guardo.

È come se qualcosa mi si rompesse in petto, con un piccolo clac insolito, quasi una valvola che si apre e si richiude brevemente. Poi assisto, impotente, al leggero tremito che mi scuote il busto, e neanche a farlo apposta mi sembra che lo stesso accenno di trasalimento agiti le spalle del mio dirimpettaio.

Ci guardiamo, esitanti.

Poi, dalla bocca di monsieur Ozu esce una specie di oh, oh, oh molto delicato e molto tenue.

Mi rendo conto che dalla gola mi sale lo stesso oh, oh, oh felpato ma irrefrenabile.

Tutti e due facciamo oh, oh, oh, piano piano, guardandoci increduli.

Poi gli oh, oh, oh di monsieur Ozu si intensificano.

I miei oh, oh, oh somigliano a una sirena d'allarme.

Continuiamo a guardarci, emettendo degli oh, oh, oh sempre più sfrenati. Ogni volta che si calmano, ci guardiamo e ripartiamo con una nuova sequela. Io non mi sento più la pancia, monsieur Ozu piange a non finire.

Quanto tempo restiamo lì, a ridere convulsamente davanti alla porta del WC? Non saprei. Ma dura abbastanza da sfinirci.

Perpetriamo qualche altro oh, oh, oh stremato, poi torniamo seri, per stanchezza più che per sazietà.

«Andiamo in salotto» dice monsieur Ozu, giunto decisamente per primo al traguardo del fiato recuperato.

15. Una selvaggia molto civilizzata

Con lei non ci si annoia» è la prima frase che mi dice monsieur Ozu una volta tornati in cucina, mentre io, comodamente appollaiata sul mio sgabello, sorseggio del sakè tiepido che trovo piuttosto mediocre.

«Lei è una persona poco comune» aggiunge facendo scivolare fino a me una ciotola bianca piena di raviolini che non sembrano né fritti né al vapore ma un po' tutte e due le cose insieme. Mi poggia vicino un'altra ciotola con della salsa di soya.

«Gyoza» precisa.

«Tutt'altro» rispondo, «credo di essere una persona comunissima. Sono una portinaia. La mia vita è di una banalità esemplare».

«Una portinaia che legge Tolstoj e ascolta Mozart» dice. «Non sapevo che fosse tra le abitudini della sua corporazione».

E mi fa l'occhiolino. Si è seduto senza altre cerimonie alla mia destra e ha cominciato a mangiare la sua porzione di gyoza con le bacchette.

Non mi sono mai sentita così bene in tutta la mia vita. Come posso spiegarvi? Per la prima volta, pur non essendo da sola, mi sento perfettamente a mio agio. Perfino con Manuela, a cui del resto affiderei la mia vita, non provo questa sensazione di sicurezza totale che nasce quando siamo certi di capirci l'un l'altro. Affidare la propria vita a qualcuno non è la stessa cosa che aprire il proprio animo, e anche se voglio bene a Manuela come a una sorella, non posso condividere con lei quel piccolo intreccio di significato ed emozione che la mia esistenza incongrua sottrae all'universo.

Con le bacchette assaporo dei gyoza ripieni di carne profumata e coriandolo e, sentendomi con mia grande sorpresa rilassata, chiacchiero con monsieur Ozu come se ci conoscessimo da sempre.

«Bisogna pur distrarsi» dico, «e allora vado alla biblioteca comunale e prendo in prestito tutto quello che posso».

«Le piace la pittura olandese?» mi chiede, e senza aspettare la risposta: «se dovesse scegliere tra la pittura olandese e quella italiana, quale salverebbe?».

Diamo vita a un falso alterco durante il quale per gioco mi infiammo animatamente per il pennello di Vermeer – ma ben presto diventa palese che comunque la pensiamo allo stesso modo.

«Pensa che sia un sacrilegio?» chiedo.

«Ma niente affatto, cara signora» mi risponde, sballottando sgraziatamente un malaugurato raviolo da destra a sinistra sopra la ciotola, «niente affatto. Crede forse che mi sia fatto fare la copia di un Michelangelo da esporre nel mio ingresso?».

«Bisogna immergere gli spaghetti in questa salsa» aggiunge, posando davanti a me un cestino di vimini colmo dei suddetti e una magnifica scodella verdazzurro da cui sale un profumo di... noccioline. «È uno *zalu ramen*, un piatto di spaghetti freddi con una salsa leggermente dolce. Mi dica se le piace».

E mi porge un grande tovagliolo di lino grezzo.

«Ha degli effetti collaterali, faccia attenzione al vestito».

«Grazie» rispondo.

E chissà perché, aggiungo:

«Non è mio».

Faccio un bel respiro e spiego:

«Vede, abito da sola da molto tempo e non esco mai. Temo di essere un po'... selvaggia».

«Una selvaggia molto civilizzata, allora» mi dice sorridendo.

Gli spaghetti immersi nella salsa alle noccioline hanno un sapore celestiale. Invece non potrei scommettere sulle condizioni del vestito di Maria. Non è facile immergere un metro di spaghetti in una salsa semiliquida e poi ingurgitarlo senza fare danni. Ma siccome monsieur Ozu inghiotte i suoi con destrezza, e certo non in silenzio, anch'io non mi faccio più problemi e aspiro con slancio la mia pasta chilometrica.

«Dico sul serio» mi dice monsieur Ozu, «non le sembra fantastico? Il suo gatto si chiama Lev, i miei Kitty e Levin, tutti e due amiamo Tolstoj e la pittura olandese, e abitiamo nello stesso posto. Quante sono le probabilità che accada una cosa simile?».

«Non doveva regalarmi quello splendido volume» dico, «non c'era bisogno».

«Cara signora» risponde monsieur Ozu, «le ha fatto piacere?».

«Ecco» dico, «mi ha fatto molto piacere, però mi ha anche un po' spaventata. Vede, ci tengo a rimanere discreta, non vorrei che le persone qui si immaginassero...».

«...chi è lei?» completa lui. «Perché?».

«Non voglio fare tante storie. A nessuno piace una portinaia con delle pretese».

«Pretese? Ma lei non ha delle pretese, lei ha gusti, illuminazioni, qualità!».

«Ma sono la portinaia!» dico. «E poi non ho studiato, non appartengo a questo ambiente».

«Questa è bella!» dice monsieur Ozu proprio come, non ci crederete, Manuela; e la cosa mi fa ridere.

Lui solleva un sopracciglio inquisitore.

«È l'esclamazione preferita della mia migliore amica» dico a mo' di spiegazione.

«E cosa dice la sua amica a proposito della sua... discrezione?».

In verità, non ne ho idea.

«Vi conoscete» dico, «è Manuela».

«Ah, madame Lopes?» dice. «È una sua amica?».

«È la mia unica amica».

«È una gran signora» dice monsieur Ozu, «un'aristocratica. Vede, non è la sola a smentire le norme sociali. Che c'è di male? Siamo nel XXI secolo, che diamine!».

«Cosa facevano i suoi genitori?» chiedo, un po' innervosita da un così scarso discernimento.

Monsieur Ozu forse crede che i privilegi sociali siano spariti con Zola.

«Mio padre era diplomatico. Mia madre invece non l'ho conosciuta, è morta poco dopo la mia nascita».

«Mi dispiace» dico.

Fa un gesto con la mano, come per dire: è passato tanto tempo.

Non demordo.

«Lei è figlio di un diplomatico, io sono figlia di contadini poveri. È persino inconcepibile che io ceni con lei».

«Eppure» dice, «stasera lei è qui a cena».

E aggiunge con un sorriso gentilissimo:

«E ne sono onorato».

E la conversazione prosegue così, con bonomia e naturalezza. Evochiamo nell'ordine: Yasujiro Ozu (un lontano parente), Tolstoj e Levin che falcia nel prato con i contadini, l'esilio e l'irriducibilità delle culture e molti altri argomenti uno dopo l'altro, entusiasti di saltare di palo in frasca, il tutto apprezzando gli ultimi metri di spaghetti e ancora di più la sconcertante similitudine delle nostre *formae mentis*.

A un certo punto monsieur Ozu dice:

«Mi farebbe piacere che mi chiamasse Kakuro, è molto più naturale. Le dispiace se la chiamo Renée?».

«Niente affatto» rispondo, e lo penso davvero.

Da dove mi viene questa improvvisa disposizione alla complicità?

Il sakè, che mi ha disteso deliziosamente i nervi, rende la domanda terribilmente poco urgente.

«Sa cos'è l'azuki?» chiede Kakuro.

«I monti di Kyoto...» dico, sorridendo a questo ricordo di infinito.

«Come?» domanda.

«I monti di Kyoto hanno il colore di un flan di azuki» rispondo, sforzandomi comunque di parlare distintamente.

«È in un film, vero?» chiede Kakuro.

«Sì, proprio alla fine delle *Sorelle Munekata*».

«Oh, quel film l'ho visto tanto tempo fa, ma non me lo ricordo molto bene».

«Non ricorda la camelia sul muschio del tempio?» dico.

«No, per niente» risponde. «Ma lei mi fa venire voglia di rivederlo. Le andrebbe di guardarlo con me, uno dei prossimi giorni?».

«Ho la cassetta» dico, «non l'ho ancora riportata in biblioteca».

«Questo fine settimana, magari?» chiede Kakuro.

«Ha il videoregistratore?».

«Sì» risponde sorridendo.

«Allora siamo d'accordo» dico. «Ma le propongo il seguente programma: domenica guardiamo il film all'ora del tè e io porto i pasticcini».

«Affare fatto» risponde Kakuro.

E la serata prosegue mentre continuiamo a parlare senza preoccuparci né della coerenza né dell'ora, sorseggiando lungamente una tisana allo strano gusto di alga. Senza grandi sorprese devo tornare alla tavoletta color neve e alla moquette solare. Scelgo il pulsante con un solo fiore di loto – messaggio ricevuto – e sopporto l'assalto del *Confutatis* con la serenità dei vecchi iniziati. La cosa sconcertante e al contempo meravigliosa di Kakuro è che unisce entusiasmo e candore giovanile a un'attenzione e una benevolenza da grande saggio. Non sono abituata a un tale approccio; mi sembra che lui consideri le persone con indulgenza e curiosità, mentre gli altri esseri umani di mia conoscenza le affrontano con diffidenza e gentilezza (Manuela), ingenuità e gentilezza (Olympe) o arroganza e crudeltà (il resto del mondo). La combinazione di curiosità, lucidità e magnanimità rappresenta un inedito e gustoso cocktail.

A quel punto mi cade lo sguardo sull'orologio.

Sono le tre.

Balzo in piedi.

«Mio Dio» dico, «ha visto che ore sono?».

Guarda l'orologio, poi alza gli occhi verso di me con aria preoccupata.

«Mi ero dimenticato che domani mattina lei lavora. Io sono in pensione e non ci faccio più caso. È un problema?».

«No, affatto» dico, «comunque mi farà bene dormire un po'».

Sorvolo sul fatto che, anche se ho una certa età e tutti sanno che i vecchi dormono poco, io devo dormire come un ciocco almeno otto ore per poter cogliere il mondo con lucidità.

«A domenica» mi dice Kakuro sulla porta del suo appartamento.

«Molte grazie» dico, «ho passato una splendida serata, gliene sono grata».

«Sono io che la ringrazio» dice, «era da molto che non ridevo così e che non facevo una conversazione tanto piacevole. Vuole che l'accompagni fino a casa?».

«No, grazie» dico, «non c'è bisogno».

C'è sempre un potenziale Pallières in agguato per le scale!

«Allora a domenica» lo saluto, «o magari ci incroceremo prima».

«Grazie, Renée» ripete con un larghissimo sorriso giovanile.

Quando mi chiudo la porta di casa alle spalle e mi ci appoggio, scopro Lev che russa come un camionista sulla poltrona della tivù e prendo atto dell'impensabile: per la prima volta in vita mia, mi sono fatta un amico.

16. Allora

Allora, pioggia d'estate.

17. Un nuovo cuore

Me la ricordo questa pioggia d'estate.

Giorno dopo giorno percorriamo la nostra vita come si percorre un corridoio.

Pensare al polmone per il gatto... ha visto il mio monopattino è la terza volta che me lo rubano... piove così forte che sembra buio... facciamo appena in tempo il film è all'una... vuoi toglierti il giaccone... tazza di tè amaro... silenzio pomeridiano... forse stiamo male per colpa del troppo... tutti quei bonzi da annaffiare... queste ingenue che fanno tanto le spudorate... guarda nevica... quei fiori com'è che si chiamano... povera cocchina faceva la pipì dappertutto... cielo d'autunno com'è triste... le giornate finiscono così presto adesso... è intollerabile che la puzza di spazzatura si senta fino in cortile... vede tutto viene a suo tempo... no non li conoscevo particolarmente bene... era una famiglia come le altre qui... sembrano un flan di azuki... mio figlio dice che i ciunesi sono intrattabili... come si chiamano i suoi gatti... potrebbe ricevere i pacchi della tintoria... sempre il Natale i canti gli acquisti che fatica... per mangiare una noce ci vuole la tovaglia... ha il naso che cola allora... fa già caldo e non sono ancora le dieci... taglio a fettine sottili i funghi crudi e mangiamo il nostro brodo con i funghi dentro... lascia le mutandine sporche in giro sotto il letto... dovremmo rifare la tappezzeria...

E poi, pioggia d'estate...

Sapete che cos'è una pioggia d'estate?

All'inizio la bellezza pura che irrompe nel cielo, quel timore rispettoso che si impadronisce del cuore, sentirsi così irrisori al centro stesso del sublime, così fragili e così ricolmi della maestà delle cose, sbalorditi, ghermiti, rapiti dalla magnificenza del mondo.

Dopo, percorrere un corridoio e d'improvviso penetrare in una stanza piena di luce. Un'altra dimensione, certezze appena nate. Il corpo non è più un involucro, la mente abita le nuvole, sua è la potenza dell'acqua, si annunciano giorni felici, in una nuova nascita.

Poi, come le lacrime, che sono talvolta tonde, abbondanti e compassionevoli, si lasciano dietro una lunga spiaggia lavata dalla discordia, così la pioggia estiva, spazzando via la polvere immobile, è per l'anima degli esseri come un respiro infinito.

Quindi certe piogge d'estate si radicano in noi come un nuovo cuore che batte all'unisono con l'altro.

18. Dolce insonnia

D opo due ore di dolce insonnia mi addormento serena-
mente.

Pensiero profondo n° 13

*Chi può pensare
di produrre del miele
se non è ape?*

Ogni giorno penso sia impossibile che mia sorella sprofondi ancor di più nella palude dell'ignominia, e ogni giorno mi sorprendo nel vedere che invece è così.

Oggi pomeriggio, dopo la scuola, a casa non c'era nessuno. Ho preso un po' di cioccolata alle nocciole in cucina e sono andata a mangiarla in soggiorno. Mi ero messa comoda sul divano, e addentavo la cioccolata riflettendo sul mio prossimo pensiero profondo. Mi era venuta l'idea di un pensiero profondo sulla cioccolata, o meglio sul modo di addentarla, con un quesito fondamentale: cosa c'è di buono nella cioccolata? La sostanza in sé o il modo in cui viene frantumata coi denti?

Ma per quanto trovassi la cosa interessante, non avevo fatto i conti con mia sorella, che era tornata prima del previsto e ha cominciato subito a rompermi le scatole parlandomi dell'Italia. Da quando è stata a Venezia con i genitori di Tibère (al Danieli), Colombe non parla d'altro. Colmo della sventura, sabato sono andati a cena da alcuni amici dei Grinpard che hanno una grande tenuta in Toscana. Solo a pronunciare la parola "Tooscaana", Colombe va in brodo di giuggiole e la mamma le fa eco. Se non lo sapete ve lo dico io, la Tooscaana non è una terra millenaria. Esiste solo per dare alle persone come Colombe, la mamma o i Grinpard il brivido del possesso. La "Tooscaana" è di loro proprietà, così come la Cultura, l'Arte e tutto ciò che si può scrivere con la Maiuscola.

Quindi riguardo alla Tooscaana mi sono già sorbita il monologo sugli asini, l'olio di oliva, la luce del tramonto, la dolce vita e altri luoghi comuni che vi risparmio. Ma siccome ogni volta ero riuscita a eclissarmi con discrezione, Colombe non aveva potuto testare su di me la sua storia preferita. E così si è rimessa in pari quando mi ha scovato sul divano, rovinando la mia degustazione e il mio prossimo pensiero profondo.

Gli amici dei genitori di Tibère nei loro poderi hanno arnie in grado di produrre un quintale di miele l'anno. I toscani hanno assunto un apicoltore che si sobbarca tutto il lavoro per riuscire a immettere sul mercato un miele con il marchio Tenuta Flibaggi. Ovviamente non lo fanno per soldi. Ma il miele Tenuta Flibaggi è considerato fra i migliori al mondo, e accresce il prestigio dei proprietari (che vivono di rendita) perché viene utilizzato nei più grandi ristoranti dai più grandi cuochi, che ne fanno un affare di stato... Colombe, Tibère e i genitori di Tibère hanno avuto il privilegio di degustare il miele come fosse vino, e nessuno batte Colombe nel disquisire sulla differenza fra un miele di timo e un miele di rosmarino. Beata lei. Fino a quel punto l'ho ascoltata distrattamente meditando sul tema "addentare la cioccolata", e pensavo che se fosse finita lì me la sarei cavata con poco.

Mai aspettarsi una cosa simile da Colombe. D'un tratto ha messo su una faccia cattiva e ha cominciato a raccontarmi la vita delle api. A quanto pare devono aver seguìto un corso intensivo, e la povera mente alterata di Colombe è stata colpita in modo particolare dalla parte che riguarda i riti nuziali delle regine e dei fuchi. In compenso, l'incredibile organizzazione dell'alveare non l'ha per niente impressionata, mentre a me pare una cosa interessantissima, soprattutto se pensiamo che questi insetti possiedono un linguaggio codificato che relativizza le definizioni di intelligenza verbale in quanto specificità dell'uomo. Ma questo non era affatto interessante per Colombe, che però non fa un corso professionale per diventare uno zincatore ma sta preparando un master in filosofia. In compenso la sessualità degli animaletti la eccitava parecchio.

Vi riassumo i fatti: quando la regina delle api è pronta, parte per il suo volo nuziale inseguita da un nugolo di fuchi. Il primo che la raggiunge si accoppia con lei e muore, perché dopo l'atto il suo organo genitale rimane intrappolato dentro l'ape. Questa amputazione lo uccide. Il secondo fuco che raggiunge la regina deve estrarre con le sue zampette l'organo genitale del precedente per potersi accoppiare, dopodiché, ovviamente, fa la stessa fine. E così via, fino a dieci-quindici fuchi, che riempiono la sacca spermatica della regina e le permettono per quattro o cinque anni di deporre duecentomila uova all'anno.

Ecco cosa mi racconta Colombe guardandomi con un'aria astiosa e condendo il racconto con trivialità del tipo: «Lo può usare una volta sola, capito, quindi se ne fa quindici!». Se fossi Tibère non mi farebbe molto piacere sapere che la mia ragazza racconta a tutti questa storia. Anche perché, beh, viene naturale fare un po' di psicologia da quattro soldi: quando una ragazza racconta tutta infervorata che per essere soddisfatta una femmina ha bisogno di quindici maschi che poi, come ringraziamento, castrerà e ucciderà, per forza di cose sorgono dei dubbi. Colombe in questo modo è convinta di passare per una ragazza-moderna-disinibita-che-affronta-il-sesso-con-naturalezza. Colombe sorvola solo sul fatto che mi racconta questa storia con l'unico scopo di scioccarmi, e che tra l'altro questa storia non ha un contenuto anodino. Prima di tutto, per una come me che considera l'uomo un animale, la sessualità non è affatto un tema scabroso ma soltanto una questione scientifica. E mi interessa moltissimo. In secondo luogo, ricordo a tutti che Colombe si lava le mani tre volte al giorno e urla al minimo sospetto di pelo invisibile nella doccia (i peli visibili sono più improbabili). Non so perché, ma mi pare che vada di pari passo con la sessualità delle regine.

La cosa più incredibile, però, è che l'uomo interpreta la natura e crede di potervi sfuggire. Se Colombe racconta questa storia in questo modo, è perché pensa che la faccenda non la riguardi. Se si fa beffe dei patetici giochi amorosi del fuco, è solo perché è convinta di non condividerne il destino. Ma io non ci vedo niente di scioccante o di triviale nel volo nuziale delle regine e nella sorte dei fuchi, perché mi sento profondamente simile a quegli insetti, anche se ho abitudini differenti. Vivere, nutrirsi, riprodursi, portare a termine il compito per il quale siamo nati e morire: non ha alcun senso, è vero, ma è così che stanno le cose. L'arroganza degli uomini che pensano di poter forzare la natura, sfuggire al loro destino di piccoli organismi biologici... e la loro cecità riguardo alla crudeltà o alla violenza del loro modo di vivere, amare, riprodursi e fare la guerra con i propri simili...

Io credo che ci sia una sola cosa da fare: scoprire il compito per il quale siamo nati e portarlo a termine il meglio possibile, con tutte le nostre forze, senza complicarsi l'esistenza e senza pensare che ci sia qualcosa di divino nella nostra natura animale. Solo così avremo l'impressione che stiamo facendo qualcosa di costruttivo, nel momento in cui la morte ci coglierà. La libertà, la decisione, la volontà e compagnia bella: sono solo chimere. Pensiamo di poter produrre il miele senza condividere il destino delle api: ma anche noi siamo soltanto povere api, destinate a portare a termine il proprio compito per poi morire.

PALOMA

1. Acuti

Quella mattina stessa alle sette suonano alla guardiola. Impiego qualche secondo a emergere dal vuoto. Due ore di sonno non predispongono a una grande benevolenza verso il genere umano e le numerose scampanellate che seguono, mentre mi infilo vestito e pantofole e mi passo una mano tra i capelli stranamente vaporosi, non sollecitano il mio altruismo.

Apro la porta e mi trovo faccia a faccia con Colombe Josse.

«Embè» mi dice, «è rimasta imbottigliata nel traffico?».

Stento a credere alle mie orecchie.

«Sono le sette» dico.

Mi guarda.

«Sì, lo so» risponde.

«La guardiola apre alle otto» spiego, facendo un enorme sforzo per controllarmi.

«Come mai alle otto?» chiede con aria scioccata. «C'è un orario?».

No, la guardiola dei portinai è un santuario protetto che ignora il progresso sociale e le leggi salariali.

«Sì» rispondo, incapace di pronunciare ulteriori parole.

«Ah» dice con voce pigra. «Vabbè, visto che sono qui...».

«...Ripassi più tardi» dico, chiudendole la porta in faccia e dirigendomi verso il bollitore.

Dietro il vetro la sento esclamare: «Questa poi, è il colmo!», quindi alza i tacchi furiosa e preme con rabbia il pulsante dell'ascensore.

Colombe Josse è la figlia maggiore dei Josse. Colombe Josse è anche una specie di lungo porro biondo che si veste come una zingara squattrinata. Se c'è una cosa che proprio non sopporto è questa perversione dei ricchi a vestirsi come poveri, con stracci che penzolano, berretti di lana grigia, scarpe da barbone e camicie a fiori sotto maglioni sciupati. Non solo è brutto, ma è pure offensivo; non c'è niente di più spregevole del disprezzo dei ricchi per il desiderio dei poveri.

Disgraziatamente, Colombe Josse riesce anche bene negli studi. Quest'autunno è entrata alla Normale, indirizzo filosofia.

Mi preparo il tè e le fette biscottate con la marmellata di mirabelle, cercando di dominare il tremito nervoso della mano, mentre un subdolo mal di testa mi si insinua proprio da sotto la testa. Agitata, mi faccio una doccia, mi vesto, rifornisco Lev di ignobile cibo (pâté di testa e avanzi di cotenna umidiccia), vado in cortile, metto fuori la spazzatura, faccio uscire Neptune dal locale rifiuti e alle otto, stanca di tutte queste uscite, e nient'affatto calmata, raggiungo di nuovo la cucina.

Nella famiglia Josse c'è anche la figlia più piccola, Paloma, che è così discreta e diafana che mi pare proprio di non vederla mai, benché vada tutti i giorni a scuola. Ebbene, alle otto in punto Colombe mi manda proprio lei come emissario.

Che manovra vigliacca!

La povera bambina (quanti anni avrà? undici? dodici?) se ne sta sul mio zerbino, dritta come un fuso. Faccio un bel respiro – non far ricadere sull'innocente l'ira scatenata dal malvagio – e cerco di sorridere con naturalezza.

«Buongiorno, Paloma» dico.

Nell'attesa sta stritolando il bordo del suo gilet rosa.

«Buongiorno» dice con voce esile.

La guardo con attenzione. Come ho fatto a non accorgermene? Certi bambini hanno il raro dono di raggelare gli adulti. Nel loro comportamento non c'è nulla che corrisponda agli standard della loro età. Sono troppo austeri, troppo seri, troppo imperturbabili, e allo stesso tempo terribilmente acuti. Acuti. Guardando Paloma con più accortezza, colgo un acume tagliente, una sagacia gelida che, mi dico, avevo scambiato per riservatezza solo perché non avrei mai immaginato che la triviale Colombe potesse avere come sorella un giudice dell'Umanità.

«Mi manda mia sorella Colombe per avvertirla che devono consegnare una busta a cui tiene parecchio» dice Paloma.

«Molto bene» dico, stando attenta a non addolcire il tono di voce come fanno gli adulti quando parlano ai bambini, cosa che, in fondo, è un segno di disprezzo pari ai vestiti da poveri dei ricchi.

«Chiede se può portargliela a casa» continua Paloma.

«Sì» dico.

«D'accordo» dice Paloma.

E resta lì.

Molto interessante.

Resta lì a fissarmi tranquilla, senza muoversi, le braccia lungo il corpo, la bocca leggermente socchiusa. Ha delle trecce striminzite, occhiali con la montatura rosa e occhioni chiari.

«Posso offrirti una cioccolata?» chiedo, a corto di idee.

Scuote la testa, sempre imperturbabile.

«Entra» dico, «stavo giusto bevendo un tè».

E lascio aperta la porta della guardiola per evitare accuse di sequestro.

«Preferisco anch'io un tè, se non le dispiace» chiede.

«No, ma certo» rispondo un po' sorpresa, annotando mentalmente che cominciano ad accumularsi diversi dati: giudice dell'Umanità, graziosi costrutti, chiede del tè.

Si siede su una sedia e dondola i piedi nel vuoto guardandomi mentre le servo un tè al gelsomino. Glielo poso davanti e mi metto a tavola di fronte alla mia tazza.

«Tutti i giorni faccio in modo che mia sorella mi prenda per una deficiente» dichiara dopo un lungo sorso da intenditrice. «Proprio mia sorella, che passa serate intere con i suoi amici a fumare e bere e a parlare come i giovani delle banlieue perché crede che nessuno possa mettere in dubbio la sua intelligenza».

Il che si accorda molto bene con l'abbigliamento da Senza Fissa Dimora.

«Sono qui come emissario perché è una vigliacca e pure fifona» prosegue Paloma, continuando a guardarmi fissa con i suoi occhioni limpidi.

«Beh, è stata un'occasione per fare conoscenza» dico educatamente.

«Posso tornare?» chiede, e nella sua voce c'è un che di supplichevole.

«Certo» rispondo, «sei la benvenuta. Ma temo che qui ti annoierai, non c'è granché da fare».

«Vorrei solo starmene in pace» replica.

«In camera tua non puoi stare in pace?».

«No» dice, «non sto in pace se tutti sanno dove sono. Prima mi nascondevo. Ma ora tutti i miei nascondigli sono tabù».

«Sai, anch'io vengo continuamente disturbata. Non so se qui potrai pensare in pace».

«Posso mettermi lì». Indica la poltrona davanti alla tivù accesa, con il volume in sordina. «La gente viene a cercare lei, non mi disturberanno».

«Va bene» dico, «ma prima dobbiamo sentire se tua madre è d'accordo».

Dalla porta aperta fa capolino Manuela, che entra in servizio alle otto e mezzo. Sta per dirmi qualcosa, quando si accorge di Paloma e della sua tazza di tè fumante.

«Venga» le dico, «stavamo facendo uno spuntino e due chiacchiere».

Manuela inarca un sopracciglio, il che significa, perlomeno

in portoghese: "Che ci fa lei qui?". Alzo impercettibilmente le spalle. Lei storce le labbra, perplessa.

«Allora?» mi chiede comunque, incapace di aspettare.

«Torna più tardi?» rilancio con un gran sorriso.

«Ah» risponde vedendo il mio sorriso, «sì, benissimo, benissimo, torno dopo, come al solito».

Poi, guardando Paloma:

«Allora torno più tardi».

E infine, educatamente:

«Arrivederci, signorina».

«Arrivederci» dice Paloma accozzando il suo primo sorriso, un misero sorrisetto fuori allenamento che mi spezza il cuore.

«Ora devi tornare a casa» dico. «I tuoi saranno in pensiero».

Si alza e si dirige verso la porta trascinando i piedi.

«È così chiaro» commenta, «che lei è molto intelligente».

E siccome, sconcertata, non dico niente:

«Lei ha trovato un buon nascondiglio».

2. Questo invisibile

La busta che un fattorino consegna in guardiola per Sua Maestà Colombe della Gentaglia è aperta.

Proprio aperta, e senza essere mai stata sigillata. Il lato della chiusura è ancora munito della striscia bianca protettiva e la busta, spalancata come una vecchia scarpa, mostra una risma di fogli tenuti assieme da una spirale.

Perché non si sono presi la briga di chiuderla? mi chiedo, escludendo l'ipotesi della fiducia nella rettitudine di fattorini e portinai, e privilegiando piuttosto la certezza che il contenuto della busta non sarebbe stato di loro interesse.

Giuro su tutti gli dèi che è la prima volta e supplico che si tenga conto delle circostanze (notte in bianco, pioggia d'estate, Paloma ecc.).

Con delicatezza tiro fuori il malloppo dalla busta.

Colombe Josse, *Argomentazione de potentia dei absoluta*, tesi di master, relatore Professor Marian, Università Parigi I-Sorbona.

Sulla prima di copertina c'è un biglietto fermato con una graffetta:

Cara Colombe Josse,
ecco le mie annotazioni. Grazie per il fattorino.
Ci vediamo domani al Saulchoir.
Cordialmente,
J. Marian

Si tratta di filosofia medievale, come apprendo dall'introduzione. Per l'esattezza, una tesi su Guglielmo di Occam, monaco francescano e studioso di logica del XIV secolo. Il Saulchoir, invece, è una biblioteca di "scienze religiose e filosofiche" gestita dai domenicani, che si trova nel XIII arrondissement. Possiede un importante fondo di letteratura medievale e, ci scommetterei, le opere complete di Guglielmo di Occam in latino e in quindici volumi. Come faccio a saperlo? Ebbene, ci sono andata qualche anno fa. Perché? Senza motivo. Su una cartina di Parigi avevo scoperto questa biblioteca che sembrava aperta a tutti e ci ero andata come collezionista. Ne avevo percorso i corridoi, non molto frequentati e popolati esclusivamente da anziani signori molto dotti o da studenti dall'aria presuntuosa. Mi affascina sempre molto l'abnegazione con cui noi esseri umani siamo capaci di consacrare una grande energia alla ricerca del nulla e alla formulazione di pensieri inutili e assurdi. Avevo discusso con un giovane dottorando in patristica greca e mi ero chiesta come fosse possibile che cotanta gioventù si rovinasse al servizio del nulla. Se riflettiamo bene sul fatto che le principali preoccupazioni del primate sono sesso, territorio e gerarchia, la riflessione sul significato della preghiera in Sant'Agostino di Ippona appare relativamente futile. Certo, magari si argomenterà che l'uomo aspira a un significato che va al di là delle pulsioni. Ma io replico che è verissimo (altrimenti cosa farsene della letteratura?) e falsissimo allo stesso tempo: il significato è pur sempre una pulsione, è addirittura la pulsione portata al sommo grado di compimento, in quanto per conseguire i suoi scopi utilizza il mezzo più sofisticato, la comprensione. Infatti questa ricerca di significato e di bellezza non è il segno di un'alterità dell'uomo il quale, sfuggendo alla condizione animale, troverebbe nei lumi della mente la giustificazione del suo essere: è un'arma affilata al servizio di uno scopo materiale e triviale. E quando l'arma prende sé stessa come oggetto, ciò è una semplice conseguenza di quel particolare cablaggio neuronale che ci distingue dagli altri animali e, permettendoci di sopravvivere grazie a questo mezzo sofisticato che è l'intelligenza, ci permette anche la complessità senza fondamento, il pensiero senza utilità e la bellezza senza funzione. È come un bug, un'innocua conseguenza dell'acutezza della nostra corteccia cerebrale, una devianza superflua che utilizza mezzi disponibili senza alcun esito.

Ma anche quando la ricerca non divaga così tanto, proprio allora rimane una necessità che in definitiva non deroga alla condizione animale. La letteratura, per esempio, ha una funzione pragmatica. Come ogni forma artistica, ha lo scopo di render sopportabile l'adempimento dei nostri doveri vitali. Per un essere come l'uomo, che forgia il suo destino a forza di riflessione e riflessività, la conoscenza che ne consegue è insopportabile proprio come ogni cruda lucidità. Sappiamo di essere bestie dotate di un'arma di sopravvivenza e non dèi che modellano il mondo con il loro pensiero, e quindi occorre qualcosa che renda questa sagacia tollerabile, qualcosa che ci salvi dalla triste ed eterna febbre del destino biologico.

Allora ci inventiamo l'Arte, un altro procedimento da animali quali siamo, affinché la nostra specie sopravviva.

La lezione che Colombe Josse avrebbe dovuto trarre dalle sue letture medievali è che la verità ama soprattutto la semplicità della verità. Eppure l'unico beneficio che lei sembra trarre da tutta la faccenda è fare ghirigori concettuali al servizio del nulla. È uno di quei circoli viziosi inutili, uno spreco spudorato di risorse, che include anche me e il fattorino.

Scorro le pagine appena annotate di quella che credo sia una versione definitiva, e resto interdetta. Bisogna riconoscere che la signorina ha una penna niente male, sebbene ancora un po' acerba. Tuttavia mi lascia di sale che le classi medie si ammazzino di lavoro per finanziare con il loro sudore e le loro tasse una ricerca così vana e presuntuosa. Segretarie, artigiani, impiegati, funzionari di basso livello, tassisti e portinai si sciroppano una vita quotidiana fatta di grigie sveglie al mattino presto per far sì che il fior fiore della gioventù francese, debitamente alloggiata e remunerata, sprechi tutto il frutto di quelle vite monotone sull'altare di lavori ridicoli.

Tuttavia a priori la cosa è molto appassionante: *Esistono gli universali oppure esistono solo le cose singolari?* mi sembra che sia la domanda a cui Guglielmo ha dedicato gran parte della sua vita. Ritengo che sia un interrogativo affascinante: ogni cosa è un'entità individuale – e in tal caso ciò che di una cosa è simile a un'altra è solo un'illusione o un effetto del linguaggio, che procede per parole e concetti, per proprietà generali che designano e comprendono più cose individuali – oppure *esistono realmente* forme universali di cui le cose singolari partecipano e che non sono semplici fatti del linguaggio? Quando noi diciamo "un tavolo", mentre pronunciamo il nome tavolo, mentre ci formiamo il concetto del tavolo, indichiamo solo questo tavolo oppure rimandiamo *realmente* a un'entità tavolo universale che fonda la realtà di tutti i tavoli particolari esistenti? L'*idea* del tavolo è reale o appartiene soltanto alla mente? In tal caso, perché certi oggetti sono simili? È il linguaggio a raggrupparli artificialmente e per comodità dell'intelletto umano in categorie universali, oppure esiste una forma universale di cui ogni forma specifica partecipa?

Per Guglielmo, le cose sono singolari e la realtà degli universali è erronea. Esistono unicamente realtà individuali, l'universalità è propria solo della mente, e supporre l'esistenza di realtà generiche significa solo complicare ciò che è semplice. Ma ne siamo poi così sicuri? Quale congruenza tra un Raffaello e un Vermeer?, chiedevo ieri sera. L'occhio vi riconosce una forma comune di cui partecipano entrambi, quella della Bellezza. Personalmente credo che in quella forma debba esserci qualcosa di reale e che essa non sia un semplice espediente dell'anima umana che classifica per capire, che discrimina per cogliere, giacché non si può classificare niente che non sia classificabile, né raggruppare niente che non sia raggruppabile, né unire niente che non sia unibile. Un tavolo non sarà mai una *Vista di Delft*: la mente umana non può creare questa dissomiglianza, così come non ha il potere di generare la solidarietà profonda che lega una natura morta olandese e una Vergine col bambino italiana. Esattamente come ogni tavolo partecipa di un'essenza che le imprime una forma, così ogni opera d'arte partecipa di una forma universale, la sola che può darle questa impronta. Certo, noi non percepiamo direttamente questa eternità: è uno dei motivi per cui tanti filosofi sono stati restii a considerare reali le essenze, in quanto io vedo sempre e solo il tavolo presente e non la forma universale tavolo, solo questo quadro e non l'essenza stessa del Bello. Eppure... eppure, essa è qui, davanti ai nostri occhi: ogni quadro di un maestro olandese ne è un'incarnazione, un'apparizione folgorante che noi possiamo contemplare unicamente attraverso l'individuale e che tuttavia ci dà accesso all'eternità, all'atemporalità di una forma sublime.

L'eternità, questo invisibile che noi vediamo.

3. La giusta crociata

Ora, credete forse che tutto questo importi alla nostra candidata alla gloria intellettuale?
Giammai.

Colombe Josse, che non ha nessun interesse coerente né per la Bellezza né per il destino di un tavolo, si accanisce a indagare il pensiero teologico di Guglielmo di Occam sulla base di minuzie semantiche prive di ogni valore. La cosa più rilevante è l'intenzione che anima l'impresa: si tratta di ridurre le tesi filosofiche di Occam a una *conseguenza* della sua teoria sull'azione di Dio, relegando così gli anni di ricerca filosofica del monaco al livello di filiazioni secondarie del suo pensiero teologico. È un fatto celestiale, inebriante come un pessimo vino e soprattutto ottimo rivelatore del funzionamento dell'università: se vuoi fare carriera, prendi un testo secondario ed esotico (la *Summa logicae* di Guglielmo di Occam), ancora poco studiato, offendi il suo senso letterale ricercandovi un'intenzione che nemmeno l'autore stesso aveva intravisto (giacché tutti sanno che l'insaputo riguardo al concetto è molto più potente di qualsiasi progetto cosciente), deformalo a tal punto da farlo sembrare una tesi originale (è l'assoluta potenza di Dio che fonda un'analisi logica le cui finalità filosofiche sono ignote), così facendo brucia poi tutte le tue icone (l'ateismo, la fede nella Ragione contro la ragione della fede, l'amore della saggezza e altre bazzecole care ai socialisti), consacra un anno della tua vita a questo gioco indegno a spese di una collettività che per te si sveglia la mattina alle sette, e manda un fattorino dal professore che segue la tua ricerca.

A cosa serve l'intelligenza se non a servire? E non mi riferisco al falso servizio che gli alti funzionari di Stato esibiscono fieri come segno della loro virtù: un'umiltà di facciata che è solo vanità e disprezzo. Agghindato ogni mattina con l'ostentata modestia del gran servitore, Étienne de Broglie mi ha convinta da molto tempo dell'orgoglio della sua casta. Al contrario, i privilegi conferiscono doveri *reali*. Appartenere al ristretto cenacolo dell'élite significa servire in proporzione alla gloria e alle facilitazioni che si ottengono nella vita materiale grazie a questa appartenenza. Sono una giovane normalista che ha tutto il futuro davanti a sé come Colombe Josse? Allora devo preoccuparmi del progresso dell'Umanità, della soluzione di problemi cruciali per la sopravvivenza, il benessere o l'elevazione del genere umano, del futuro della Bellezza nel mondo o della giusta crociata per l'autenticità della filosofia. Non è un sacerdozio, c'è la possibilità di scegliere, i campi sono immensi. Non si entra a filosofia come in seminario, con un credo a mo' di spada e una sola via per destino. Si lavora su Platone, Epicuro, Cartesio, Spinoza, Kant, Hegel o perfino Husserl? Sull'estetica, la politica, la morale, l'epistemologia, la metafisica? Ci consacriamo all'insegnamento, alla composizione di un'opera, alla ricerca, alla Cultura? È indifferente. In questo ambito, importa solo l'intenzione: elevare il pensiero, contribuire all'interesse comune, oppure ingrossare le fila di una scolastica che ha come unico oggetto la perpetrazione di sé stessa, e come unica funzione l'autoriproduzione di sterili élite – e così l'università diventa setta.

Pensiero profondo n° 14

Da Angelina
se vuoi capire perché
bruciano auto

Oggi è successa una cosa fantastica! Sono andata da madame Michel a chiederle se poteva portare su una busta per Colombe appena il corriere la consegnava in guardiola. Si tratta della sua tesi su Guglielmo di Occam, è una prima stesura che il suo relatore ha dovuto rileggere e restituire con delle annotazioni. La cosa più buffa è che Colombe si è fatta cacciare via da madame Michel perché ha suonato in guardiola alle sette per chiederle di portare su la busta. Madame Michel deve averla sgridata (la guardiola apre alle otto), visto che Colombe è tornata a casa su tutte le furie, urlando che la portinaia è una sporca vecchia, e poi insomma, chi si crede di essere quella?! D'un tratto la mamma è parsa ricordarsi che, sì, in effetti, in un paese sviluppato e civile non si disturba la portinaia a tutte le ore del giorno e della notte (avrebbe fatto meglio a ricordarselo prima che Colombe scendesse), ma la cosa non ha affatto calmato mia sorella, che ha continuato a sbraitare che comunque, anche se uno si fosse sbagliato, quella nullità non aveva il diritto di sbatterle la porta in faccia, insomma! La mamma ha lasciato correre. Se Colombe fosse stata mia figlia (Darwin me ne scampi), le avrei mollato due sberle.

Dieci minuti dopo, Colombe è venuta in camera mia con un sorriso mellifluo. Questa è proprio una cosa che non sopporto. Preferisco quasi che mi urli dietro. «Paloma, piccola, mi faresti un grosso favore?» ha cinguettato. «No» le ho risposto. Colombe ha inspirato profondamente rimpiangendo che io non fossi la sua schiava personale – avrebbe potuto farmi frustare – si sarebbe sentita molto meglio – che rabbia 'sta mocciosa. «Facciamo un patto» ho aggiunto. «Non sai nemmeno cosa voglio» ha ribattuto con un'aria sprezzante. «Vuoi che vada da madame Michel» ho risposto. È rimasta a bocca aperta. A forza di pensare che sono un'idiota, adesso ci crede davvero. «Ok, se però tu non metti su la musica a tutto volume in camera tua per un mese». «Una settimana» ha risposto Colombe. «Allora non ci vado» ho replicato. «Ok» ha concluso Colombe, «vai da quella lurida vecchia e dille di portarmi su il pacco di Marian appena lo consegnano in guardiola». Ed è uscita sbattendo la porta.

Quindi sono andata da madame Michel che mi ha invitata a prendere un tè.

Per ora la sto mettendo alla prova. Non ho parlato molto. Mi ha guardata in modo strano, come se mi avesse visto per la prima volta. Non ha fatto parola di Colombe. Se fosse una vera portinaia, avrebbe detto qualcosa tipo: «Sì, va bene, ma tua sorella non può mica credere di poter fare quello che le pare». E invece mi ha offerto una tazza di tè e mi ha parlato in modo molto gentile, come a una persona vera.

Nella guardiola c'era la televisione accesa. Lei non la guardava. C'era un servizio sui giovani di periferia che danno fuoco alle macchine. Vedendo le immagini, mi sono chiesta: cos'è che spinge un ragazzo a bruciare una macchina? Cosa gli passerà mai per la testa? Poi mi è venuto da pensare: e io? Perché voglio bruciare casa mia? I giornalisti parlano di disoccupazione e miseria, io parlo di egoismo e falsità della mia famiglia. Ma sono tutte sciocchezze. La disoccupazione, la miseria e le famiglie di merda ci sono sempre state. Eppure non è che di continuo vengono bruciate le macchine o le case, insomma! Ho pensato che, in fondo, non sono queste le vere ragioni. E allora perché bruciano le macchine? Perché io voglio dare fuoco al mio appartamento?

Sono riuscita a trovare una risposta alla mia domanda solo quando sono andata a fare shopping con mia zia Hélène, la sorella di mia madre, e mia cugina Sophie. Di fatto, si trattava di andare a prendere un regalo per il compleanno della mamma che festeggeremo domenica prossima. Come scusa abbiamo detto che andavamo a visitare il museo Dapper, e invece siamo andate nei negozi chic di oggettistica del II e VIII arrondissement. L'idea era di trovare un portaombrelli e di comprare anche il mio regalo.

Quella del portaombrelli è stata una storia infinita. Ci sono volute ben tre ore, e dire che secondo me tutti quelli che abbiamo visto erano perfettamente identici, cilindri semplicissimi e aggeggi di ferro battuto stile antiquariato. Il tutto a prezzi esorbitanti. Ma a voi non dà fastidio l'idea che un portaombrelli possa costare duecentonovantanove euro? È la cifra pagata da Hélène per una cosa presuntuosa in "cuoio invecchiato" (sì, figurati: strofinato con la brusca) con cuciture a sellaio, nemmeno abitassimo in una stazione di monta equina. Io ho comprato alla mamma un portapillole laccato nero in un negozio asiatico. Trenta euro. Mi pareva già molto caro, ma Hélène mi ha chiesto se volevo aggiungere qualcosa, visto che era un regalino un po' misero. Il marito di Hélène è gastroenterologo, e vi posso garantire che nel mondo dei medici il gastroenterologo non è il più povero... Ciò nonostante, Hélène e Claude mi piacciono molto perché loro sono... beh, non so come dire... integri. Sono soddisfatti della loro vita, almeno credo, insomma non recitano una parte diversa dalla loro. E hanno Sophie. Mia cugina Sophie è una bimba down. Non sono il tipo che va in estasi davanti ai down come si conviene fare nella mia famiglia (anche Colombe ci si mette). Il discorso tipico è: sono handicappati, ma sono così teneri, così affettuosi, così commoventi! Personalmente trovo la presenza di Sophie piuttosto fastidiosa: sbava, urla, fa il muso, i capricci e non capisce niente. Ma non per questo disapprovo Hélène e Claude. Anche loro dicono che è una bimba difficile, e che è proprio dura avere una figlia down, ma la amano e mi pare che si occupino molto bene di lei. Questo fatto, sommato al loro stile integro, beh, fa sì che mi piacciano molto. Quando vedo la mamma che fa la donna moderna soddisfatta di sé, o Jacinthe Rosen che fa la borghese-fin-dalla-culla, la cosa rende Hélène, che non recita nessuna parte e che è contenta di quello che ha, davvero simpatica.

Vabbè, in definitiva, dopo la commedia del portaombrelli siamo andate a mangiare dei pasticcini e bere una cioccolata da Angelina, la sala da tè di rue de Rivoli. Non c'è niente di più distante dal tema giovani di periferia che bruciano le macchine, mi direte voi. Beh, niente affatto! Da Angelina ho visto una cosa che mi ha permesso di capirne diverse altre. Al tavolo accanto a noi c'era una coppia con un bambino. Una coppia di bianchi con un bambino asiatico, un maschietto, che si chiamava Théo. Hélène ha fatto amicizia con loro, e hanno chiacchierato un po'. Hanno fatto amicizia in quanto genitori di un bimbo diverso, naturalmente, è così che si sono riconosciuti e che hanno cominciato a parlare. Abbiamo saputo che Théo era un bambino adottato, che aveva quindici mesi quando lo hanno portato qui dalla Thailandia, che i suoi genitori erano morti durante lo tsunami assieme a tutti i suoi fratelli e le sue sorelle. Io mi guardavo attorno e pensavo: come farà? Eravamo da Angelina, mica poco: tutte queste persone vestite bene, che addentavano dolcetti di lusso con affettazione, e che erano qui soltanto per... beh, soltanto per il significato del luogo, l'appartenenza a un certo mondo, con le sue credenze, i suoi codici, i suoi progetti, la sua storia ecc. È un luogo simbolico, in sostanza. Quando prendi il tè da Angelina, sei in Francia, in un mondo ricco, gerarchizzato, razionale, cartesiano, civilizzato. Come farà il piccolo Théo? Ha trascorso i primi mesi della sua vita in un villaggio di pescatori in Thailandia, in un mondo orientale, dominato da valori ed emozioni proprie, in cui l'appartenenza simbolica entra forse in gioco alla festa del villaggio quando si venera il dio della Pioggia, un mondo in cui i bambini sono impregnati di credenze magiche ecc. Ed eccolo in Francia, a Parigi, da Angelina, immerso senza soluzione di continuità in una cultura diversa e in una posizione diametralmente opposta: dall'Asia all'Europa, dal mondo dei poveri a quello dei ricchi.

Allora, d'un tratto ho pensato: forse un giorno anche a Théo verrà voglia di bruciare una macchina. Perché quello è un gesto di rabbia e frustrazione, e forse la più grande rabbia e la più grande frustrazione non sono la miseria, la disoccupazione o la mancanza di avvenire: la rabbia e la frustrazione derivano invece dalla sensazione di non appartenere a nessuna cultura perché sei lacerato tra culture diverse, tra simboli incompatibili. Come puoi esistere se non sai dove sei, se devi accogliere nello stesso tempo la cultura dei pescatori thailandesi e quella dell'alta borghesia parigina, quella dei figli di immigrati e quella dei membri di una vecchia nazione conservatrice? Allora bruci le macchine, perché non appartieni a nessuna cultura, non sei più un animale civilizzato: sei un animale allo stato brado. E un animale allo stato brado brucia, uccide, saccheggia.

Lo so che non è molto profondo, però dopo mi è venuto un pensiero profondo, quando mi sono chiesta: e io? Che problema culturale ho io? Come posso essere lacerata tra credenze incompatibili? Come posso essere un animale allo stato brado?

A quel punto ho avuto un'illuminazione: mi sono ricordata le cure esorcizzanti della mamma alle sue piante, le manie fobiche di Colombe, l'angoscia di papà perché la nonna è in una casa di riposo e un sacco di altri fatti così. La mamma crede che si possa scongiurare il fato con una spruzzatina, Colombe che si possa allontanare l'angoscia lavandosi le mani e papà pensa di essere un pessimo figlio che verrà punito perché ha abbandonato sua madre: in fondo hanno tutti credenze magiche, credenze primitive, ma al contrario dei pescatori thailandesi non riescono ad accettarle perché loro sono dei francesi-istruiti-ricchi-cartesiani.

E io forse sono la più grande vittima di questa contraddizione, perché per un'oscura ragione sono ipersensibile a tutto ciò che stona, come se avessi una specie di orecchio assoluto per le stecche, per le contraddizioni. Questa contraddizione e tutte le altre... E quindi non mi riconosco in nessuna credenza, in nessuna di queste culture familiari incoerenti.

Forse sono il sintomo della contraddizione familiare, e pertanto sono io quella che deve sparire perché la mia famiglia si senta bene.

4. La prima regola

Quando alle due Manuela da casa dei de Broglie scende in guardiola, io ho avuto tutto il tempo di rimettere la tesi nella busta e di consegnarla ai Josse.

In questa circostanza ho avuto un'interessante conversazione con Solange Josse.

Vi rammento che per i condomini io sono una portinaia ottusa che se ne sta ai margini sfocati della loro visione eterea. Al riguardo Solange Josse non fa eccezione ma, essendo moglie di un parlamentare socialista, fa comunque degli sforzi.

«Buongiorno» mi dice aprendo la porta e prendendo la busta che le porgo.

Degli sforzi, quindi.

«Sa» prosegue, «Paloma è una ragazzina molto eccentrica».

Mi guarda per verificare se conosco questa parola. Assumo un'aria neutra, una delle mie preferite, che lascia spazio a qualsiasi interpretazione.

Solange Josse è socialista ma non crede nell'uomo.

«Intendo dire che è un po' strana» scandisce come se stesse parlando a una dura d'orecchi.

«È molto carina» dico, assumendomi la responsabilità di instillare nella conversazione un po' di filantropia.

«Sì, sì» dice Solange Josse con il tono di chi avrebbe voglia di arrivare al punto ma deve prima sormontare gli ostacoli che l'ignoranza dell'altra le frappone. «È una ragazzina carina ma a volte si comporta in modo strano. Per esempio le piace nascondersi, sparisce per ore».

«Sì» dico, «me l'ha detto».

È un lieve rischio rispetto alla strategia del non dire niente, non fare niente e non capire niente. Ma credo di poter recitare la parte senza tradire la mia natura.

«Ah, gliel'ha detto?».

Di colpo Solange Josse ha un tono incerto. Che cosa avrà capito la portinaia di quello che Paloma le ha detto? è la domanda che, mobilitando le sue facoltà cognitive, la distrae e le dà un'aria assente.

«Sì, me lo ha detto» rispondo con un certo talento nel laconismo, concedetemelo.

Dietro Solange Josse intravedo Constitution che passa a velocità ridotta, il musetto disincantato.

«Ah, attenzione al gatto!» dice.

Ed esce sul pianerottolo chiudendosi la porta alle spalle. Non lasciar uscire il gatto e non lasciar entrare la portinaia è la prima regola delle signore socialiste.

«Insomma» riprende, «Paloma mi ha detto che ogni tanto vorrebbe venire giù in guardiola. È una bambina molto sognatrice, le piace mettersi in un posto e non fare niente. A dirla tutta, preferirei di gran lunga che lo facesse a casa».

«Ah» dico.

«Ma ogni tanto, se non la disturba... Così almeno saprò dov'è. Diventiamo tutti matti a cercarla ovunque. Colombe, che ha da fare fin sopra i capelli, non è molto contenta di dover passare ore e ore a smuovere mari e monti per ritrovare sua sorella».

Apre leggermente la porta, verifica che Constitution si sia tolta dai piedi.

«Non le dà fastidio?» chiede, già preoccupata da qualcos'altro.

«No» rispondo, «non mi disturba».

«Ah, molto bene, molto bene» dice Solange Josse, la cui

attenzione è interamente assorbita da un affare urgente e molto più importante. «Grazie, grazie, è molto gentile da parte sua».

E richiude la porta.

5. Agli antipodi

A questo punto assolvo al mio dovere di portinaia, e per la prima volta nella giornata ho il tempo di meditare. La serata di ieri mi riaffiora con uno strano retrogusto. Sento una gradevole fragranza di noccioline, ma anche un inizio di sorda angoscia. Cerco di distrarmi, dedicandomi all'annaffiatura delle piante su tutti i pianerottoli del palazzo, proprio il tipo di mansione che considero agli antipodi dell'intelligenza umana.

Alle due meno un minuto arriva Manuela, l'aria incantata come Neptune quando scruta da lontano un avanzo di zucchina.

«Allora?» ripete senza aspettare e porgendomi un cestino di vimini con delle madeleine.

«Avrei bisogno di un altro favore da parte sua» dico.

«Ah, davvero?» modula, trascinando moltissimo e suo malgrado il "davve-eero".

Non ho mai visto Manuela in un simile stato di eccitazione.

«Domenica prendiamo il tè e io devo portare i pasticcini» dico.

«Oooooh» dice lei radiosa, «i pasticcini!».

E subito pragmatica:

«Devo prepararle qualcosa che si conservi».

Manuela lavora fino al sabato a mezzogiorno.

«Venerdì sera le preparerò un *gloutof*» dichiara dopo un breve momento di riflessione.

Il *gloutof* è un dolce alsaziano non troppo delicato.

Ma il *gloutof* di Manuela è anche un nettare. Tutto quello che l'Alsazia comporta di pesante e secco, nelle sue mani si trasforma in un capolavoro profumato.

«Avrà tempo?» chiedo.

«Certo» dice al settimo cielo, «per lei trovo sempre il tempo per un *gloutof*!».

Allora le racconto tutto: l'arrivo, la natura morta, il sakè, Mozart, i gyoza, lo zalu, Kitty, le sorelle Munekata e tutto il resto.

Fatevi una sola amica, ma sceglietela con cura.

«Lei è incredibile» dice Manuela alla fine del mio racconto. «Tutti questi imbecilli, ed ecco che, non appena arriva un signore per bene, invita proprio lei a casa sua».

Inghiotte una madeleine.

«Ahh!» esclama all'improvviso, aspirando moltissimo la *h*. «Le preparerò anche qualche tortino al whisky!».

«No» dico, «non si dia tanto disturbo, Manuela, il... *gloutof* basterà».

«Darmi disturbo?» risponde. «Renée, ma è lei che dopo tutti questi anni mi dà gioia!».

Riflette un momento, ripesca un ricordo.

«Che cosa ci faceva qui Paloma?» chiede.

«Beh» le spiego, «si riposava un po' dalla sua famiglia».

«Ah» dice Manuela, «poveretta! Con la sorella che si ritrova...».

Manuela prova per Colombe sentimenti inequivocabili, le brucerebbe volentieri quegli stracci da barbona e poi la spedirebbe ai lavori forzati per una piccola rivoluzione culturale.

«Quando passa Colombe, il giovane Pallières rimane a bocca aperta» aggiunge. «Ma lei non lo vede nemmeno. Lui dovrebbe mettersi un sacco della spazzatura in testa. Ah, se tutte le signorine del palazzo fossero come Olympe...».

«È vero, Olympe è molto carina» dico.

«Sì» conferma Manuela, «è una brava ragazza. Sa, martedì Neptune ha avuto le cacarelle, e beh, lei l'ha curato».

Una cacarella sola, in effetti, è proprio una miseria.

«Lo so» dico, «ce la siamo cavata con un tappeto nuovo per l'atrio. Lo consegnano domani. Poco male, l'altro era orribile».

«Sa» dice Manuela, «il vestito può tenerlo. La figlia della signora ha detto a Maria: "Tenga tutto", e Maria mi ha detto di dirle che può tenersi il vestito».

«Oh» dico, «è veramente molto gentile, ma non posso accettare».

«Ah, non ricominciamo» dice Manuela indispettita. «La tintoria comunque se la paga lei. Ma guarda qui che *agrumi*!».

Gli agrumi probabilmente sono la forma virtuosa dei sozzumi.

«Allora ringrazi Maria da parte mia» dico, «sono veramente commossa».

«Così va meglio» dice. «Sì, sì, presenterò».

Si sentono due brevi colpetti alla porta.

6. Labea sgorbius

È Kakuro Ozu.

«Buongiorno a lei» dice piombando nella guardiola. «Oh, buongiorno, madame Lopes» aggiunge non appena vede Manuela.

«Buongiorno, monsieur Ozu» risponde quasi urlando.

Manuela è un tipo facile all'entusiasmo.

«Stiamo prendendo il tè, vuole unirsi a noi?» dico.

«Ah, ma volentieri» risponde Kakuro afferrando una sedia. E, scorgendo Lev: «Oh, che micione! La volta scorsa non l'avevo visto. Sembra un lottatore di sumo!».

«Prenda pure una madeleine, sono ai *sozzumi*» dice Manuela prendendo lucciole per lanterne mentre spinge il cestino verso Kakuro.

I sozzumi verosimilmente sono la forma viziosa degli agrumi.

«Grazie» dice Kakuro afferrandone una.

«Squisita!» proferisce appena inghiottito il boccone.

Manuela si contorce sulla sedia, l'aria beata.

«Sono venuto a chiedere il suo parere» dice Kakuro dopo quattro madeleine. «Sono in piena disputa con un amico riguardo alla supremazia europea in fatto di cultura» prosegue lanciandomi un pimpante occhiolino.

Manuela, che farebbe meglio a essere più indulgente con il giovane Pallières, rimane a bocca spalancata.

«Lui propende per l'Inghilterra, io sono chiaramente per

la Francia. Quindi gli ho detto che conoscevo una persona che poteva dirimere la controversia. Vorrebbe fare da arbitro?».

«Ma io sono giudice e parte in causa» dico sedendomi, «non posso votare».

«No, no, no» dice Kakuro, «lei non voterà. Deve soltanto rispondere alla mia domanda: quali sono le due più grandi invenzioni della cultura francese e di quella britannica? Oggi sono fortunato: se vuole, madame Lopes, potrà darmi anche lei il suo parere».

«Gli inglesi...» comincia Manuela in gran forma, poi si interrompe. «Prima lei, Renée» dice, richiamata d'improvviso a maggiore prudenza ricordandosi forse che è portoghese.

Rifletto un momento.

«Per la Francia: la lingua del XVIII secolo e il formaggio a pasta molle».

«E per l'Inghilterra?» chiede Kakuro.

«Per l'Inghilterra è facile!» dico.

«Il pudinnghesc?» suggerisce Manuela pronunciando tale e quale.

Kakuro ride a crepapelle.

«Ce ne vuole un'altra» dice.

«E allora il reghbì» dice, sempre molto british.

«Ah, ah» ride Kakuro. «Sono d'accordo con lei! Su, Renée, lei cosa propone?».

«L'habeas corpus e il prato all'inglese» dico ridendo.

E in effetti, tutti ridiamo molto, compresa Manuela, che ha capito "Labea sgorbius", che non vuol dire nulla ma che ci ha fatto comunque divertire un sacco.

Proprio allora bussano alla porta.

È assurdo come questa guardiola, che ieri non interessava a nessuno, oggi sembri al centro dell'attenzione mondiale.

«Avanti» dico senza riflettere, nel vivo della conversazione.

Dalla porta fa capolino Solange Josse.

La guardiamo tutti e tre con aria interrogativa, quasi fossimo i partecipanti a un banchetto importunati da una serva maleducata.

Apre la bocca, ci ripensa.

All'altezza della serratura fa capolino Paloma.

Mi ricompongo, mi alzo.

«Posso lasciarle Paloma per un'oretta?» chiede madame Josse, che si è ripresa ma ha sempre più il curiosimetro in tilt.

«Buongiorno, caro signore» dice a Kakuro, che si è alzato e va a stringerle la mano.

«Buongiorno, cara signora» risponde lui cortesemente. «Buongiorno, Paloma, sono contento di vederti. Ebbene, cara amica, può lasciarcela, è in buone mani».

Come congedare con grazia e in una sola mossa.

«Ehm... bene... sì... grazie» dice Solange Josse, e fa lentamente marcia indietro, ancora un po' stordita.

Chiudo la porta alle sue spalle.

«Vuoi una tazza di tè?» le chiedo.

«Con molto piacere» mi risponde Paloma.

Una vera principessa nell'organico del partito.

Le verso una mezza tazza di tè al gelsomino mentre Manuela la rifocilla con le madeleine superstiti.

«Secondo te, gli inglesi che cos'hanno inventato?» le chiede Kakuro, ancora alle prese con il suo concorso culturale.

«Il cappello come emblema della psicorigidità» dice.

«Magnifico!» esclama Kakuro.

Mi rendo conto che ho largamente sottovalutato Paloma e che forse dovrò approfondire questa faccenda, ma siccome il destino bussa sempre tre volte, e poiché tutti i cospiratori un giorno sono destinati a essere smascherati, qualcuno tamburella di nuovo al vetro della guardiola e mi costringe a rimandare la mia riflessione.

Paul N'Guyen è la prima persona che non sembra stupirsi di niente.

«Buongiorno, madame Michel» mi dice, poi: «Buongiorno a tutti».

«Ah, Paul» dice Kakuro, «abbiamo definitivamente screditato l'Inghilterra».

Paul sorride gentilmente.

«Molto bene» dice. «Ha appena telefonato sua figlia. Richiama tra cinque minuti».

E gli porge un cellulare.

«Messaggio ricevuto» dice Kakuro. «Signore, allora devo congedarmi».

Fa un inchino davanti a noi.

«Arrivederci» proferiamo tutte all'unisono come un coro di verginelle.

«Bene» dice Manuela, «ecco, una cosa buona è stata fatta».

«Quale?» chiedo.

«Le madeleine sono finite tutte».

Ridiamo.

Mi guarda con aria sognatrice, sorride.

«È incredibile, eh?» commenta.

Sì, è incredibile.

Renée, che ormai ha due amici, non è più così scontrosa.

Ma Renée, che ormai ha due amici, sente nascere dentro di sé un terrore informe.

Quando Manuela se ne va, Paloma si acciambella con naturalezza sulla poltrona del gatto davanti alla tivù e, guardandomi con i suoi occhioni seri, mi chiede:

«Lei crede che la vita abbia un senso?».

7. Blu notte

In tintoria, avevo dovuto affrontare il corruccio della dama del luogo.

«Macchie del genere su un abito di questa qualità» aveva mugugnato, dandomi un talloncino azzurro.

Stamani, è un'altra la tizia a cui porgo il mio rettangolo di carta. Più giovane e meno sveglia. Rovista per un tempo infinito tra le compatte file di stampelle, poi mi passa un bel vestito di lino color prugna, stretto saldamente in un involucro di plastica trasparente.

«Grazie» dico, ricevendo il suddetto dopo una piccola esitazione.

All'elenco delle mie turpi azioni bisogna dunque aggiungere il ratto di un abito che non mi appartiene, in cambio di uno rubato a una morta. Il male, del resto, si annida proprio in quella mia piccolissima esitazione. Se fosse nata da un rimorso legato al concetto di proprietà, potrei sempre implorare il perdono di san Pietro; temo invece che quell'esitazione sia dipesa solo dal tempo necessario a valutare quanto fosse praticabile il misfatto.

All'una Manuela passa in guardiola a consegnare il suo *gloutof*.

«Sarei voluta venire prima» dice, «però madame de Broglie non mi perdeva».

Per Manuela, mi perdeva *di vista* è una precisazione inconcepibile.

Quanto al *gloutof*, scompaginando l'eccessiva quantità di carta di seta blu notte, scopro una meravigliosa torta alsaziana rivisitata dall'ispirazione, tortini al whisky così delicati che temo di romperli e lingue di gatto alle mandorle con i bordi caramellati a dovere. Mi viene subito l'acquolina in bocca.

«Grazie, Manuela» dico, «ma, vede, siamo solo in due».

«Non vi resta che cominciare subito» dice.

«Grazie ancora, veramente» dico, «chissà quanto tempo ci sarà voluto».

«Pochi complimenti!» dice Manuela. «Ho fatto il doppio di tutto e Fernando la ringrazia».

Diario del movimento del mondo n° 7

Lo stelo spezzato, amato per voi

Mi chiedo se non mi sto trasformando in un'esteta contemplativa. Con una forte tendenza zen e un pizzico di Ronsard allo stesso tempo.

Mi spiego. È un "movimento del mondo" un po' particolare, perché non si tratta di un movimento corporeo. Eppure stamattina, facendo colazione, ho visto un movimento. Il Movimento. La perfezione del movimento. Ieri (era lunedì) madame Grémont, la donna di servizio, ha portato un mazzo di rose alla mamma. Madame Grémont ha trascorso la domenica da sua sorella che possiede un piccolo giardino operaio a Suresnes, uno degli ultimi, e ha portato un mazzetto di rose, le prime della stagione: rose gialle, di un bel giallo pallido tipo primula. A detta di madame Grémont, il roseto si chiama "The Pilgrim", "Il Pellegrino". Già questa cosa mi è piaciuta. È un nome senz'altro più elevato, più poetico e meno sdolcinato di "Madame Figaro" o "Un amore di Proust" (non sto inventando). Vabbè, sorvoliamo sul fatto che madame Grémont regali delle rose alla mamma. Loro due hanno la tipica relazione di tutte le borghesi progressiste con la loro donna di servizio, benché la mamma sia convinta di essere un caso a parte: una buona vecchia relazione paternalistica con tendenza alla rosa (offri un caffè, paghi il giusto, non sgridi mai, regali i vestiti smessi o i mobili rotti, ti informi dei bambini, e in cambio ti meriti mazzi di rose e copriletto marroni e beige all'uncinetto). Ma quelle rose... Erano eccezionali.

Stavo quindi facendo colazione e guardavo il bouquet sul

piano da lavoro della cucina. Mi pare che non stessi pensando a niente. E forse è proprio per questo che ho visto il movimento; probabilmente, se fossi stata presa da qualcos'altro, se la cucina non fosse stata silenziosa, se non fossi stata da sola in cucina, non avrei fatto abbastanza attenzione. Ma ero sola e calma e vuota. E quindi ho potuto accoglierlo.

C'è stato un rumore lieve, cioè un fremito dell'aria che ha fatto *shhhhh* molto molto piano: era un bocciolo di rosa con un pezzettino di stelo spezzato che cadeva sul piano da lavoro. Nell'attimo in cui ha toccato il piano, si è sentito *pof*, un *pof* tipo ultrasuono, solo per orecchie di topo o orecchie umane quando tutto è molto molto silenzioso. Sono rimasta lì, col cucchiaino a mezz'aria, completamente catturata. Era stupendo. Ma cosa c'era di tanto stupendo? Non ci potevo credere: era solo un bocciolo di rosa all'estremità di un pezzetto di stelo spezzato e caduto sul piano di lavoro. E quindi?

L'ho capito quando mi sono avvicinata e ho guardato il bocciolo di rosa, immobile, una volta conclusa la sua caduta. È una roba che ha a che fare col tempo, con lo spazio. Oh certo, è sempre bello un bocciolo di rosa che cade con grazia. È così artistico: verrebbe voglia di dipingerlo! Ma non è questo che spiega Il Movimento. Il movimento, quella cosa che c'entra con lo spazio...

Guardando lo stelo e il bocciolo cadere, ho intuito in un millesimo di secondo l'essenza della Bellezza. Sì, proprio io, una marmocchia di dodici anni e mezzo, ho avuto questa fortuna inaudita, perché stamattina c'erano tutte le condizioni favorevoli: mente vuota, casa calma, belle rose, caduta di un bocciolo. Ed è per questo che ho pensato a Ronsard, all'inizio senza capire esattamente il perché: è una questione di tempo e di rose. Il bello è ciò che cogliamo mentre sta passando. È l'effimera configurazione delle cose nel momento in cui ne vedi insieme la bellezza e la morte.

Ahi ahi ahi, ho pensato, questo significa che è così che dobbiamo vivere? Sempre in equilibrio tra la bellezza e la morte, tra il movimento e la sua scomparsa?

Forse essere vivi è proprio questo: andare alla ricerca degli istanti che muoiono.

8. A piccoli sorsi felici

E poi è domenica.

Alle tre mi dirigo al quarto piano. Il vestito color prugna mi sta leggermente grande – una fortuna inaudita in questo giorno di *gloutof* – e ho il cuore stretto come un gattino raggomitolato.

Tra il terzo e il quarto piano mi trovo faccia a faccia con Sabine Pallières. Sono diversi giorni che, quando mi incrocia, squadra i miei capelli vaporosi senza ritegno e con disapprovazione. Avrete sicuramente apprezzato come ho rinunciato a nascondere al mondo il mio nuovo aspetto. Per quanto mi senta affrancata, questa insistenza tuttavia mi mette a disagio. Il nostro incontro domenicale non fa eccezione alla regola.

«Buongiorno, signora» dico, continuando a salire i gradini.

Mi risponde con un severo cenno del capo esaminandomi la testa; poi, quando si accorge del mio abbigliamento, si ferma di colpo su un gradino. Mi assale un'ondata di panico che turba il funzionamento della mia sudorazione, minacciando di segnare il mio vestito rubato con infamanti aloni.

«Visto che sale, potrebbe annaffiare i fiori del pianerottolo?» mi dice in tono esasperato.

Devo ricordarglielo? È domenica.

«Sono dei dolci?» chiede all'improvviso.

Sto portando un vassoio con le opere di Manuela avvolte in seta blu scuro e mi rendo conto che questo mette in ombra il mio abito al punto che a suscitare la condanna di madame non sono più le mie pretese nel vestiario bensì la presunta golosità di un qualche povero diavolo.

«Sì, una consegna imprevista» dico.

«Ecco, ne approfitti per annaffiare i fiori» dice, e riprende la sua discesa irritata.

Raggiungo il quarto piano e suono con qualche difficoltà, giacché porto anche la videocassetta, ma Kakuro mi apre con sollecitudine e afferra subito l'ingombrante vassoio.

«Mamma mia» dice, «non scherzava, ho già l'acquolina in bocca».

«Ringrazi Manuela» rispondo seguendolo in cucina.

«Davvero?» chiede liberando il *gloutof* dall'eccessiva seta blu. «È proprio una perla».

All'improvviso mi rendo conto che c'è della musica.

Non è molto alta e proviene da altoparlanti invisibili che diffondono il suono in tutta la cucina.

> *Thy hands, lovest soul, darkness shades me,*
> *On thy bosom let me rest.*
> *When I am laid in earth*
> *May my wrongs create*
> *No trouble in thy breast.*
> *Remember me, remember me,*
> *But ah! Forget my fate.*

È la morte di Didone nel *Didone ed Enea* di Purcell. Se volete la mia opinione: la più bella opera di canto al mondo. Non è soltanto bella, è sublime, e questo dipende dalla concatenazione incredibilmente coesa dei suoni, come se fossero legati da una forza invisibile e, pur distinguendosi, si fondessero gli uni con gli altri, al limite estremo della voce umana, quasi nel territorio del lamento animale – ma con una bellezza che i versi delle bestie non raggiungeranno mai, una bellezza nata dalla sovversione dell'articolazione fonetica e dalla trasgressione della cura che normalmente il linguaggio verbale richiede nel distinguere i suoni.

Spezzare i passi, fondere i suoni.

L'Arte è la vita, ma su un altro ritmo.

«Andiamo!» dice Kakuro, che ha disposto tazze, teiera, zucchero e tovagliolini di carta su un grande vassoio nero.

Lo precedo nel corridoio e, su sua indicazione, apro la terza porta a sinistra.

«Ha il videoregistratore?» avevo chiesto a Kakuro Ozu.

«Sì» aveva risposto con un sorriso sibillino.

La terza porta a sinistra dà su una sala cinematografica in miniatura. C'è un grande schermo bianco, un mucchio di apparecchiature luccicanti ed enigmatiche, tre file di cinque vere poltrone da cinema ricoperte di velluto blu notte, con un lungo tavolo basso davanti alla prima; le pareti e il soffitto sono tappezzati di seta scura.

«A dire la verità, era il mio lavoro» dice Kakuro.

«Il suo lavoro?».

«Per più di trent'anni ho importato in Europa i più sofisticati impianti hi-fi per grandi marche di lusso. È un commercio molto redditizio – ma soprattutto è straordinariamente ludico per me che sono appassionato di ogni tipo di gadget elettronico.

Prendo posto su una sedia deliziosamente imbottita, e la proiezione ha inizio.

Come descrivere questo momento di intensa gioia? Guardiamo *Le sorelle Munekata* su un grande schermo, in una dolce penombra, la schiena poggiata a una spalliera morbidissima, sgranocchiando il *gloutof* e bevendo tè fumante a piccoli sorsi felici. Di tanto in tanto Kakuro interrompe il film e commentiamo insieme, saltando di palo in frasca, le camelie sul muschio del tempio e il destino degli uomini quando la vita è troppo dura. Per due volte me ne vado a salutare il mio amico *Confu-tatis* e torno nella sala come in un letto caldo e soffice.

È un fuori dal tempo nel tempo... Quand'è stata la prima volta che ho provato questo incantevole abbandono, possibile solo in due? La quiete che avvertiamo quando siamo soli, la sicurezza di noi stessi nella serenità della solitudine non sono niente in confronto al saper abbandonarsi, al saper aspettare e al saper ascoltare che si vivono con l'altro, in una complice compagnia... Quand'è stata la prima volta che ho provato questa felice rilassatezza in presenza di un uomo?

Oggi è la prima volta.

9. Sanae

Quando alle sette attraversiamo di nuovo il salone, dopo aver chiacchierato ancora a lungo e mentre mi accingo a congedarmi, noto, su un tavolino basso accanto al divano, la fotografia incorniciata di una donna bellissima.

«Era mia moglie» dice con dolcezza Kakuro vedendo che la osservo. «È morta dieci anni fa, di cancro. Si chiamava Sanae».

«Mi dispiace» dico. «Era una... bellissima donna».

«Sì» dice, «bellissima».

Cala un breve silenzio.

«Ho una figlia che vive a Hong Kong» aggiunge, «e ho già due nipoti».

«Devono mancarle» dico.

«Vado a trovarli piuttosto spesso. Li adoro. Mio nipote, che si chiama Jack (suo padre è inglese) e ha sette anni, stamani per telefono mi ha detto che ieri ha pescato il suo primo pesce. È l'evento della settimana, può immaginare!».

Di nuovo silenzio.

«Anche lei è vedova, credo» dice Kakuro accompagnandomi nell'ingresso.

«Sì» dico, «sono vedova da oltre quindici anni».

Ho un nodo alla gola.

«Mio marito si chiamava Lucien. Il cancro, anche lui...».

Siamo davanti alla porta, ci guardiamo con tristezza.

«Buonanotte, Renée» dice Kakuro.

E, con una parvenza di allegria ritrovata:

«È stata una giornata splendida».

Una malinconia infinita mi investe a velocità supersonica.

10. Oscure nubi

Sei una stupida" mi dico, mentre mi tolgo il vestito color prugna e scopro un po' di glassa di whisky su un occhiello. "Che cosa credevi? Sei solo una misera portinaia. L'amicizia tra le classi sociali è impossibile. E poi che cosa ti credevi, povera pazza?".

"Che cosa credevi, povera pazza?" continuo a ripetermi procedendo con le abluzioni serali e scivolando tra le lenzuola dopo una breve battaglia con Lev che non aveva intenzione di cedere terreno.

Davanti agli occhi chiusi mi danza il bel volto di Sanae Ozu e io mi sento come una cosa vecchia richiamata di colpo a una realtà priva di gioia.

Mi addormento, il cuore inquieto.

La mattina dopo ho la vaga sensazione di avere la bocca impastata.

Eppure la settimana passa d'incanto. Kakuro fa qualche apparizione stravagante sollecitando il mio talento nell'arbitraggio (gelato o sorbetto? Atlantico o Mediterraneo?) e in sua compagnia ritrovo lo stesso fresco piacere, nonostante le oscure nubi che incrociano in silenzio sopra il mio cuore. Manuela è molto divertita quando scopre il mio vestito color prugna, e Paloma pianta le tende sulla poltrona di Lev.

«Da grande farò la portinaia» dichiara a sua madre che, quando viene a lasciare la sua progenie in guardiola, mi osserva con occhio nuovo misto a prudenza.

«Dio te ne scampi» rispondo con un cortese sorriso a madame. «Tu sarai una principessa».

Sfoggia al contempo una T-shirt rosa confetto in tinta con i suoi occhiali nuovi e un'aria pugnace da figlia-che-farà-la-portinaia-a-dispetto-di-tutti-soprattutto-di-sua-madre.

«Cos'è questa puzza?» chiede Paloma.

Ho un problema con le tubazioni del bagno che puzza come la latrina di una caserma. Sei giorni fa ho chiamato l'idraulico, ma l'idea di venire non lo ha entusiasmato molto.

«Lo scarico» dico, poco disposta a entrare in argomento.

«Fallimento del liberismo» commenta, come se non avessi nemmeno risposto.

«No» spiego, «è una tubazione intasata».

«È proprio quello che le sto dicendo» continua Paloma. «Perché l'idraulico non è ancora venuto?».

«Perché ha altri clienti?».

«Niente affatto» replica. «La risposta giusta è: perché non è obbligato. E perché non è obbligato?».

«Perché non ha abbastanza concorrenza» rispondo.

«Eh già» dice Paloma con aria trionfante, «non c'è abbastanza pianificazione. Troppi ferrovieri, pochi idraulici. Personalmente, preferirei i kolchoz».

Ahimè bussano al vetro, interrompendo questo appassionante dialogo.

È Kakuro, con un lieve non so che di solenne.

Entra e scorge Paloma.

«Oh, buongiorno fanciulla» dice. «Beh, Renée, forse è meglio se passo più tardi».

«Come vuole» dico. «Si sente bene?».

«Sì, sì» risponde.

Poi, con improvvisa risolutezza, si lancia nel vuoto:

«Vuole cenare con me domani sera?».

«Ehh» dico, sentendomi cogliere da una grande inquietudine, «è che...».

È come se le intuizioni diffuse di questi ultimi giorni prendessero corpo repentinamente.

«Vorrei portarla in un ristorante che mi piace molto» continua con l'aria del cane che aspetta l'osso.

«Al ristorante?» dico, sempre più preoccupata.

Alla mia sinistra Paloma fa uno squittio.

«Senta» dice Kakuro con aria un po' infastidita, «la prego sinceramente. Domani è... è il mio compleanno e sarei felice di averla come mia dama».

«Oh» rispondo, incapace di dire alcunché.

«Lunedì vado da mia figlia, lo festeggerò laggiù, certo, ma... domani sera... se lei fosse d'accordo...».

Fa una piccola pausa, mi guarda speranzoso.

È una mia impressione o mi sembra che Paloma si stia esercitando nell'apnea?

Cala un breve silenzio.

«Senta» dico, «davvero, mi dispiace. Non credo sia una buona idea».

«Ma perché mai?» chiede Kakuro, visibilmente sconcertato.

«È molto gentile» dico, rendendo più salda la mia voce che tende a rilassarsi, «le sono molto riconoscente, ma preferisco di no, grazie. Sono sicura che avrà degli amici con cui festeggiare l'evento».

Kakuro mi guarda, interdetto.

«Io...» dice alla fine, «io... sì, certo, ma... insomma... veramente, mi piacerebbe molto... non vedo...».

Aggrotta le sopracciglia.

«Insomma» dice, «non capisco».

«È meglio così» dico, «mi creda».

E, mentre lo spingo piano piano alla porta camminando verso di lui, aggiungo:

«Avremo altre occasioni per chiacchierare, ne sono sicura».

Batte in ritirata con l'aria del pedone che si è perso per strada.

«Beh, peccato» dice, «per me sarebbe stata una gioia. Comunque...».

«Arrivederci» dico, e gli chiudo con dolcezza la porta in faccia.

11. La pioggia

I l peggio è passato" mi dico.

Ma devo ancora fare i conti con un destino rosa confetto: mi volto e mi trovo faccia a faccia con Paloma.

Che ha un'aria nient'affatto contenta.

«Si può sapere a che gioco sta giocando?» mi chiede con un tono che mi ricorda madame Billot, la mia ultima maestra.

«Non sto giocando a nessun gioco» dico con un filo di voce, consapevole del mio comportamento puerile.

«Ha in programma qualcosa di particolare per domani sera?» chiede.

«Beh, no» rispondo, «ma non è per quello...».

«E allora si può sapere perché?».

«Non credo che sia una buona idea» dico.

«E perché mai?» insiste il mio commissario politico.

Perché?

Come se io lo sapessi, peraltro.

Proprio in quel momento, senza preavviso, comincia a piovere.

12. Sorelle

Tutta questa pioggia...

Al mio paese, d'inverno, pioveva... Non ricordo giornate di sole: soltanto la pioggia, il giogo del fango e del freddo, l'umidità che ci si appiccicava ai vestiti, ai capelli, e non si dissipava mai del tutto, nemmeno accanto al camino. Da allora, quante volte ho pensato a quella sera di pioggia, quante reminiscenze in oltre quarant'anni per un evento che riaffiora oggi sotto questa pioggia battente?

Tutta questa pioggia...

A mia sorella avevano dato il nome della primogenita nata morta, che portava già quello di una zia defunta. Lisette era bella e io lo capivo già allora, sebbene fossi solo una bambina e i miei occhi non sapessero ancora discernere la forma della bellezza ma soltanto intuirne i primi segni. Siccome in casa mia non parlavamo molto, nessuno toccava l'argomento; ma il vicinato spettegolava e quando passava mia sorella facevano commenti sulla sua bellezza. «Così bella e così povera, che destino sciagurato!» chiosava la merciaia sulla strada di scuola. Io, brutta e invalida sia di corpo che di mente, davo la mano a mia sorella, e Lisette camminava a testa alta, con andatura leggera, ignorando al suo passaggio quei destini funesti a cui tutti si affrettavano a consegnarla.

A sedici anni se ne andò in città a occuparsi dei figli dei ricchi. Non la rivedemmo più per un anno intero. Tornò a trascorrere il Natale con noi, portando con aria da regina strani regali (panpepato, nastri dai colori vivaci, sacchettini di lavanda). Si poteva trovare un volto più roseo, più radioso, più perfetto del suo? Era la prima volta che qualcuno ci raccontava una storia e noi pendevamo dalle sue labbra, avidi del misterioso risveglio che provocavano in noi le parole uscite dalla bocca di questa ragazza di campagna diventata domestica dei potenti e che parlava di un mondo sconosciuto, vistosamente addobbato e scintillante, dove le donne guidavano l'automobile e la sera rientravano in case dotate di macchine che facevano le faccende al posto dell'uomo oppure davano notizie sul mondo se solo si azionava una manopola...

Quando ripenso a tutto questo, capisco lo stato di indigenza in cui vivevamo. Abitavamo a solo una cinquantina di chilometri dalla città e a dodici da un grande paese, ma vivevamo ancora come nel Medioevo, senza agi né speranza, tanto era radicata in noi la certezza che saremmo sempre rimasti degli zotici. Forse ancora oggi, in qualche remota campagna, esiste un pugno di vecchi alla deriva che ignora la vita moderna, ma nel nostro caso si trattava di un'intera famiglia ancora giovane e attiva che, quando Lisette descriveva le strade delle città illuminate a Natale, scopriva un mondo di cui fino ad allora non aveva nemmeno sospettato l'esistenza.

Lisette ripartì. Per qualche giorno, come per meccanica inerzia, continuammo a parlare un po'. Alcune sere, a tavola, il padre commentò gli aneddoti della figlia. «Che roba difficile, che roba strana». Poi il silenzio e le grida si abbatterono di nuovo su di noi come la peste sugli sventurati.

Quando ci ripenso... Tutta quella pioggia, tutti quei morti... Lisette aveva il nome di due defunti; a me ne era toccato uno solo, quello della mia nonna materna, morta poco prima che nascessi. I miei fratelli portavano il nome dei cugini morti in guerra, e anche mia madre aveva quello di una cugina morta di parto che non aveva conosciuto. Vivevamo quindi senza parole in questo universo di morti in cui, una sera di novembre, Lisette tornò dalla città.

Ricordo tutta quella pioggia... Il rumore dell'acqua martellante sul tetto, i sentieri inondati, il mare di fango alle porte della fattoria, il cielo nero, il vento, la sensazione atroce di un'umidità infinita, pesante quanto la nostra vita: senza consapevolezza né possibilità di rivolta. Ci tenevamo stretti gli uni agli altri vicino al fuoco, quando d'improvviso mia madre si alzò, rompendo l'equilibrio del gruppo; la guardammo sorpresi mentre si dirigeva alla porta e, mossa da un impulso misterioso, la spalancò.

Tutta quella pioggia, oh, tutta quella pioggia... Nella cornice della porta, immobile, con i capelli appiccicati al viso, il vestito zuppo, le scarpe mangiate dal fango, lo sguardo fisso, c'era Lisette. Come aveva fatto mia madre a saperlo? Come aveva fatto quella donna che, se certo non ci maltrattava, tuttavia non aveva mai fatto capire di amarci, né a gesti né a parole, quella donna rozza che metteva al mondo i figli nello stesso modo in cui rivoltava la terra o dava da mangiare ai polli, quella donna analfabeta, abbrutita a tal punto da non chiamarci nemmeno coi nomi che ci aveva dato e che credo non ricordasse nemmeno, come aveva fatto a sapere che sua figlia, mezza morta, immobile e muta, che fissava la porta sotto la pioggia battente senza neppure pensare di bussare, aspettava che qualcuno le aprisse e la facesse entrare al caldo?

Forse l'amore materno è questo, l'intuizione nel bel mezzo del disastro, quella scintilla di empatia che alberga nell'uomo anche quando è ridotto a vivere come una bestia. Così mi aveva detto Lucien: una madre che ama i suoi figli sa sempre quando sono in difficoltà. Personalmente non sono molto incline a questa interpretazione. Del resto, non provo risentimento per quella madre che non era tale. La miseria è una falce: miete in noi ogni nostra propensione ad avvicinarci all'altro e ci lascia vuoti, spogli di sentimenti, per darci la forza di tollerare tutto l'orrore del presente. Ma ovviamente non ho nemmeno idee così edulcorate; in quell'intuizione di mia madre non c'era per niente amore materno, ma solo la traduzione in gesti della certezza della sventura. È una specie di coscienza innata, radicata nei meandri del cuore, e che ricorda che ai poveri diavoli come noi prima o poi succede sempre che una figlia disonorata torni a morire tra le mura domestiche in una sera di pioggia.

Lisette visse solo il tempo di mettere al mondo suo figlio. Il neonato fece quello che ci si aspettava da lui: morì tre ore dopo. Da quella tragedia, che per i miei genitori rappresentava il normale andamento delle cose, tanto che non ne furono toccati né più né meno che se fosse morta una capra, dedussi due certezze: i forti vivono e i deboli muoiono, tra gioie e dolori proporzionati al posto che occupano nella gerarchia sociale; e proprio come Lisette era stata bella e povera, io ero intelligente e indigente, quindi come lei ero destinata alla punizione se solo avessi osato trarre vantaggio dalla mia mente a dispetto della mia classe sociale. In definitiva, poiché non potevo smettere di essere ciò che ero, la mia unica possibilità mi parve quella del segreto: dovevo tacere ciò che ero e non intromettermi mai in quell'altro mondo.

Da taciturna divenni quindi clandestina.

E di colpo mi rendo conto che sono seduta nella mia cucina, a Parigi, in quest'altro mondo in seno al quale ho scavato la mia piccola nicchia invisibile e nel quale sono stata attentissima a non intromettermi; piango a calde lacrime mentre una ragazzina dallo sguardo incredibilmente affettuoso mi tiene la mano, carezzandomi con dolcezza le dita – e mi rendo anche conto che ho detto tutto, ho raccontato tutto: Lisette, mia madre, la pioggia, la bellezza profanata e, in definitiva, il pugno di ferro del destino che ai bambini nati morti dà una madre morta per aver voluto rinascere. Piango copiose, calde, lunghe e benefiche lacrime convulse, confusa ma incomprensibilmente felice per la trasformazione dello sguardo triste e severo di Paloma in un pozzo di affetto che accoglie i miei singhiozzi.

«Mio Dio» dico, calmandomi un po', «mio Dio, Paloma, come sono sciocca!».

«Madame Michel» mi risponde, «sa, lei mi restituisce la speranza».

«La speranza?» chiedo, tirando su col naso in modo patetico.

«Sì» dice lei, «mi sembra che cambiare destino sia possibile».

E rimaniamo lì a lungo, tenendoci per mano, senza dire niente. Sono diventata amica di una bella anima di dodici anni verso la quale provo un'enorme gratitudine, senza che l'incongruità di questo attaccamento asimmetrico per età, condizione e circostanze riesca a sminuire la mia emozione. Quando Solange Josse si presenta alla guardiola per riprendersi la figlia, ci guardiamo tutte e due con la complicità delle amicizie indistruttibili e ci salutiamo, sicure di rivederci presto. Richiusa la porta, mi siedo nella poltrona della tivù, la mano sul petto, e mi sorprendo a dire ad alta voce: forse vivere è questo.

Pensiero profondo n° 15

Se vuoi guarire
devi curare gli altri
e poi sorridi
o piangi la fortuna
che la tua sorte muta

Ma lo sapete? Mi sto chiedendo se non mi sono persa qualcosa. Un po' come quando uno frequenta cattive compagnie e scopre un'altra via incontrando una persona in gamba. Le mie cattive compagnie sono la mamma, Colombe, papà e tutta la banda. Però oggi ho incontrato davvero una persona in gamba. Madame Michel mi ha raccontato il suo trauma infantile: sta alla larga da Kakuro perché è rimasta traumatizzata dalla morte di sua sorella Lisette, sedotta e abbandonata da un ragazzo di buona famiglia. Così, da quella volta, "evitare di fare amicizia con i ricchi per non morire" è diventata la sua tecnica di sopravvivenza.

Ascoltando madame Michel mi sono chiesta: qual è la cosa più traumatica, una sorella che muore perché è stata abbandonata oppure gli effetti irreversibili di tale avvenimento, e cioè la paura di morire se non stai al tuo posto? La morte di sua sorella madame Michel avrebbe potuto superarla; ma è possibile superare la messinscena del proprio castigo?

E poi, soprattutto, ho provato un'altra cosa, un sentimento nuovo – e nel metterlo nero su bianco mi sono proprio commossa, tanto che ho dovuto poggiare la penna due minuti, il tempo di piangere. Ecco cos'ho provato: ascoltando madame Michel, vedendola piangere e specialmente intuendo quanto le facesse bene raccontare a me tutte quelle storie, ho capito una cosa: ho capito che soffrivo perché non potevo fare del bene a nessuno attorno a me. Ho capito che ce l'avevo con papà, con la mamma e in particolare con Colombe perché non so come essere utile, perché non posso fare niente per loro. La loro malattia è a uno stadio troppo avanzato e io sono troppo debole. Io vedo i loro sintomi, ma non sono capace di curarli, e così anch'io sono malata quanto loro, ma non lo vedo. Invece, tenendo la mano di madame Michel mi sono accorta che anch'io sono malata. Comunque sia, una cosa è certa: non posso curarmi punendo quelli che non posso guarire. Forse devo ripensare a tutta la storia dell'incendio e del suicidio. Tra l'altro devo proprio ammetterlo: non ho più tanta voglia di morire, ho voglia di rivedere madame Michel, Kakuro e Yoko, la sua nipotina così imprevedibile, e chiedere aiuto a loro. Beh, certo non mi presenterò dicendo: please, help me, sono una bambina con tendenze suicide. Al contrario, ho voglia di lasciare che siano gli altri a farmi del bene: dopotutto sono solo una bambina infelice, e anche se sono estremamente intelligente fa lo stesso, no? Una bambina che nel momento peggiore ha avuto la fortuna di fare degli incontri felici. E poi, moralmente, che diritto ho di lasciar passare tutta questa fortuna?

Boh. Non ne ho idea. In fin dei conti questa storia è una tragedia. Ci sono persone valorose, meglio così! avevo pensato, ma poi che tristezza! Finiscono sotto la pioggia! Non so più cosa pensare. Per un momento credevo di aver trovato la mia vocazione; credevo di aver capito che per curarmi dovevo curare gli altri, solo quelli "curabili" però, quelli che possono essere salvati, invece di tormentarmi perché non riesco a salvare il prossimo. Allora cos'è, dovrei fare il medico? Oppure la scrittrice? In fondo è un po' la stessa cosa, no?

E poi, per una madame Michel chissà quante Colombe, quanti tristi Tibère!

13. Per le vie dell'inferno

Dopo che Paloma è andata via, resto seduta a lungo in poltrona, completamente frastornata.

Poi, prendendo il coraggio a due mani, compongo il numero di Kakuro Ozu.

Al secondo squillo risponde Paul N'Guyen.

«Ah, buongiorno, madame Michel» mi dice, «che cosa posso fare per lei?».

«Ecco» dico, «vorrei parlare con Kakuro».

«Al momento non c'è» mi risponde, «se vuole la faccio richiamare non appena rientra».

«No, no» rispondo, sollevata di poter trattare con un intermediario. «Potrebbe dirgli che, se non ha cambiato idea, sarei felice di cenare con lui domani sera?».

«Con piacere» dice Paul N'Guyen.

Una volta riattaccato, sprofondo di nuovo in poltrona e per un'oretta mi immergo in pensieri sconclusionati ma piacevoli.

«Non c'è mica un buon profumo qui da lei» dice una voce maschile alle mie spalle. «Non c'è nessuno che possa farci qualcosa?».

Ha aperto la porta così piano che non l'ho sentito. È un bel ragazzo castano, con i capelli un po' scarmigliati, un giacchetto di jeans nuovo di zecca e occhioni da cocker pacifico.

«Jean? Jean Arthens?» chiedo, e stento a credere ai miei occhi.

«Giààà» dice, reclinando la testa di lato, come un tempo.

Ma è l'unica cosa che rimane del relitto umano, della giovane anima bruciata in un corpo scarno. Jean Arthens, una volta così prossimo alla caduta, ha optato per la rinascita.

«Ha un aspetto strepitoso!» dico, facendogli il più bel sorriso possibile.

Lui ricambia, gentile.

«Beh, buonasera, madame Michel» dice, «mi fa piacere vederla. Come sta bene» aggiunge, indicando i miei capelli.

«Grazie» rispondo, «ma qual buon vento la porta qui? Vuole una tazza di tè?».

«Mah...» dice con un pizzico dell'esitazione di un tempo, «sì, molto volentieri».

Preparo il tè mentre si accomoda su una sedia, guardando Lev con occhi attoniti.

«Era già così grasso questo gatto?» si informa senza nessuna perfidia.

«Sì» dico, «non è molto sportivo».

«Non sarà per caso lui a puzzare?» chiede con aria dispiaciuta annusandolo.

«No, no» dico, «è un problema idraulico».

«Le sembrerà strano che piombi qui così» dice, «anche perché non abbiamo mai parlato molto, eh, non ero un gran chiacchierone a quei... insomma, ai tempi di mio padre».

«Sono contenta di vederla, e soprattutto mi pare che stia bene» dico sincera.

«Giààà» dice, «...vengo da molto lontano».

Beviamo due piccoli sorsi di tè fumante simultaneamente.

«Sono guarito, o almeno mi pare di essere guarito» dice, «se mai si può guarire davvero. Ma non mi faccio più, ho incontrato una ragazza in gamba, cioè, una ragazza fantastica dovrei dire». Gli si illuminano gli occhi e tira leggermente su col naso mentre mi guarda. «E ho trovato un lavoretto mica male».

«Che fa?» chiedo.

«Lavoro in un negozio di accessori per la nautica».

«Pezzi di imbarcazioni?».

«Giààà, e non è mica male. Lì è un po' come se fossi in vacanza. I tipi vengono, mi parlano della loro barca, dei mari dove vanno, dei mari che hanno attraversato, mi piace, e poi, vede, sono contento di lavorare».

«In cosa consiste esattamente il suo lavoro?».

«Sono un po' il tuttofare, magazziniere, fattorino, ma col tempo sto imparando parecchio, allora certe volte mi danno incarichi più interessanti: riparare le vele, le sartie, redigere inventari per il rifornimento».

Siete sensibili alla poesia di questo termine? Si rifornisce una nave, si fornisce una spiegazione. L'incanto della lingua nasce da simili sottigliezze, a chi non lo avesse capito rivolgo la seguente preghiera: diffidate delle virgole.

«Ma anche lei sembra parecchio in forma» dice, guardandomi con gentilezza.

«Davvero?» rispondo. «Beh, c'è stato qualche cambiamento positivo».

«Sa» riprende lui, «non sono tornato qui per vedere l'appartamento né la gente. Non sono nemmeno sicuro che mi riconoscerebbero; non a caso mi sono portato la carta d'identità, magari neppure lei mi riconosceva». «No» prosegue, «sono venuto perché non riesco a ricordarmi una cosa che mi ha aiutato un bel po', sia quando ero malato che dopo, durante la guarigione».

«E io posso esserle utile?».

«Sì, perché è stata lei a dirmi il nome di quei fiori, un giorno. In quell'aiuola laggiù» e indica col dito in fondo al giardino, «ci sono dei bei fiorellini, bianchi e rossi, ce li ha messi lei, no? E un giorno le ho chiesto che cos'erano, ma non sono riuscito a memorizzare il nome. Eppure pensavo sempre a quei fiori, chissà perché. Sono così belli, quando stavo parecchio male pensavo ai fiori e mi faceva bene. Allora poco fa sono passato qui vicino e mi sono detto: andrò da madame Michel a chiederle se me lo sa dire».

Scruta la mia reazione, un po' imbarazzato.

«Le sembra strano, eh? Spero di non spaventarla con le mie storie sui fiori».

«No» dico, «niente affatto. Se avessi saputo quanto le facevano bene... li avrei messi dappertutto!».

Ride come un bambino felice.

«Ah, madame Michel, vede, praticamente mi hanno salvato la vita. È già un miracolo! Mi può dire cosa sono?».

Sì, angelo mio, posso. Per le vie dell'inferno, sotto il diluvio, senza fiato e col cuore in gola, un flebile chiarore: sono le camelie.

«Sì» dico, «sono le camelie».

Mi guarda fisso, gli occhi sgranati. Poi lungo la guancia di bambino sopravvissuto gli scivola una piccola lacrima.

«Le camelie...» dice, perso in un ricordo che appartiene solo a lui. «Le camelie, sì» ripete, guardandomi di nuovo. «Proprio così. Le camelie».

Sento una lacrima scendermi lungo una guancia.

Gli prendo la mano.

«Jean, non può immaginare quanto sono felice che lei sia venuto oggi» dico.

«Davvero?» chiede stupito. «Ma perché?».

Perché?

Perché una camelia può cambiare il destino.

14. Da un corridoio alle vie

Qual è la guerra che combattiamo, certi della disfatta? Un mattino dopo l'altro, già stremati da tutte le battaglie che sopraggiungono, rinnoviamo lo spavento della vita quotidiana, un corridoio infinito che nelle ultime ore sarà valsa la pena aver così a lungo percorso. Sì, angelo mio, ecco la vita quotidiana: tetra, vuota e sommersa di fatica. Le vie dell'inferno non le sono affatto estranee; ci cadiamo un giorno per esser rimasti troppo tempo qui. Da un corridoio alle vie: allora avviene la caduta, senza urti né sorprese. Ogni giorno ritroviamo la tristezza del corridoio e, passo dopo passo, proseguiamo il cammino della nostra oscura condanna.

Ma lui vide quelle vie? Dopo la caduta, come si rinasce? Quali nuove pupille negli occhi bruciati? Dove comincia la guerra e dove finisce?

Allora, una camelia.

15. Sulle spalle sudate

Alle otto si presenta alla guardiola Paul N'Guyen con le braccia cariche di pacchetti.

«Monsieur Ozu non è ancora rientrato – un problema all'ambasciata con il visto –, perciò mi ha pregato di consegnarle queste cose» spiega con un grazioso sorriso.

Appoggia i pacchetti sul tavolo e mi porge un biglietto.

«Molto gentile» dico. «Ma posso offrirle qualcosa?».

«Grazie» risponde lui, «ma ho ancora molte cose da fare. Mi tengo il suo invito per un'altra volta».

E mi sorride di nuovo, con un non so che di caloroso e felice che mi fa un bene infinito.

Da sola in cucina, mi siedo davanti ai pacchetti e apro la busta.

*"Senza capire che fosse e di dove arrivasse,
nel mezzo del lavoro a un tratto provò una gradevole
sensazione di fresco sulle spalle sudate; ma durante la pausa
si accorse che era sopraggiunta una bassa e pesante nube e venivano giù grossi goccioloni di pioggia".*

La prego gentilmente di accettare questi pochi doni.

Kakuro

Pioggia d'estate sulle spalle di Levin che falcia... Mi porto la mano sul cuore, commossa come non mai. Scarto i pacchetti uno a uno.

Un abito di seta grigio perla, con un mezzocollo, chiuso a portafoglio da una martingala di satin nero.

Una stola di seta color porpora, leggera e impalpabile come il vento.

Un paio di décolleté con un po' di tacco, di pelle nera, dalla grana così delicata e morbida che le accarezzo con la guancia.

Guardo l'abito, la stola e le décolleté.

Fuori, sento Lev che gratta alla porta e miagola per entrare.

Comincio a piangere sommessamente, piano piano, nel cuore una camelia tremula.

16. Bisogna che qualcosa finisca

Il giorno dopo alle dieci bussano al vetro.

È uno spilungone vestito tutto di nero, con un berretto di lana blu scuro in testa e stivali militari che sembrano reduci dal Vietnam. È anche il ragazzo di Colombe, nonché uno specialista mondiale dell'ellissi nelle formule di cortesia. Si chiama Tibère.

«Cerco Colombe» dice Tibère.

Vi prego di apprezzare la ridicolaggine di questa frase. Cerco Giulietta, dice Romeo, almeno suonerebbe un po' altisonante.

«Cerco Colombe» dice dunque Tibère, acerrimo nemico dello shampoo come si può notare quando si toglie il copricapo, non certo per cortesia ma perché ha molto caldo.

È maggio, per Giove.

«Paloma mi ha detto che è qui» aggiunge.

E riaggiunge:

«Cacchio, che palle!».

Paloma, ti devi proprio divertire!

Lo congedo con sollecitudine e mi immergo nei miei strani pensieri.

Tibère... Nome illustre per un aspetto così penoso. Rievoco la prosa di Colombe Josse, i corridoi silenziosi del Saulchoir... e la mia mente va a Roma... Tibère... All'improvviso mi assale il ricordo del viso di Jean Arthens, rivedo quello di suo padre e quella lavallière incongrua e così ridicola... Quante ricerche,

quanti mondi... Possiamo essere tanto simili e vivere in universi
così distanti? È possibile che condividiamo la stessa frenesia,
pur non avendo in comune né lo stesso suolo né lo stesso sangue
né la stessa ambizione? Tibère... In verità mi sento stanca,
stanca di tutti questi ricchi, stanca di tutti questi poveri, stanca
di tutta questa farsa... Lev salta giù dalla poltrona e viene a stru-
sciarsi alla mia gamba. Questo gatto, obeso solo per una questione di carità, è anche un'anima generosa che sente le
oscillazioni del mio cuore. Stanca, sì, stanca...

Bisogna che qualcosa finisca, bisogna che qualcosa cominci.

17. Sofferenze dei preparativi

Alle otto sono pronta.

L'abito e le scarpe sono esattamente della mia misura (46 e 37).

La stola è romana (larghezza 60 cm, lunghezza 2 m).

Mi sono asciugata i capelli con il phon Babyliss 1600 watt dopo averli lavati 3 volte e li ho pettinati in ogni direzione 2 volte. Il risultato è sorprendente.

Mi sono seduta 4 volte e rialzata altre 4, il che spiega perché adesso sono in piedi, non sapendo cosa fare.

Magari mi siedo.

Ho tirato fuori dal loro astuccio, nascosto in fondo all'armadio dietro le lenzuola, 2 orecchini ereditati da mia suocera, la mostruosa Yvette, antichi pendenti d'argento con 2 granati a forma di pera. Ho effettuato 6 tentativi prima di riuscire a pizzicarmi correttamente le orecchie, e al momento ho come la sensazione di avere 2 gatti panciuti appesi ai lobi allungati. 54 anni senza gioielli non predispongono alle sofferenze dei preparativi. Mi sono passata sulle labbra 1 strato di rossetto "Carminio intenso" comprato 20 anni fa per il matrimonio di una cugina. La longevità di queste cose insulse, quando ogni giorno periscono vite valorose, non smetterà mai di stupirmi. Faccio parte di quell'8% della popolazione mondiale che quando è agitata si calma sommergendosi di numeri.

Kakuro bussa 2 volte alla porta.

Apro.

È bellissimo. Indossa un completo formato da una giacca grigio antracite, con il colletto alla coreana e alamari tono su tono, un paio di pantaloni diritti intonati e mocassini di pelle morbida che sembrano pantofole di lusso. È molto... eurasiatico.

«Oh, ma è splendida!» mi dice.

«Ah, grazie» dico emozionata, «ma anche lei sta molto bene. Buon compleanno!».

Mi sorride, e dopo che ho chiuso scrupolosamente la porta dietro di me e davanti a Lev che tenta uno sfondamento, mi porge il braccio, su cui poggio la mano leggermente tremante. Speriamo che nessuno ci veda! supplica in me un'istanza che oppone resistenza, quella di Renée la clandestina. Per quanto abbia buttato alle ortiche molte paure, non sono ancora pronta a finire sui gazzettini di Grenelle.

Quindi, non c'è da sorprendersi.

Il portone, verso il quale ci stiamo dirigendo, si apre prima che riusciamo a raggiungerlo.

Ecco Jacinthe Rosen e Anne-Hélène Meurisse.

Miseriaccia infame! Che fare?

Sono già di fronte a noi.

«Buonasera, buonasera, care signore» trilla Kakuro tirandomi con decisione a sinistra e superandole in fretta, «buonasera, buonasera, care amiche, siamo in ritardo, vi salutiamo e riveriamo, e scappiamo via!».

«Ah, buonasera, monsieur Ozu» dicono affascinate e con mille moine, voltandosi simultaneamente per seguirci con gli occhi.

«Buonasera, signora» mi dicono con un sorriso a trentadue denti.

Non avevo mai visto tanti denti in un colpo solo.

«Che piacere, cara signora» mi sussurra Anne-Hélène Meurisse guardandomi avida, mentre noi ci precipitiamo fuori.

«Altrettanto, altrettanto!» cinguetta Kakuro, spingendo l'anta della porta col tallone.

«Accidenti!» dice, «se ci fossimo fermati ne avremmo avuto per un'ora buona».

«Non mi hanno riconosciuta» dico.

Mi fermo in mezzo al marciapiede, tutta frastornata.

«Non mi hanno riconosciuta» ripeto.

Kakuro si ferma a sua volta, la mia mano ancora sul suo braccio.

«È perché non l'hanno mai vista» mi dice. «Io la riconoscerei sempre e comunque».

18. L'acqua che scorre

Basta aver sperimentato una volta che possiamo essere ciechi in piena luce e, al contrario, vederci nell'oscurità per interrogarci sulla visione. Perché vediamo? Salendo sul taxi chiamato da Kakuro e pensando a Jacinthe Rosen e ad Anne-Hélène Meurisse, che di me avevano visto solo quello che potevano (a braccetto con monsieur Ozu, in un mondo suddiviso in gerarchie), mi colpisce con una forza inaudita la certezza che lo sguardo è come una mano che tenta inutilmente di afferrare l'acqua che scorre. Sì, l'occhio percepisce ma non scruta, crede ma non interroga, recepisce ma non indaga, è privo di desiderio e non persegue nessuna crociata.

E mentre il taxi scivola via al tramonto, io penso.

Penso a Jean Arthens, alle pupille bruciate illuminate dalle camelie.

Penso a Pierre Arthens, occhio tagliente e cecità da mendicante.

Penso a quelle avide signore, occhi mendichi e così futilmente ciechi.

Penso a Gégène, orbite morte e senza forza che vedono solo la caduta.

Penso a Lucien, inadatto alla visione perché, in fin dei conti, talvolta l'oscurità è troppo forte.

Penso anche a Neptune, i cui occhi sono un muso incapace di qualsiasi finzione.

E mi domando se anch'io riesco davvero a vedere.

19. Brilla

Avete visto *Black Rain – Pioggia sporca*?

Perché se non avete visto *Black Rain – Pioggia sporca* – o almeno *Blade Runner* – vi risulterà inevitabilmente difficile capire perché, quando entriamo nel ristorante, ho la sensazione di penetrare in un film di Ridley Scott. C'è quella scena di *Blade Runner*, nel bar della donna-serpente, dove Deckard chiama Rachel da un videotelefono a muro. Anche in *Black Rain – Pioggia sporca* c'è il bar con le call girl bionde, e la schiena nuda di Kate Capshaw. E ci sono quelle inquadrature con una luce da vetrata e un chiarore da cattedrale circondate da tutta la penombra degli inferi.

«Mi piace molto questa luce» dico a Kakuro sedendomi.

Ci hanno fatto accomodare in un piccolo separè tranquillo, immerso in una luminosità solare cinta di ombre brillanti. Come fa l'ombra a brillare? Brilla, punto e basta.

«Ha visto *Black Rain – Pioggia sporca*?» mi chiede Kakuro.

Non avrei mai creduto che tra due esseri potesse esistere una simile sintonia psichica e di gusti.

«Sì» dico, «almeno una dozzina di volte».

L'atmosfera è splendida, frizzante, raffinata, ovattata, cristallina. Magnifica.

«Faremo una scorpacciata di sushi» dice Kakuro, dispiegando il tovagliolo in un gesto entusiasta. «Non se ne abbia a male, ho già ordinato; ci tengo a farle scoprire quella che considero la migliore cucina giapponese di Parigi».

«Niente affatto» dico, sgranando gli occhi perché i camerieri hanno posato davanti a noi alcune bottiglie di sakè e, in una miriade di preziose ciotole, tutta una serie di verdure che sembrano marinate in un qualcosa che deve essere buonissimo.

E cominciamo. Pesco un cetriolo marinato che del cetriolo e della marinatura ha solo l'aspetto, tanto è delizioso al palato. Kakuro solleva delicatamente con le bacchette di mogano un pezzo di... mandarino? pomodoro? mango? e lo fa sparire con destrezza. Frugo immediatamente nella stessa ciotola.

È carota zuccherata per divinità buongustaie.

«Buon compleanno, allora!» dico alzando il bicchiere di sakè.

«Grazie, molte grazie!» dice brindando con me.

«È polpo?» chiedo, perché ho appena scovato un pezzettino di tentacolo dentellato in una ciotola di salsa giallo zafferano.

Ci portano due vassoietti di legno massiccio, senza bordi, colmi di pezzetti di pesce crudo.

«Sashimi» dice Kakuro. «Anche qui troverà il polpo».

Mi immergo nella contemplazione dell'opera. La bellezza della visione toglie il respiro. Blocco un pezzettino di carne bianca e grigia tra le mie bacchette maldestre (platessa, precisa cortesemente Kakuro) e, decisamente pronta all'estasi, degusto.

Perché mai andiamo a cercare l'eternità nell'empireo di essenze invisibili? Questa piccola cosa biancastra ne è una briciola ben tangibile.

«Renée» mi dice Kakuro, «sono molto felice di festeggiare il mio compleanno in sua compagnia, ma c'è un motivo più profondo che mi ha spinto a cenare con lei».

Sebbene ci conosciamo solo da circa tre settimane, le ragioni di Kakuro cominciano a essermi chiare. Francia o Inghilterra? Vermeer o Caravaggio? *Guerra e pace* o la nostra cara Anna?

Mi caccio in bocca un altro etereo sashimi – tonno? –, un boccone di tutto rispetto che a dire il vero sarebbe stato meglio spezzettare un po'.

«L'avevo invitata per festeggiare il mio compleanno, ma nel frattempo qualcuno mi ha dato delle informazioni importantissime. Quindi ho da dirle qualcosa di fondamentale».

Il pezzo di tonno assorbe tutta la mia attenzione, e non mi preparo al seguito.

«Lei non è sua sorella» dice Kakuro guardandomi negli occhi.

20. Tribù gagauze

Care signore.

Care signore che una sera siete invitate a cena da un uomo ricco e simpatico in un ristorante di lusso, comportatevi con la stessa eleganza in ogni evenienza. Che vi stupiscano, vi irritino o vi sconcertino, voi dovete mantenere la stessa raffinatezza impassibile e, di fronte a parole sorprendenti, reagire con la classe che si addice a simili circostanze. Invece di tutto questo, visto che sono una zotica che inghiotte il sashimi come fossero patate, singhiozzo spasmodicamente e, sentendo con spavento che la briciola di eternità mi è andata di traverso, tento con una classe da gorilla di sputarla fuori. Ai tavoli vicini cala il silenzio, mentre io, dopo svariati singulti e con un ultimo spasmo molto melodioso, riesco finalmente a sloggiare il colpevole e, afferrando il tovagliolo, a deporvelo in extremis.

«Devo ripetere?» chiede Kakuro che – per la miseria! – sembra divertirsi.

«Io... coff... coff...» tossisco.

Il *coff coff* è l'antifona tradizionale nella preghiera fraterna delle tribù gagauze.

«Io... finalmente... coff... coff...» proseguo brillantemente.

Poi, con una signorilità pressoché insuperabile:

«Kéé?».

«Glielo ripeto una seconda volta affinché sia ben chiaro» dice con quella specie di pazienza infinita che si ha con i bambini o, piuttosto, con i poveri di spirito. «Renée, lei non è sua sorella».

E siccome resto lì a guardarlo inebetita:

«Glielo ripeto un'ultima volta, nella speranza che non si strangoli di nuovo con un sushi da trenta euro a porzione, sia detto per inciso, e che richiede un po' più di garbo nell'ingestione: lei non è sua sorella, noi possiamo essere amici. E anche tutto quello che vogliamo».

21. Tutte le tazze di tè

Tum tum tum tum tum tum tum
Look if you had one shot, one opportunity,
To seize everything you ever wanted
One moment
Would you capture it or just let it slip?

Questo è Eminem. Confesso che, in veste di profeta delle moderne élite, mi capita di ascoltarlo quando non è più possibile ignorare che Didone è spirata.

Ma soprattutto, che gran confusione!

Una prova?

Eccola.

Remember me, remember me
But ah forget my fate
Trenta euro a porzione
Would you capture it
Or just let it slip?

Questo mi passa per la testa, e non ha bisogno di commenti. Lo strano modo che hanno i motivi musicali di rimanermi in mente non finirà mai di stupirmi (per non citare un certo *Confutatis*, grande amico delle portinaie con la vescica piccola) e stavolta noto, con un interesse marginale e tuttavia sincero, che è il medley a prevalere.

E poi mi metto a piangere.

Alla brasserie degli amici di Puteaux una commensale che rischia di strangolarsi, la scampa per un pelo e poi scoppia a piangere, con il naso nel tovagliolo, rappresenta un divertimento coi fiocchi. Ma qui, nel solare tempio del sashimi a porzioni, le mie esternazioni hanno tutt'altro effetto. Una silenziosa ondata di biasimo mi circonda ed eccomi in lacrime, il naso che cola, costretta a ricorrere a un tovagliolo, del resto già ben ingombro, per asciugare i segni della mia emozione e tentare di nascondere quello che l'opinione pubblica disapprova.

Singhiozzo più di prima.

Paloma mi ha tradita.

Allora, trasportata dai singhiozzi, lascio sfilare in cuor mio tutta la vita passata nella clandestinità di un'anima solitaria, tutte le lunghe letture recluse, tutti gli inverni di malattia, tutta quella pioggia di novembre sul bel volto di Lisette, tutte le camelie tornate dall'inferno e cadute sul muschio del tempio, tutte le tazze di tè nel calore dell'amicizia, tutte le meravigliose parole dalla bocca di Mademoiselle, le nature morte così *wabi*, le essenze eterne che illuminano i loro riflessi individuali, e anche le piogge d'estate che sopraggiungono nella sorpresa del piacere, fiocchi che danzano la melopea del cuore e, nello scrigno dell'antico Giappone, il viso puro di Paloma. E piango, piango irrefrenabilmente di felicità, lacrime calde e copiose e belle, mentre intorno a noi il mondo svanisce e non lascia altra sensazione se non quella dello sguardo di un uomo in compagnia del quale mi sento qualcuno, che mi prende teneramente la mano e mi sorride con tutto il calore del mondo.

«Grazie» riesco a sussurrare in un soffio.

«Possiamo essere amici» dice. «E anche tutto quello che vogliamo».

Remember me, remember me,
And ah! envy my fate.

22. L'erba dei prati

Adesso so quello che dobbiamo vivere prima di morire: posso dirvelo. Prima di morire, quello che dobbiamo vivere è una pioggia battente che si trasforma in luce.

Questa notte non ho chiuso occhio. Dopo e nonostante i miei sfoghi pieni di grazia, la cena è stata meravigliosa: setosa, complice, con lunghi e deliziosi silenzi. Quando Kakuro mi ha riaccompagnata a casa, mi ha baciato a lungo la mano, e ci siamo lasciati così, senza una parola, con un sorriso semplice ed elettrico.

Questa notte non ho chiuso occhio.

E sapete perché?

È ovvio che lo sapete.

È ovvio, tutti si aspetteranno che oltre al resto, ossia la scossa tellurica che sconvolge da cima a fondo un'esistenza improvvisamente scongelata, nella testa di questa sciocca ragazzina quinquagenaria ronzi qualcosa. E che quel qualcosa si pronunci: "E anche tutto quello che vogliamo".

Alle sette mi alzo come spinta da una molla, catapultando il mio gatto indignato all'altro capo del letto. Ho fame. Ho fame in senso letterale (una gigantesca fetta di pane pericolante sotto il peso di burro e marmellata di mirabelle riesce solo ad acuire il mio pantagruelico appetito) e ho fame in senso figurato: fremo impaziente di conoscere il seguito. Mi aggiro in cucina come un leone in gabbia, strapazzo il gatto che non mi degna di uno sguardo, mi caccio in bocca un secondo giro di pane-burromarmellata, cammino in lungo e in largo sistemando cose che non ne hanno affatto bisogno e mi preparo a una terza edizione panettiera.

E poi, alle otto, di colpo mi calmo.

Senza preavviso, in modo sorprendente, mi inonda un gran senso di serenità. Che succede? Un mutamento. Non vedo molte altre spiegazioni; ad alcuni spuntano le branchie, a me arriva la saggezza.

Mi lascio cadere su una sedia e la vita riprende il suo corso.

Un corso tutto sommato poco esaltante: mi rammento che sono pur sempre una portinaia e che alle nove devo essere in rue du Bac per comprare un prodotto per il rame. "Alle nove" è una precisazione bizzarra: diciamo pure in mattinata. Ma ieri, pianificando il lavoro di oggi, mi ero detta: "Ci andrò verso le nove". Quindi prendo sporta e borsa e me ne vado nel mondo là fuori, alla ricerca della sostanza che faccia brillare gli accessori delle case dei ricchi. È una splendida giornata di primavera. In lontananza, intravedo Gégène che spunta su dai suoi cartoni; sono felice per lui, perché si annunciano giorni di bel tempo. Per un attimo penso all'attaccamento del barbone nei confronti di quell'arrogante guru della gastronomia e la cosa mi fa sorridere; per chi è felice la lotta di classe passa subito in secondo piano, mi dico, sorpresa del cedimento della mia coscienza ribelle.

E poi accade questo: all'improvviso Gégène vacilla. Sono a quindici passi da lui e aggrotto le sopracciglia, agitata. Vacilla moltissimo, come una nave che beccheggia, e riesco a vedere il suo volto e la sua espressione smarrita. Cosa succede? chiedo a voce alta, affrettando il passo verso il poveretto. Di solito a quest'ora Gégène non è ubriaco, e per giunta regge tanto bene l'alcol quanto una mucca l'erba dei prati. Colmo della sventura, la strada è praticamente deserta; sono l'unica ad aver visto lo sfortunato che vacilla. Fa qualche passo maldestro in direzione della strada, si ferma, poi, quando sono a meno di due metri da lui, a un tratto fa uno sprint come se lo inseguissero mille demoni.

Ed ecco il seguito.

Un seguito che, come tutti, avrei voluto che non accadesse mai.

23. Le mie camelie

Muoio.

So con una certezza prossima alla chiaroveggenza che sto per morire, che sto per spegnermi in rue du Bac, in un bel mattino di primavera, perché un barbone chiamato Gégène, in preda al ballo di San Vito, è andato a finire sulla carreggiata deserta senza preoccuparsi di niente e di nessuno.

A dire il vero, la carreggiata non è poi così deserta.

Sono corsa dietro a Gégène gettando via borsa e sporta.

E poi sono stata investita.

Solo quando sono caduta, dopo un momento di stupore e di totale confusione e prima che il dolore mi travolgesse, ho visto che cosa mi ha investita. Adesso giaccio riversa sulla schiena, con vista panoramica sul lato del camioncino di una tintoria. Ha provato a evitarmi e si è buttato sulla sinistra, troppo tardi però: ho preso in pieno il parafango anteriore destro. "Tintoria Malavoin" indica il logo azzurro sul furgoncino bianco. Se potessi, riderei. Le vie del Signore sono così ovvie per chi si incaponisce a decifrarle... Penso a Manuela, che ce l'avrà con sé stessa fino alla fine dei suoi giorni per questa morte causata dalla tintoria che può essere solo il castigo del duplice furto di cui, per sua grandissima responsabilità, mi sono resa colpevole... E mi invade il dolore; dolore del corpo, che si irradia, irrompe, riuscendo nella grande impresa di non localizzarsi in nessun punto in particolare ma di insinuarsi ovunque io possa sentire qualcosa; e poi dolore dell'anima, perché ho pensato a Manuela che lascerò sola, che non rivedrò più, e questo mi provoca una ferita lancinante al cuore.

Si dice che, quando stiamo per morire, rivediamo tutta la nostra vita. Ma davanti ai miei occhi spalancati che non distinguono più né il camioncino né la sua autista – proprio la commessa della tintoria che mi aveva passato il vestito di lino color prugna e che adesso piange e urla a dispetto del buon gusto – né i passanti che sono accorsi dopo l'urto e mi parlano molto, senza che questo abbia senso: davanti ai miei occhi spalancati che non vedono più niente di questo mondo sfilano volti a me cari, e per ognuno di loro ho un pensiero straziante.

Tra i volti innanzitutto mi appare un muso. Sì, il primo pensiero va al mio gatto, non perché sia il più importante di tutti, ma perché, prima dei veri tormenti e dei veri addii, ho bisogno di essere rassicurata sulla sorte del mio compagno a quattro zampe. Sorrido tra me e me pensando al grosso otre obeso che mi ha fatto da partner in questi ultimi dieci anni di vedovanza e di solitudine, sorrido teneramente e con un po' di tristezza perché, vista dalla prospettiva della morte, la vicinanza con i nostri animali domestici non sembra più un'ovvietà resa scontata e banale dalla vita quotidiana; in Lev si sono cristallizzati dieci anni di vita, e solo ora apprezzo quanto questi gatti ridicoli e superflui che attraversano la nostra esistenza con la flemma e l'indifferenza degli imbecilli siano depositari dei bei momenti di gioia e della loro trama felice, anche sotto il cielo dell'infelicità. Addio Lev, dico a me stessa, dando l'addio a una vita a cui mai avrei creduto di tenere così tanto.

Poi mentalmente rimetto la sorte del mio gatto nelle mani di Olympe Saint-Nice, e la certezza che lei se ne occuperà con cura mi dà un profondo sollievo.

*

Adesso posso affrontare gli altri.

Manuela.
Manuela, amica mia.
Sulla soglia della morte finalmente ti do del tu.

Ti ricordi le tazze di tè nella setosità dell'amicizia? Dieci anni di tè a darci del lei, e alla fine un tepore nel cuore e la smisurata riconoscenza verso non so chi o cosa, la vita forse, per essere stata tua amica. Sai che vicino a te ho concepito i miei pensieri più belli? Devo morire per rendermene finalmente conto... Tutte quelle ore di tè, quelle lunghe pause di raffinatezza, quella gran signora spoglia, priva di gioielli e palazzi, Manuela, senza tutte queste cose io sarei stata solo una portinaia, e invece tu per contagio, perché la nobiltà d'animo è una malattia contagiosa, tu mi hai reso capace di aprirmi all'amicizia... Come avrei potuto trasformare con tanta facilità la mia sete di indigente nel piacere dell'Arte e invaghirmi della porcellana blu, delle fronde che stormiscono, delle camelie illanguidite e di tutte le gemme eterne nei secoli, di tutte le perle preziose nel movimento incessante del fiume, se tu, settimana dopo settimana, non ti fossi sacrificata con me, offrendomi il tuo cuore, al sacro rito del tè?

Quanto mi manchi già... Questa mattina capisco cosa significa morire: nel momento in cui scompariamo sono gli altri a morire per noi, poiché io sono riversa su un suolo un po' freddo e mi burlo del trapasso; questa mattina non ha più senso di ieri. Ma io non rivedrò più quelli che amo, e se morire è questo, hanno ragione a dire che è una tragedia.

Manuela, sorella mia, voglia il destino che io non sia stata per te quel che tu fosti per me: un argine all'infelicità, un baluardo contro la trivialità. Va' avanti e vivi, pensando a me con gioia.

Ma, in cuor mio, non rivederti mai più è una tortura infinita.

Lucien, eccoti su una fotografia ingiallita, come un medaglione davanti agli occhi della mia memoria. Sorridi, fischietti. Anche tu hai provato questo, la mia morte e non la tua, la fine dei nostri sguardi, ben prima del terrore di sprofondare nell'oscurità? Cosa resta esattamente di una vita, quando quelli che l'hanno vissuta insieme sono ormai morti da così tanto? Oggi provo una strana sensazione, quella di tradirti; morire è come ucciderti davvero. Quindi non è una prova già abbastanza dura sentire che gli altri si allontanano; dobbiamo mettere di nuovo a morte quelli che ormai sopravvivono solo in noi. Eppure sorridi, fischietti, e all'improvviso anch'io sorrido. Lucien... Ti ho voluto molto bene, eh sì, e per questo forse merito il riposo. Dormiremo in pace nel piccolo cimitero del nostro paese. In lontananza si sente il fiumiciattolo. Ci pescano la cheppia e anche il ghiozzo. Dei bambini vengono a giocare qui, urlando a squarciagola. La sera, al tramonto, si ode l'angelus.

E lei, Kakuro, caro Kakuro, che mi ha fatto credere alla possibilità di una camelia... Oggi penso a lei soltanto in modo fugace; poche settimane non danno la chiave del mistero; io la conosco solo per quello che lei è stato per me: un benefattore celeste, un balsamo miracoloso contro le certezze del destino. Poteva essere altrimenti? Chissà... Non posso fare a meno di sentirmi il cuore stretto da questa incertezza. E se... E se lei avesse continuato a farmi ridere e parlare e piangere, purificando tutti questi anni dalla sozzura della colpa e rendendo a Lisette, nella complicità di un amore improbabile, il suo onore perduto? Che pena... Adesso lei, Kakuro, si perde nella notte, e proprio nel momento in cui non la rivedrò più devo rinunciare per sempre a conoscere la risposta del destino...

È questo morire? È così miserevole? E quanto tempo ancora?

Un'eternità, se ancora non lo so.

*

Paloma, figlia mia.

Mi rivolgo a te. A te per ultima.

Paloma, figlia mia.

Non ho avuto figli, perché non è capitato. Ne ho sofferto? No. Ma se avessi avuto una figlia, saresti stata tu. E con tutte le forze rivolgo una supplica perché la tua vita sia all'altezza di quanto prometti oggi.

E poi, un'illuminazione.

Una vera illuminazione: vedo il tuo bel viso grave e puro, i tuoi occhiali con la montatura rosa e il modo che hai di stritolare il bordo del gilet, di guardare dritto negli occhi e carezzare il gatto, come se potesse parlare. E mi metto a piangere. A piangere di gioia in cuor mio. Che cosa vedono i curiosi chini sul mio corpo spezzato? Non lo so.

Ma dentro, un sole.

Come si decide il valore di una vita? L'importante, mi ha detto un giorno Paloma, non è morire, ma cosa si fa nel momento in cui si muore. Che cosa facevo nel momento della morte? mi chiedo, avendo una risposta già pronta nel tepore del mio cuore.

Che cosa facevo?

Avevo incontrato l'altro ed ero pronta ad amare.

Dopo cinquantaquattro anni di deserto affettivo e morale, appena ingentilito dalla tenerezza di Lucien che era solo l'ombra rassegnata di me stessa, dopo cinquantaquattro anni di clandestinità e muti trionfi nell'interiorità ricolma di uno spirito abbandonato, dopo cinquantaquattro anni di odio per un mondo e una casta che mi servivano da sfogo per le mie futili frustrazioni, dopo cinquantaquattro anni di niente, senza incontrare mai nessuno né stare mai con gli altri:

Manuela, sempre.

Ma anche Kakuro.

E Paloma, la mia anima gemella.

Le mie camelie.

Prenderei volentieri un'ultima tazza di tè con voi.

Ecco che un cocker giulivo, con orecchie e lingua penzoloni, attraversa il mio campo visivo. È sciocco... ma mi fa ancora venire voglia di ridere. Addio, Neptune. Sei solo un cane babbeo, ma bisogna pur credere che la morte ci mandi un po' fuori di testa; forse sarai l'ultimo a cui penserò. E se questo ha un senso, mi sfugge completamente.

Ah no. Guarda...

Un'ultima immagine.

Che strano... Non vedo più volti...

Tra poco è estate. Sono le sette. Suonano le campane della chiesa del paese. Rivedo mio padre che rivolta la terra di giugno, con la schiena china e le braccia stanche. Cala il sole. Mio padre si rialza, si asciuga la fronte con il risvolto della manica e se ne torna a casa.

Fine del lavoro.

Tra poco sono le nove.

Nella pace, muoio.

Ultimo pensiero profondo

Ma cosa fare
dinanzi a un mai più
se non cercare
ininterrottamente
nelle furtive note?

Madame Michel è morta stamattina. È stata investita dal camioncino di una tintoria, vicino a rue du Bac. Non riesco a credere che sto scrivendo queste parole.

Me l'ha detto Kakuro. A quanto pare, Paul, il suo segretario, stava risalendo la strada proprio in quel momento. Ha visto l'incidente da lontano, ma quando è arrivato era troppo tardi. Lei aveva cercato di aiutare Gégène, un barbone che sta all'angolo della rue du Bac, ubriaco fradicio. Gli è corsa dietro e non ha visto il camioncino. Sembra che abbiano dovuto portare all'ospedale la donna che guidava, in piena crisi di nervi.

Kakuro ha suonato da noi verso le undici. Ha chiesto di me, poi mi ha preso la mano e mi ha detto: «Non c'è alcun modo per sottrarti a questo dolore, Paloma, allora te lo dico così come è successo: poco fa, verso le nove, Renée ha avuto un incidente. Un incidente molto grave. È morta». Piangeva. Mi ha stretto la mano fortissimo. «Oh mio Dio, ma chi è Renée?» ha chiesto la mamma, spaventata. «Madame Michel» le ha risposto Kakuro. «Ah!» ha fatto lei con sollievo. Lui le ha dato le spalle, disgustato. «Paloma, ora mi devo occupare di un sacco di cose poco divertenti, ma ci vediamo dopo, va bene?» mi ha detto. Ho fatto cenno di sì, gli ho stretto anch'io la mano fortissimo. Ci siamo salutati alla giapponese, un piccolo inchino veloce. Ci capiamo. Stiamo così male.

Quando è andato via, desideravo solo una cosa: evitare la mamma. Lei ha aperto bocca, ma le ho fatto segno di no con la

mano, il palmo rivolto verso di lei, per dire: "Non provarci nemmeno". Ha avuto un piccolo singulto, ma non si è avvicinata e mi
ha lasciata andare in camera mia. E lì mi sono raggomitolata sul
letto. Dopo una mezz'ora, la mamma ha bussato piano piano alla
porta. Ho detto: «No». Non ha insistito.

Da quel momento sono passate dieci ore. E sono anche suc-
cesse molte cose nel condominio. In breve: Olympe Saint-Nice
appena l'ha saputo si è precipitata giù alla guardiola (era venuto
un fabbro ad aprirla) per prendere Lev e sistemarlo da lei. Penso
che madame Michel, che Renée... penso che avrebbe voluto
così. Ero sollevata. Madame de Broglie si è messa a dirigere le
operazioni, sotto il comando supremo di Kakuro. È strano, quella
vecchia bisbetica mi è sembrata quasi simpatica. Ha detto alla
mamma, la sua nuova amica: «Era qui da ventisette anni. Ci
mancherà». E ha organizzato immediatamente una colletta per i
fiori, incaricandosi di contattare i parenti di Renée. Ma perché, ne
aveva? Non lo so, madame de Broglie si sta informando.

Il peggio è stato con madame Lopes. Quando è arrivata alle
dieci per le pulizie, sempre madame de Broglie si è incaricata di
dirglielo. Pare che sia rimasta lì qualche secondo senza capire,
la mano sulla bocca, e poi sia caduta per terra. Un quarto d'ora
dopo, quando ha ripreso conoscenza, ha mormorato solamente:
«Oh scusatemi, scusatemi» e poi si è rimessa il fazzoletto ed è
tornata a casa sua.

Uno strazio.

E io? Io che cosa provo? Chiacchiero dei piccoli eventi del 7
di rue de Grenelle ma non sono molto coraggiosa. Ho paura di
guardare dentro me stessa e vedere cosa sta succedendo. Mi
vergogno anche un po'. Credo che in fondo io volessi morire e
far soffrire Colombe, la mamma e papà solo perché ancora non
avevo mai sofferto davvero. O meglio: soffrivo senza provare
dolore, e tutti i miei bei progetti erano un lusso da ragazzina
senza problemi. La lucidità di una bambina ricca che vuole ren-
dersi interessante.

Ma ora, per la prima volta, sono stata male, tanto male. Un pugno nello stomaco, senza respiro, il cuore in poltiglia, lo stomaco completamente spappolato. Un dolore fisico insopportabile. Mi sono chiesta se mai un giorno potrò rimettermi da questo dolore. Volevo urlare dal dolore. Ma non ho urlato. Adesso la sofferenza c'è ancora, ma non mi impedisce più di camminare o di parlare, mentre provo una sensazione di impotenza e assurdità totali. Allora è proprio così? Di colpo svaniscono tutte le possibilità? Una vita piena di progetti, di discussioni appena abbozzate, di desideri ancora non esauditi si spegne in un secondo, e non rimane più niente, non c'è più niente da fare, non si può più tornare indietro?

Per la prima volta in vita mia ho sperimentato il senso delle parole *mai più*. Beh, è una cosa terribile. Le pronunciamo cento volte al giorno, ma non sappiamo cosa stiamo dicendo se non ci siamo ancora confrontati con un vero "mai più". In fondo ci illudiamo sempre di poter controllare ciò che accade; nulla ci sembra definitivo. Anche se in queste ultime settimane dicevo che presto mi sarei suicidata, non so se ci credessi veramente. Ma questa decisione mi faceva davvero provare il senso della parola "mai"? Niente affatto. Mi faceva provare il mio potere di decidere. E penso che, qualche istante prima di mettere fine alla mia vita, "finito per sempre" sarebbe rimasta ancora un'espressione vuota. Ma quando qualcuno a cui vuoi bene muore... allora posso dire che capisci cosa significa, ed è una cosa che fa molto molto male. È come un fuoco d'artificio che si spegne di colpo e tutto diventa nero. Mi sento sola, malata, ho la nausea e ogni movimento mi costa uno sforzo immane.

E poi è successa una cosa. È incredibile, vista la tristezza di questa giornata. Verso le cinque, io e Kakuro siamo scesi giù alla guardiola di madame Michel (volevo dire di Renée) perché doveva prendere dei vestiti da portare alla camera mortuaria dell'ospedale. Ha suonato da noi e ha chiesto alla mamma se poteva parlare con me. Io lo sapevo che era lui, ed ero già lì. Ovviamente volevo accompagnarlo. Abbiamo preso l'ascensore insieme, senza dirci niente. Aveva un'aria stanchissima, più stanca che triste; ho pensato: è così che si esprime la sofferenza sui visi buoni. Non si manifesta, appare solo una grande stanchezza. Chissà se anch'io ho l'aria stanca.

A ogni modo io e Kakuro siamo scesi in guardiola. Ma, attraversando il cortile, ci siamo fermati di colpo tutti e due nello stesso istante: qualcuno si era messo al piano e sentivamo benissimo quello che stava suonando. Credo fosse Satie, beh insomma, non sono proprio sicura (comunque era un pezzo classico).

Non ho esattamente un pensiero profondo al riguardo. E poi come si fa a pensare qualcosa di profondo quando la tua anima gemella giace nel frigorifero dell'ospedale? So solo che ci siamo fermati di colpo tutti e due e abbiamo respirato lungamente, lasciando che il sole scaldasse i nostri visi e ascoltando la musica che giungeva da lassù. «Penso che Renée avrebbe apprezzato questo momento» ha detto Kakuro. E siamo rimasti lì, qualche minuto ancora, ad ascoltare la musica. Ero d'accordo con lui. Ma perché?

Stasera, ripensandoci, con il cuore e lo stomaco in subbuglio, mi dico che forse in fondo la vita è così: molta disperazione, ma anche qualche istante di bellezza dove il tempo non è più lo stesso. È come se le note musicali creassero una specie di parentesi temporale, una sospensione, un altrove in questo luogo, un sempre nel mai.

Sì, è proprio così, un *sempre* nel *mai*.

Non preoccuparti, Renée, non mi suiciderò e non darò fuoco proprio a un bel niente.

Perché d'ora in poi, per te, andrò alla ricerca dei sempre nel mai.

La bellezza, qui, in questo mondo.

INDICE

SULLA GRAMMATICA

PIOGGIA D'ESTATE

PALOMA

edizioni e/o

edizioni e/o - Via Camozzi, 1 - 00195 Roma
tel. 06-3722829 – 06-37351096
email: info@edizionieo.it
www.edizionieo.it

Letterature africane
Achebe, C., *Il crollo*
Achebe, C., *La freccia di Dio*
Appanah, N., *Blue Bay Palace*
Appanah, N., *Le nozze di Anna*
Appanah, N., *Le rocce di Poudre d'Or*
Beyala, C., *Selvaggi amori*
Diop, B. B., *Rwanda. Murambi, il libro delle ossa*
Kane, C. H., *L'ambigua avventura*
Kourouma, A., *Allah non è mica obbligato*
Kourouma, A., *Aspettando il voto delle bestie selvagge*
Kourouma, A., *I soli delle Indipendenze*
Mda, Z., *La Madonna di Excelsior*
Mda, Z., *Si può morire in tanti modi!*
Mda, Z., *Verranno dal mare*
Mujawayo, E. – Belhaddad, S., *Il fiore di Stéphanie*
Ndione, A., *Ramata*
Ndione, A., *Vita a spirale*
Pepetela, *Jaime Bunda, agente segreto*

Letterature nord-africane e arabe
AA. VV., *Rose d'Arabia*
AA. VV., *Rose del Cairo*
AA. VV., *Rose del Maghreb*
Al-Koni, I., *La patria delle visioni celesti e altri racconti del deserto*
Chedid, A., *La casa senza radici*
Chimenti, E., *Al cuore dell'harem*
Chouaki, A., *La stella d'Algeri*
Cossery, A., *Mendicanti e orgogliosi*
El-Youssef, S. – Keret, E., *Gaza Blues*
Khadra, Y., *Doppio bianco*
Khadra, Y., *Morituri*
Nassib, S., *L'amante palestinese*
Nassib, S., *Ti ho amata per la tua voce*
Nassib, S., *Una sera qualsiasi a Beirut*

Letterature dei Caraibi
Condé, M., *La vita perfida*

Ferré, R., *Maldito amor*
Pineau, G., *Fuoco*

Letteratura latinoamericana
AA. VV., *Undici in campo*
Arlt, R., *I sette pazzi*
Belli, G., *La donna abitata*
Belli, G., *L'occhio della donna*
Belli, G., *Il paese sotto la pelle*
Belli, G., *Sofía dei presagi*
Belli, G., *Waslala*
Franz, C., *Il deserto*
Gutiérrez, P. J., *Animal tropical*
Gutiérrez, P. J., *Carne di cane*
Gutiérrez, P. J., *Malinconia dei leoni*
Gutiérrez, P. J., *Il nido del serpente*
Gutiérrez, P. J., *Il nostro G.G. all'Avana*
Gutiérrez, P. J., *Il re dell'Avana*
Gutiérrez, P. J., *Trilogia sporca dell'Avana*
Iwasaki, F., *Il libro del mal amore*
Parisi, A., *Delivery. Coca a domicilio*
Ruas, T., *Persecuzione e accerchiamento di Juvêncio Gutierrez*
Saccomanno, G., *Animali domestici*
Serna, E., *Angeli dell'abisso*

Letteratura israeliana
Castel-Bloom, O., *Parti umane*
Keret, E., *Abram Kadabram*
Keret, E., *Io sono lui*
Keret, E., *Pizzeria Kamikaze*
Keret, E. – El-Youssef, S., *Gaza Blues*
Liebrecht, S., *Un buon posto per la notte*
Liebrecht, S., *Donne da un catalogo*
Liebrecht, S., *Le donne di mio padre*
Liebrecht, S., *Mele dal deserto*
Liebrecht, S., *Prove d'amore*
Mazya, E., *Esplosione cosmica*
Shalev, A., *Dove finisce New York*
Tammuz, B., *Il frutteto*
Tammuz, B., *Londra*
Tammuz, B., *Il minotauro*
Tammuz, B., *Requiem per Naaman*
Vogel, D., *Davanti al mare*

Letteratura praghese
Binder, H., *Guida letteraria di Praga*
Brod, M., *Il circolo di Praga*
Hrabal, B., *La cittadina dove il tempo si è fermato*
Hrabal, B., *Ho servito il re d'Inghilterra*
Hrabal, B., *Paure totali*
Hrabal, B., *Sanguinose ballate e miracolose leggende*
Hrabal, B., *Un tenero barbaro*
Hrabal, B., *La tonsura*
Hrabal, B., *Treni strettamente sorvegliati*
Hrabal, B., *L'uragano di novembre*
Kisch, E. E., *Alla fiera del sensazionale*
Klíma, L., *I dolori del principe Sternenhoch*
Langer, F., *Leggende praghesi*
Linhartová, V., *Ritratti carnivori*
Nezval, V., *Valeria*
Pavel, O., *Il grande vagabondo delle acque*
Perutz, L., *Di notte sotto il ponte di pietra*
Řezníček, P., *Il soffitto*
Richterová, S., *Topografia*
Rilke, R. M., *Due storie praghesi*
Ripellino, A. M., *Storia della poesia ceca contemporanea*
Seifert, J., *La colonna della peste*
Seifert, J., *L'ombrello di Piccadilly*

Letteratura polacca
Bednarski, P., *Le nevi blu*
Benski, S., *La parte più importante*
Brandys, K., *L'arte della conversazione*
Brandys, K., *L'arte di farsi amare*
Brandys, K., *Le avventure di Robinson*
Brandys, K., *Hotel d'Alsace*
Brandys, K., *Mesi*
Brandys, K., *Rondò*
Brandys, K., *Sansone*
Brandys, K., *Variazioni postali*
Ficowski, J., *Il rametto dell'albero del sole*
Gombrowicz, W., *Parigi-Berlino*
Grynberg, H., *La guerra degli ebrei*
Kaczorowski, A., *Il gioco della vita. La storia di Bohumil Hrabal*
Panas, H., *Il Vangelo secondo Giuda (Apocrifo)*
Potocki, J., *Viaggio in Turchia, in Egitto e in Marocco*
Stryjkowski, J., *Austeria*
Stryjkowski, J., *Tommaso del Cavaliere*

Stryjkowski, J., *L'uomo venuto da Narbona*
Szczypiorski, A., *Messa per la città di Arras*
Tokarczuk, O., *Dio, il tempo, gli uomini e gli angeli*

Letteratura rumena
Istrati, P., *Il bruto*

Letteratura ungherese
Balázs, B., *Il libro delle meraviglie*
Csáth, G., *Oppio e altre storie*
Esterházy, P., *I verbi ausiliari del cuore*
Kardos, Gy., *I sette giorni di Avraham Bogatir*
Kondor, V., *Budapest Noir*
Kopácsi, S., *In nome della classe operaia;* (edizione 2006: *Abbiamo quaranta fucili, compagno colonnello*)
Kosztolányi, D., *Le mirabolanti avventure di Kornél*
Mészöly, M., *Saulo*
Molnár, F., *Danubio blu*
Örkény, I., *Giochi di gatti*
Örkény, I., *Novelle da un minuto*
Ottlik, G., *Scuola sulla frontiera*
Szerb, A., *La leggenda di Pendragon*
Szerb, A., *Il viaggiatore e il chiaro di luna*

Letteratura serbocroata
Ćosić, B., *Il ruolo della mia famiglia nella rivoluzione mondiale*
Tišma, A., *Scuola di empietà*

Letteratura yiddish
An-Ski, S., *Il Dibbuk*

Letteratura russa
Ageev, M., *Romanzo con cocaina*
Aleksievič, S., *Incantati dalla morte*
Aleksievič, S., *Preghiera per Černobyl'*
Aleksievič, S., *Ragazzi di zinco*
Blok, A. – Belyj, A., *Lettere 1903-1908*
Brjusov, V., *L'angelo di fuoco*
Cvetaeva, M., *L'accalappiatopi*
Iskander, F., *La notte e il giorno di Čik*
Iskander, F., *Il tè e l'amore per il mare*
Kim, A., *Lo scoiattolo*
Kuzmin, M., *Vanja*
Makanin, V., *Azzurro e rosso*

Makanin, V., *Il cunicolo*
Makanin, V., *Un posto al sole*
Mariengof, A., *Romanzo senza bugie*
Platonov, A., *Il mare della giovinezza*
Rasputin, V., *Vivi e ricorda*
Remizov, A., *Diavoleria*
Serge, V., *Memorie di un rivoluzionario*
Sevela, E., *Perché non abbiamo il paradiso in terra*
Tolstoj, A. N., *Pietro il Grande*
Tolstoj, L. N., *Il divino e l'umano*
Turgenev, I., *Racconti fantastici*
Ulickaja, L., *La figlia di Buchara*
Ulickaja, L., *Sonja*

Letteratura tedesca
Hein, C., *L'amico estraneo*
Hein, C., *Una donna senza sogni*
Hein, C., *Esecuzione di un vitello*
Hein, C., *Fin da principio*
Hein, C., *La fine di Horn*
Hein, C., *Nella sua infanzia, un giardino*
Hein, C., *Il suonatore di tango*
Hein, C., *Terra di conquista*
Hein, C., *Willenbrock*
Hein, J., *Magari è anche bello*
Hein, J., *Il signor Jensen getta la spugna*
Heinichen, V., *La calma del più forte*
Heinichen, V., *A ciascuno la sua morte*
Heinichen, V., *Danza macabra*
Heinichen, V., *Le lunghe ombre della morte*
Heinichen, V., *Morte in lista d'attesa*
Heinichen, V., *I morti del Carso*
Hermann, J., *Casa estiva, più tardi*
Kara, Y., *Salam Berlino*
Königsdorf, H., *Bolero*
Krausser, H., *Eros*
Magenau, J., *Christa Wolf*
Morgner, I., *Nozze a Costantinopoli*
Peltzer, U., *Peccati di pigrizia*
Schneider, P., *Papà*
Schubert, H., *Donne Giuda*
Seghers, A., *Jans deve morire*
Seghers, A., *Transito*
Tucholsky, K., *Il castello di Gripsholm*

Wander, M., *Una vita preziosa*
Weiss, E., *L'aristocratico*
Weiss, E., *Il testimone oculare*
Wolf, C., *L'altra Medea*
Wolf, C., *Cassandra*
Wolf, C., *Che cosa resta*
Wolf, C., *Il cielo diviso*
Wolf, C., *Con uno sguardo diverso*
Wolf, C., *Congedo dai fantasmi*
Wolf, C., *Un giorno all'anno. 1960-2000*
Wolf, C., *Guasto*
Wolf, C., *In carne e ossa*
Wolf, C., *Medea. Voci*
Wolf, C., *Nessun luogo. Da nessuna parte*
Wolf, C., *Pini e sabbia del Brandeburgo*
Wolf, C., *Premesse a Cassandra*
Wolf, C., *Recita estiva*
Wolf, C., *Sotto i tigli*
Wolf, C., *Trama d'infanzia*

Letteratura austriaca
Frischmuth, B., *Il collegio delle suore*
Haslinger, J., *Ballo all'Opera*
Haushofer, M., *Abbiamo ucciso Stella*
Haushofer, M., *Un cielo senza fine*
Haushofer, M., *La mansarda*
Haushofer, M., *La parete*
Saar, F. von, *Il sottotenente Burda*

Letteratura della Svizzera
Allgöwer, E., *La tigre e il monaco buddista*
Moser, M., *L'isola delle cameriere*
Moser, M., *Cuori spezzati*
Moser, M., *La vita dei marinai*
Müller, N., *Una follia in quattro atti*
Müller, N., *Perché questo è il brutto dell'amore*
Schwarzenbach, A., *Morte in Persia*

Letteratura francese
Aurousseau, N., *Blues di banlieue*
Aurousseau, N., *Dello stesso autore*
Barbery, M., *L'eleganza del riccio*
Barbery, M., *Estasi culinarie*
Bauchau, H., *Il compagno di scalata*

Colette, *Claudine a Parigi*
Crespy, M., *I cacciatori di teste*
Giraudeau, B., *Caro mondo...*
Grenier, R., *Le lacrime di Ulisse*
Holder, É., *Mademoiselle Chambon*
Izzo, J.-C., *Aglio, menta e basilico. Marsiglia, il noir e il Mediterraneo*
Izzo, J.-C., *Casino totale*
Izzo, J.-C., *Chourmo*
Izzo, J.-C., *Marinai perduti*
Izzo, J.-C., *Il sole dei morenti*
Izzo, J.-C., *Solea*
Izzo, J.-C., *Vivere stanca*
Marouane, L., *Vita sessuale di un fervente musulmano a Parigi*
Pelletier, C., *Il canto del capro*
Perec, G., *Quale motorino con il manubrio cromato giù in fondo al cortile?*
Pontalis, J.-B., *Finestre*
Schmitt, E.-E., *Il lottatore di sumo che non diventava grosso*
Schmitt, E.-E., *La mia storia con Mozart*
Schmitt, E.-E., *Milarepa*
Schmitt, E.-E., *Monsieur Ibrahim e i fiori del Corano*
Schmitt, E.-E., *Odette Toulemonde*
Schmitt, E.-E., *La parte dell'altro*
Schmitt, E.-E., *Piccoli crimini coniugali*
Schmitt, E.-E., *Quando ero un'opera d'arte*
Schmitt, E.-E., *La rivale. Un racconto su Maria Callas*
Schmitt, E.-E., *La sognatrice di Ostenda*
Schmitt, E.-E., *Il visitatore*
Tournier, J., *L'ultimo dei Mozart. Il figlio di Wolfgang Amadeus*
Zola, E., *Per una notte d'amore*

Letteratura del Canada
Bazzana, K., *Mirabilmente singolare*
Bemrose, J., *Il prezzo della bellezza*
Galloway, S., *Ascensione*
Gowdy, B., *L'osso bianco*
Gowdy, B., *Romantica*
Gowdy, B., *Senza via d'uscita*
Heighton, S., *Sul ring delle ombre*
Martel, Y., *Io, Paul e la storia del mondo*
Munro, A., *Chi ti credi di essere*
Richler, M., *Scegli il tuo nemico*

Letteratura dell'India
Bhagat, C., *Un misero 18*

Desai, A., *Giochi al crepuscolo*
Deshpande, S., *Il buio non nasconde paure*
Tharoor, S., *Tumulto*

Letteratura dello Sri Lanka
Tearne, R., *Mosquito*

Letteratura del Vietnam
Moï, A., *L'eco delle risaie*
Moï, A., *Riso nero*

Letteratura dell'Irlanda
O'Brien, E., *Lanterna magica*
O'Brien, E., *La ragazza dagli occhi verdi*
O'Brien, E., *Ragazze nella felicità coniugale*
O'Brien, E., *Le stanze dei figli*

Letteratura degli Stati Uniti
Agee, J., *Una morte in famiglia*
Algren, N., *Mai venga il mattino*
Buckman, D., *Guerre americane*
Charyn, J., *Marilyn la selvaggia*
Charyn, J., *Metropolis*
Charyn, J., *Il pesce gatto*
Connell, E. S., *Mrs. Bridge*
De Laurentiis, V. – Strick, A. M., *Rivoglio la mia vita*
Donaldson, S., *Hemingway contro Fitzgerald*
Hong Kingston, M., *La donna guerriera*
Johnson, C., *Il racconto del mandriano*
Lapham, L., *I Beatles in India. Altri dieci giorni che cambiarono il mondo*
Linson, A., *What Just Happened? Storie amare dal fronte
    di Hollywood*
Macdonald, D., *Masscult e Midcult*
Mason, B. A., *Laggiù*
Mosher, H. F., *I misteri di Memphremagog*
Oates, J. C., *Sulla boxe*
Oates, J. C., *Un'educazione sentimentale*
Oates, J. C., *Figli randagi*
Oates, J. C., *Un lento apprendistato*
Oates, J. C., *Marya*
Oates, J. C., *Notturno*
Perrotta, T., *L'insegnante di astinenza sessuale*
Perrotta, T., *Intrigo scolastico*
Portis, C., *Maestri di Atlantide*

Pynchon, T., *L'incanto del lotto 49*
Pynchon, T., *Entropia*
Santoro, L., *Il mio cuore riposava sul suo*
Scoppettone, S., *Cattivo sangue*
Scoppettone, S., *Donato & figlia*
Scoppettone, S., *Ti lascerò sempre*
Scoppettone, S., *Tu, mia dolce irraggiungibile*
Scoppettone, S., *Tutto quel che è tuo è mio*
Scoppettone, S., *Vacanze omicide*
Scoppettone, S., *Vendi cara la pelle*
Sebold, A., *Amabili resti*
Sebold, A., *Lucky*
Sebold, A., *La quasi luna*
Stansberry, D., *Manifesto per chi muore*
Taylor, P., *L'antica foresta*
West, N., *Signorina Cuorinfranti*
Yoder, E. M. Jr., *Leoni alla Lamb House*
Zackheim, M., *Colori spezzati*

Letteratura inglese
Gardam, J., *Figlio dell'Impero Britannico*
Hamilton, P., *Hangover Square*
Hamilton-Paterson, J., *Cucinare col Fernet Branca*
Maugham, R., *Il servo*

Letteratura australiana
Holden, K., *Nella mia pelle*
Kocan, P., *Un nuovo inizio*

Letteratura neozelandese
Taylor, C., *Sala partenze*

Letteratura spagnola
de Prada, J. M., *Gli angoli dell'aria*
de Prada, J. M., *Coños (Fiche)*
de Prada, J. M., *Le maschere dell'eroe*
de Prada, J. M., *Il silenzio del pattinatore*
de Prada, J. M., *La tempesta*
de Prada, J. M., *La vita invisibile*
Madrid, J., *Mele marce. Marbella Noir*
Martín, A., *I soldi di Dio*
Moix, A., *Valzer nero. Il racconto della vita di Sissi*

Letteratura neogreca
Dàndolos, S., *Io, il divo Nerone*
Galanaki, R., *Il secolo dei labirinti*
Karistiani, I., *Le catene del mare*
Karistiani, I., *Il santo della solitudine*
Korteau, A., *Il libro dei vizi*
Meimaridi, M., *Le streghe di Smirne*

Letteratura cinese
AA. VV., *Rose di Cina*
Gu Hua, *La morte del re dei serpenti*
Lu Xun, *Fiori del mattino raccolti la sera*
Sang Ye, *La danza dei vestiti*
Wei Wei, *Il colore della felicità*
Wei Wei, *La ragazza che leggeva il francese*

Autori italiani
Aiolli, V., *A rotta di collo*
Aiolli, V., *Io e mio fratello*
Aiolli, V., *Luce profuga*
Belardinelli, A., *Specchio di terra*
Besio, S. – Chinato, M.G., *L'avventura educativa di Adriano Milani Comparetti*
Bonucci, S., *Voci d'un tempo*
Bracci Testasecca, A., *Il treno*
Braucci, M., *Il mare guasto*
Braucci, M., *Una barca di uomini perfetti*
Bruno, V., *Mare e mare*
Cancellara, S., *Radicchio, Pinocchio*
Capraro, O., *Né padri né figli*
Caracci, S., *Sylvia*
Carbone, F., *Racconti di acqua e di neve*
Carbone, F., *Reporter verde*
Carlotto, M., *L'amore del bandito*
Carlotto, M., *Arrivederci amore, ciao*
Carlotto, M., *Il corriere colombiano*
Carlotto, M., *Cristiani di Allah*
Carlotto, M., *L'oscura immensità della morte*
Carlotto, M., *Il fuggiasco*
Carlotto, M., *Le irregolari*
Carlotto, M., *Il maestro di nodi*
Carlotto, M., *Il mistero di Mangiabarche*
Carlotto, M., *Nessuna cortesia all'uscita*
Carlotto, M., *Niente, più niente al mondo*

Carlotto, M. – Mama Sabot, *Perdas de Fogu*
Carlotto, M., *La terra della mia anima*
Carlotto, M., *La verità dell'Alligatore*
Carlotto, M. – Videtta, M., *Nordest*
Cherchi, G., *Basta poco per sentirsi soli*
Chimenti, E., *Al cuore dell'harem*
Ciampo, M., *L'autunno delle spie*
Conoscenti, D., *La stanza dei lumini rossi*
De Cataldo, G., *Il padre e lo straniero*
De Roberto, F., *La paura*
De Roberto, F., *I Vicerè*
de Torrebruna, R. – Turinese, L., *Hahnemann. Vita del padre
    dell'omeopatia*
Di Cara, P., *L'anima in spalla*
Di Cara, P., *Isola nera*
Di Cara, P., *Vetro freddo*
Fallai, P., *Freni*
Ferrante, E., *L'amore molesto*
Ferrante, E., *La figlia oscura*
Ferrante, E., *La frantumaglia*
Ferrante, E., *I giorni dell'abbandono*
Ferrante, E., *La spiaggia di notte*
Ferri, L., *Cecilia*
Fofi, G., *La vera storia di Peter Pan*
Fofi, Lerner, Serra, *Maledetti giornalisti*
Gangbo, J.M., *Due volte*
Gebbia, V., *Estate di San Martino*
Gebbia, V., *Per un crine di cavallo*
Gebbia, V., *Palermo, Borgo Vecchio*
Giacopini, V., *Al posto della libertà*
Giudici, G., *Andare in Cina a piedi*
Lakhous, A., *Scontro di civiltà per un ascensore a piazza Vittorio*
Lambiase, S., *C.G.D.C.T.*
Lambiase, S., *Memorie di una guida turistica*
La Porta, F., *Diario di un patriota perplesso negli USA*
Levi, L., *L'albergo della Magnolia*
Levi, L., *L'amore mio non può*
Levi, L., *Una bambina e basta*
Levi, L., *Il mondo è cominciato da un pezzo*
Levi, L., *Quasi un'estate*
Levi, L., *Se va via il re*
Lombezzi, M., *Cieli di piombo*
Mabiala Gangbo, J., *Due volte*
Mastrogiacomo, D., *I giorni della paura*

Mezzalama, C., *Avrò cura di te*
Milani, L., *La ricreazione*
Monteleone, E., *La vera vita di Antonio H.*
Notaro Dietrich, B., *Mio marito Maigret*
Pavignano, A., *Da domani mi alzo tardi*
Pavignano, A., *In bilico sul mare*
Pent, S., *Un cuore muto*
Pirandello, L., *L'imbecille e altri racconti*
Quadrino, S., *Più che una figlia*
Ranno, T., *Cenere*
Ranno, T., *In una lingua che non so più dire*
Razzini, V., *La ricchezza di Perdido*
Reali, J., *Fuori di qui*
Reali, J., *Solo per caso*
Rinaldi Castro, T., *Due cose amare e una dolce*
Rinaldi Castro, T., *Il lungo ritorno*
Rossari, M., *Invano veritas*
Rufini, M., *Afa*
Rufini, M., *Braccio da Montone. Vita d'un capitano di ventura*
Rufini, M., *Il lago*
Salgari, E., *La bohème italiana*
Scaglione, D., *Centro permanenza temporanea vista stadio*
Serao, M., *Le virtù di Checchina*
Soldini, S., *Un'anima divisa in due*
Teobaldi, P., *La badante*
Teobaldi, P., *La discarica*
Teobaldi, P., *Finte*
Teobaldi, P., *Il mio manicomio*
Teobaldi, P., *Il padre dei nomi*
Tiraboschi, R., *Sguardo 11*
Tiraboschi, R., *Sonno*
Tufani, L., *Leggere donna*
Ventavoli, B., *Amaro Colf*
Ventavoli, B., *Pornokiller*
Videtta, M., *Un bell'avvenire*
Vignato, S., *Le ali di Zux*
Wadia, L., *Amiche per la pelle*

Finito di stampare il 10 febbraio 2010
presso Puntoweb, Ariccia (Roma)